司马辽太郎
1923—1996

毕业于大阪外国语学校,原名福田定一,笔名取自「远不及司马迁」之意,代表作包括《龙马奔走》《燃烧吧!剑》《新选组血风录》《国盗物语》《丰臣家的人们》《坂上之云》等。司马辽太郎曾以《枭之城》夺得第42届直木奖,此后更有多部作品获奖,是当今日本大众类文学巨匠,也是日本最受欢迎的国民级作家。

司马辽太郎作品集
SHIBA RYOTARO WORKS

[日]司马辽太郎 —— 著

军师二人

卢俊伟 —— 译

しばりょうたろう
SHIBA RYOTARO WORKS
军师二人
重庆出版集团 重庆出版社

Gunshi Futari by Ryotaro Shiba
Copyright ©1985 by Yôkô Uemura
First published in Japan in 1985 by Kodansha Ltd.,Tokyo
Simplified Chinese translation rights arranged with Shiba Ryotaro Kinen Zaidan
through Japan Foreign-Rights Centre/ Bardon Chinese Creative Agency Limited
Simplified Chinese translation copyright ©2023 by Chongqing Publishing House Co., Ltd.
All rights reserved.

版贸核渝字（2023）第121号

图书在版编目（CIP）数据

军师二人 /（日）司马辽太郎著；卢俊伟译 . —重庆：重庆出版社，2023.12
ISBN 978-7-229-17958-8

Ⅰ . ①军… Ⅱ . ①司… ②卢… Ⅲ . ①短篇小说—小说集—日本—现代
Ⅳ . ① I313.45

中国国家版本馆 CIP 数据核字（2023）第 171488 号

军师二人
JUNSHI ERREN

[日] 司马辽太郎 著　卢俊伟 译
责任编辑：魏雯　许宁
装帧设计：谢颖设计工作室
责任校对：刘小燕

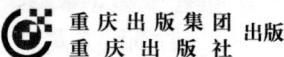 重庆出版集团
　　重庆出版社 出版

重庆市南岸区南滨路162号1幢　邮政编码：400061　http://www.cqph.com
重庆出版社艺术设计有限公司 制版
成都国图广告印务有限公司 印刷
重庆出版集团图书发行有限公司 发行
E-mail:fxchu@cqph.com　邮购电话：023-61520646
全国新华书店经销

开本：890mm×1230mm　1/32　印张：11.25　字数：200千
2023年12月第1版　2023年12月第1次印刷
ISBN: 978-7-229-17958-8
定价：69.80元

如有印装质量问题，请向本集团图书发行有限公司调换：023-61520678

版权所有　侵权必究

目录 / Contents

- **001** 杂贺的船形火绳枪战车
- **065** 贪玩女子物语
- **099** 侍妾保卫战
- **135** 招雨的女子
- **173** 一夜官女
- **209** 武士大将的胸毛
- **273** 打碎吧,城池!
- **299** 军师二人
- **332** 译后记
- **335** 附录　司马辽太郎年谱

杂贺的船形火绳枪战车

一

"可以很清楚地看到大海呢。"枥村平藏说。

市兵卫没有回答。摄津国的石山本愿寺位于高地,向西可俯瞰茅淳海。与其说它是一座寺院,不如说更像城池。四方八町①的城郭内,杂贺市兵卫他们一直坚守在高高的瞭望楼上。正如平藏所说,从此处纵目远眺,可以看到与沙洲岬角遥遥相对的海面上如同洒下铸造银器的液体一般,闪耀着奇特的波光。

然而,天空中并没有太阳,厚厚的灰云笼罩着摄津、河内、和泉三国的原野。时值天正七年(1579)三月中旬。

稀奇的是,今日从早上开始竟然没有战事。围城的织田方似乎在转移阵地,只见武士们的背旗②不停地移动,却丝毫听不见火绳枪的枪声。

"天空的样子有些异常,希望不要发生什么奇怪的事情。"平藏平静地说。

"我倒希望发生些什么。"市兵卫最近莫名地有些焦躁。

"今年已经是我们入城的第三年了,虽然我方在小的战

---

① 一町约为109米。
② 战争中武士为了标示自己的存在和身份插在盔甲背部,或者让随从手持的小旗。

事上总能赢得胜利，但是在关键的进攻上，敌方人数越来越多，势头也越来越猛。显如上人到底是怎么想的？"

"您不要太着急。船到桥头自然直。"

"你说什么呢！就因为这样，别人才说你傻！"

"有时候傻人更适合生存呢！"

跟平藏说话真是对牛弹琴。他在纪伊国杂贺乡市兵卫家主要负责收租，平时耕耕地、打打猎，年轻时也曾负责保护市兵卫。他原本不是武士，本愿寺住持显如和织田信长对立后，他作为杂贺门徒的一员也跟随市兵卫进了石山城。

平藏有个绰号，叫"火绳枪傻子"，意思是他虽然傻，但擅长火绳枪。当时，杂贺党①以射击技术威震天下，这个绰号并没有侮辱之意。在杂贺乡，愚钝也是一种才能。

当地人认为愚钝的男子射击技术更好。敏锐的男子心眼儿活，经常动心思，哪怕心中有一丝杂念，扣动扳机的手指都会随之动摇。

"平藏，这样下去不是办法。这样的战争，就算持续一百年又有什么意义！能赢得金钱、米粮吗？就连武士最看重的名誉也无法赢得。"

市兵卫的焦躁是有缘由的。

---

① 杂贺党是指战国时期由民众集结而成、雄踞纪伊国杂贺地区的武力集团，擅长使用火绳枪。又称"杂贺众"。

世间有杂贺党这一集团。他们住在纪伊国海部郡杂贺庄一带，是信仰一向念佛[①]的乡士[②]集团，盟主杂贺（铃木）佐大夫的府邸位于妙见堂山。杂贺党很早就熟练掌握了火绳枪，将这一技术卖给诸领国的武将，并且作为武力集团被各方的战争势力雇佣，以此谋生。

然而现在他们依靠的大本山——石山本愿寺也卷入了战争。这场战争的起因源于织田内大臣信长认为摄津国石山是平定四海的要塞，逼迫本愿寺显如上人搬离。本愿寺选择拒绝，战火一触即发，显如号令各地的门徒固守石山本愿寺。聚集于寺院内的武力集团非常不可思议，举世罕见。

他们主动拒绝了作为武士的一切欲望。即使在战争中立功也不会被赐于封地，不能获得金钱、米粮，更不能得到官职。不仅如此，从各地聚集而来的数万门徒连弹药、粮草都要自备。他们欣然赴死的理由只有一个，就是本愿寺显如上人所说的"只要为我所用，我就带你们往生极乐净土"。

杂贺乡自古就信奉净土真宗，以大本山为依靠，他们为此动心也是理所当然。

杂贺市兵卫基定作为近万人的杂贺门徒的一员进入石山

[①] "一向念佛"是指净土真宗。净土真宗又称一向宗、门徒宗，认为称名念佛是报答佛恩的修行。所谓"一向宗"意为一向信仰阿弥陀佛。

[②] "乡士"是指江户时期住在农村从事农业的武士，或者享受武士待遇的农民。

本愿寺是在天正元年（1573）三月。年轻的市兵卫并不信什么阿弥陀如来，但是杂贺家的嫡系、旁系全都出战，他自然也被送到了石山。那是他第一次上战场。

最初他并没有想那么多，只是拼命工作。

他以为只要努力工作就能获得金钱、米粮。如果不能建功立业，他就不能另立门户。杂贺乡土地很少，杂贺党的习俗是靠自己的力量另立门户、娶妻生子。因此，乡里除了能够继承家业的长子，次子以下的男子们都拼命地磨炼火绳枪技术，争取被各地的大名雇佣，能够出去赚钱。他们要靠战争娶妻生子。

但市兵卫非常不幸，他渐渐发现自己所做的一切都是无偿的。那些信仰很深的乡士能够甘之如饴地工作，但对于不信阿弥陀如来的市兵卫来说，一切都毫无意义。

有一次，市兵卫从望楼的射击口打的一枪击中了细川方的指挥官，即有名的贵岛权兵卫宗胜，子弹从马鞍下方穿透敌人的身体。这一枪实在是精彩，连敌人都一瞬间停止了动作，随即友军发出了热烈的欢呼声。因为表现出色，门主向他颁发了战功奖状，文意如下：

"你的表现实在令人敬佩，若再接再厉，一定能往生极乐。"

市兵卫大失所望。死后往生极乐固然好，但是活着的时候不能娶到妻子，做人又有何意义呢？市兵卫于二十岁那年春天入城，在固守城池的生活中度过了荏苒岁月，现在他已足够成熟。这场战争太荒谬了。

"平藏，难道我说的不对吗？这场战争，就算我们再拼命也不可能心想事成。"

平藏正专心地擦拭着枪，无心听市兵卫的抱怨。

"总会有好事发生的。我们杂贺党只管射击就行。"

"只管射击杀生真是毫无意义。这种杀生可是没有报酬的。"

"不，不是有往生极乐这种回报吗？"

"你和我一样不懂佛理，却信口胡说！"

"像我这样的人是不懂佛理，但是听人说也觉得难能可贵。如果靠射击能往生极乐，总不比堕入地狱差吧。少爷您太焦虑了。可能是到了年纪，您想娶妻另立门户吧？但是现在只要专心射击就行。总有一天会有好事的。"

市兵卫想说"没有"，但并未说出口。因为他也觉得万一有呢。如果说了"没有"，仿佛那来之不易的幸运就会从齿间溜走。市兵卫并不迷信，但也还是爱做梦的年纪。

说来也巧，那天下午，就在市兵卫刚刚跟平藏说完那番话后，门主的亲随就来见他，让他去阿弥陀堂旁边门主的住处。

像市兵卫这样的小角色，没有本族代表的带领想要拜谒门主是不可能的。

"真的吗？"市兵卫向亲随确认。

"我听说市兵卫大人信仰之心淡薄，但这真是福报。门主和家老①下间大人要私下召见您。这件事儿请勿外传。"

"为什么？"

"因为这福报太大了。"

"福报太大？"

"外传的话，听到的人估计耳朵都会吓聋！"亲随轻轻一笑离开了。

市兵卫内心有着小小的期待，希望能一睹本愿寺显如上人的风采。然而显如一直待在昏暗的帘子后面，未露真容。主管本愿寺家、位居法桥上人位②的下间赖廉来到廊下，对

---

① 江户时代大名家的重臣，负责统率藩中武士统筹藩中事务的职位。每个藩通常有数名家老，乃世袭的职位。

② 法桥上人位为日本僧位的一种，授律师之职，负责统领僧尼。始制于日本贞观六年（864）。时有传灯大法师最教、愿晓、明哲、光善等任法桥上人位律师；慧睿、真慧、正进、道昌、道诠、兴照、常晓等任法桥上人位权律师。

跪在白砂地的市兵卫低声耳语道：

"你悄悄出城，前往播磨国。这是显如住持的命令。"

"播磨国？"

"前往播磨国三木城拜见别所侍从①，这可是重要任务！"

三木城城主别所长治是播磨国东部的豪族，俸禄近二十五万石。内大臣织田信长为征服本州西部，派出大将羽柴筑前守②秀吉，数年来，三木城也因此多次遭受攻击。战争自天正六年（1578）六月二十九日始，三木城以举国之力，动用支城③三十座、寨百所，战至血流成河。

"为对抗织田信长，别所、毛利、本愿寺三方结为攻守同盟。任意一方灭亡，对其他两方都将是致命的打击。"下间赖廉继续说，"别所大人请求本寺增援，从后方包抄敌人。虽然我们尚且自顾不暇，但也不能袖手旁观，至少要支援一些火绳枪及弹药。那么，谁来负责呢？"

"在下吗？"

"正是如此。近日击毙贵岛权兵卫的你最合适不过。但负责人并不是你，你主管押运。作为本寺的特使，俗人恐怕

---

① "侍从"是律令制下官职的一种，属中务省，职责是随从侍奉天皇。
② "守"是律令制下四等官中的最高官，"筑前"为筑前国。
③ 领国的中心据点称为"本城"或"居城"，乃大名或领主居住之地，是领国的政治、经济、军事中心。为保护"本城"，支援"本城"的战争而建立的城、寨等称为"支城"，一般由领主的心腹家臣担任城主。

不妥，将派僧侣义观前去。"

"等岳坊大人吗？"

"你认识他？"

"不，未曾蒙其赐教。"

"义观他，"下间正色说道，"他负责一切。明日子时，你从沙洲的岬角乘船出发。详细部署将由义观告知。你没有其他问题了吧？"

"……"

市兵卫本来想问这么重要的任务完成后能获得什么奖赏，转念一想又觉得问了也是无用。下间法桥盯着表情茫然的市兵卫。

"没了吧？"

"不，在下斗胆请问，返程的船已经备好了吧？"

"没有。"

"啊？这……"

市兵卫大吃一惊。在去程中，有毛利的水军压制织田一方，姑且安全。归程若走陆路，摄津、播磨国一带的要塞皆由织田一方控制，无异于送死。

"详情将由义观告知。一切都是为了报答佛恩。纵使不幸丧命，如来亦能照鉴。毋庸置疑你们将往生净土。请甘之如饴地接受。"

什么往生净土,简直太荒谬了。

市兵卫心想。但是,只要身在石山城,他就没有勇气违抗住持的命令。离开住持的邸宅,经过二之丸①加贺信徒的驻扎地时,积压的怒火瞬间涌上心头,他拿起旁边民兵的火绳枪说:"借我用用。"

天空中,一只老鹰正在屋顶上方盘旋。市兵卫熟练地瞄准,咔哒一声扣动扳机。明明瞄准心脏射击的,但老鹰仍旧悠然自得地翱翔天空。市兵卫狼狈不堪,加贺的民兵们笑道:"打不下来吧?"

"那是肯定的,没有火绳嘛!"

"身为杂贺众,真是太大意了!"

"哼!"市兵卫还了火绳枪,慌忙逃离,心想:不仅是我,你们不也一样吗?为寺院而战正如没有火绳的射击,再怎么扣动扳机也不会打死一个猎物。

是夜,义观的使者来到市兵卫的军营,请他前往火药库东边的朴树下。

市兵卫心情沉重,几乎是被使者拖拽着走在城内的道路上。刚到朴树下,就听到有人郑重地问:"阁下是市兵卫吧?"

"在那边看不清楚脸。把火光移近一些。"一个仿佛是义

---

① 日本古代城池的建筑分为本丸(城池最中心,设有城主的邸宅)、二之丸、三之丸等,"二之丸"是紧邻本丸的城郭,可设置邸宅,也可作为处理城郭事务的中心。

观的身影接过侍者手中的火把，靠近市兵卫，近得几乎要把市兵卫的头发烧焦。他仔仔细细地观察市兵卫的容貌，宛如品鉴瓜果一般。

"典型的纪伊国长相。"那人郑重道，"真是令人过目难忘的容貌。阁下见过我吗？"

"不曾见过。"

"请阁下细看。"义观将火把靠近自己的脸并慢慢移动。

"这里是我的眼。"他脸上不带笑容，用手指着自己的眼睛。那是一双细细的吊眼，乍一看还以为他双目紧闭。接着，他照亮自己大大的鼻子以及像鱼的鳃盖骨一样大而薄的下巴，然后拍着下巴说，"书中有言：'下颌大而薄者，其心奸恶'。"

他长着一张年轻的脸，声音却极其苍老。

市兵卫听闻这位僧人出生于播磨国高砂郡，是当地的寺院等岳院的次子。义观被选为特使，恐怕是因为熟知播磨国的地形。

"货物已由他人装船，你明日假扮成农民，子时到达松之丸播磨国信徒阵前。"

子时，市兵卫带着平藏到达指定地点，义观及另外十人已聚集在那里。

"请阁下率领这些人。"

他们都是播磨国的农民信徒。当时虽已三月却极为寒冷，十位信徒可能觉得脚板冰凉，不停地踏步并异口同声地低声念佛。

他们由沙洲的岬角乘船出发，船中念佛声依然不绝于耳。虽然在石山城中已听惯了寺院传来的念佛声，但是，容量最多只有三十石的狭窄小船中与宽阔的城内处处听到的念佛声给人的感觉完全不同。对这十人来说，仿佛只有口念"南无阿弥陀佛"，他们的生命才是完整的。

"杂贺大人，您也一起念吧！"

市兵卫却怎么也无法痛快地念出那六字。然而，在这个集体中，念佛方为正义，不念即是恶人，甚至是佛法之敌。杂贺市兵卫可不愿成为佛法之敌，于是时不时地假意念佛，并小声命令平藏："你也念！"虽然如此，但那十人的直觉非常敏锐，没有被市兵卫的假意蒙骗。市兵卫听见他们小声嘟囔："杂贺大人对佛祖并没有什么信仰之心啊！"也许是这个原因，他们对市兵卫的态度总有些见外，有时请示装货，就直接无视市兵卫而询问义观。

船一路向北，乘着风快速前行。信徒中有一人说："照这个速度，天亮就到兵库港了。"

"什么，要去兵库？"市兵卫并不知情。

"义观大人，在下不知竟要在兵库卸货吗？"

"我忘记告诉你了。兵库,是在兵库。"

义观真诚地向他道歉,并无刻意隐瞒的样子,但市兵卫反而更加难以释怀。他被遗忘了。他切身体会到自己在集体中被孤立了,但是……他注意到了一件奇怪的事情,义观好像一次也没念过佛。

船果然在翌日巳时到达兵库港。

本愿寺方选择兵库港的理由非常简单,因为港口附近的花隈城隶属伊丹郡的荒木村重。村重本是织田家臣,天正六年突然与信长对立,成为毛利、石山、三木联合军的羽翼。

一行人将卸下的货物装满六辆车,当日进入花隈城休息。

月光格外皎洁。他们在花隈城住了数日只为等待这样的月色。夕月升上夜空,银色的月光洒在淡路岛,一行人拉着假装是木柴的六辆车出了城。

从花隈城到三木城有一条近道尚未被织田方发现,当地人称为丹生山道。义观说:

"我们将途经丹生山,山上有座名为明要寺的大寺院。

钦明帝二年，由百济人童男行者创建，寺院领地为五百石。这所寺院隶属别所家，因此，在战时它实际上是别所家暗藏的城池。我们只需要把货物运到这里即可。"

因为是近道，有些地方没有路，于是义观下令卸下货物，让大家背着在山谷中前行。

"市兵卫大人，您也背点儿吧？"

"在下是武士。"

"武士也有背，有背就能背货物。"

"义观大人怎么不背？"

"您至少得让我轻松些。"

"为什么？"

"因为我是用智慧的。"

义观爽朗地笑了。事实上他经常笑，当他大笑的时候，周围仿佛被阳光照射般变得明亮起来。听着义观的笑声，市兵卫感到这个过分谨慎的男人身上，有一种令人无法抗拒的威严。

临近僧正谷的时候，义观突然下令停止前进。"好像有人来了。"

原来有一群人正准备蹚过谷中溪流，他们穿着盔甲，应该是武士，总共有十二三人。义观对众门徒说：

"难道是织田方的士兵？可能是侦察兵迷路闯进了这里。

大家听我命令行事！"

他命令大家放下货物，拿出十五挺火绳枪。

"市兵卫大人蹲在那儿。"他把市兵卫带到了附近的松树旁。

"平藏蹲在对面隐蔽。"

然后，他对众门徒说："你们负责向他们二人递火绳枪。我去确认下那群人是不是别所家的武士。如果不是，以我取下斗笠为信号，你们二人就狠狠地给我打！不过千万别打偏射中我哟。"

义观不紧不慢地下了山坡，在溪流潭水处等着对方过来。

"义观大人真有胆量。"门徒中的一人感叹道。

从市兵卫蹲的地方可以看到，那群士兵见义观是僧侣打扮就放心了，大声说笑着回答了他的问题。

很快，义观极为自然地将手放在下巴处的带子上，解开带子，然后用手握住斗笠的边缘，慢慢取下斗笠。

同时，市兵卫和平藏扣动了扳机。狭窄的溪谷中不断响起砰砰的枪声，硝烟弥漫，武士们一一倒下被冲入溪流中。

义观非常从容地站在那里。市兵卫和平藏的子弹掠过他的脖子，穿过他的衣袖，他依旧纹丝不动，看着织田方的士兵一个个倒下。直到最后一人发出悲鸣倒在河滩上，他才回过头来说："市兵卫大人，您辛苦了。"

他唇色红润，表情就像上一秒还热衷于恶作剧的孩子一般灿烂。看着他明媚的神色，市兵卫不由得感到一种令人战栗的恐惧。

第二天夜晚，他们在供砍柴人休息的小屋里扎营。众门徒依旧唱着赞歌，念起《正信念佛偈》①，市兵卫忽然发现义观在一个角落里翘起小腿，用小刀熟练地修着脚趾甲，于是小声地说：

"义观大人，为什么只有您不念佛啊？"

"我念着呢。"

"但是我怎么一点儿也听不到呢。"

"市兵卫大人您打枪打多了，耳朵不好使吧！"

义观并不想讨论这件事情。"说起打枪，白天您的枪法真是太精彩了，不愧是杂贺众。"

"那我能往生极乐吗？"市兵卫讽刺着问。义观只当没听见，专心地修着脚趾甲。看着他的侧脸，市兵卫心中突然涌上一种冲动，想要更多地了解这个男人。

"义观大人，您出生于高砂郡吧？"

高砂城的城主是别所氏的家臣平山景行，其祖先为镰仓将军家的家臣梶原平三景时。去年十月十八日，城池被织田

---

① 佛教典籍，全一卷，凡七言一百二十句。日本净土真宗开祖亲鸾撰。略称正信偈。

方攻破，景行战死。

"您家的等岳院没有在战火中焚毁吧？"

"烧毁了。"

"您的亲人呢？"

"都死了。"

据说他的父亲和兄长作为一向宗的信徒，都固守于高砂城中，城破之时战死。

原来如此。

市兵卫好像看穿了他的心思。在僧正谷遇到的织田方的侦察兵虽说是敌人，但义观当时的态度也太反常了，恐怕是复仇的心理让他下令全部诛杀吧。

但是义观仿佛知道市兵卫在想什么，盯着他的眼睛，突然微微一笑。

那是一个令人不寒而栗的微笑。那个微笑残存在市兵卫的眼底，当他迷迷糊糊在梦中时，耳边响起了义观的声音。

"市兵卫哟！"那个声音叫道。

"正因为你认为人是很单纯的，所以才无法参透佛理。在那个河滩上，我，等岳坊义观并不是为了报父兄之仇才取下斗笠的，而是因为想取下就取下了，想杀他们就杀了。人是很可怕的。

"市兵卫哟！

"你也并不是因为杀了那些人就能够往生极乐才开枪的,而是为了杀才开枪。

"那些门徒并不是为了念佛才不远千里跑到摄津来固守城池,而是因为他们觉得与其在家乡耕田被地主压榨年租,不如固守城池大干一番更有意思。

"市兵卫哟!

"即使人是那么可怕的生物,仍然要拯救,这就是阿弥陀如来的本愿。弥陀的本愿之所以难能可贵正在于此。看不透自己内心的可怕,就无法理解弥陀的难能可贵,也就没有资格念佛。"

"义观大人您呢?"

"我吗?"义观大笑着说,"我也看不透。"

市兵卫醒来的时候,看见义观正在系白色的绑腿准备出发。

(四)

他们顺利将枪支弹药移交给丹生山明要寺的守将,然后在向导的带领下,徒步前往三木市的原野。三木城就坐落在原野上。

三木城建于一座丘陵之上,丘陵的形状就如倒扣的釜,因此又名釜山城。城池由本丸①、二之丸、新城②三座城郭构成,西北方为断崖峭壁,断崖的对面是美囊川。三木城城墙高耸,护城河河水极深,城池固若金汤,建城五十年以来始终屹立在烽烟战火中,护城河从未被敌人跨越过。但是这次,三木城被围困,织田方的兵力遍布原野,多达数万。

市兵卫一行在城池后方的山中等到日落,在夜雾的掩饰下渡过护城河,好不容易进了城。城内早已准备好迎接他们这些石山本愿寺的使者。

他们一进城,城内聚集的士兵就一起发出了欢呼声,感谢同盟军的使者不远千里从摄津国石山送来枪支弹药。令人震惊的还不止于此,只见其中有几人突然跑到义观面前跪下,高声念着"南无阿弥陀佛"。

也许这座城内也有几位一向宗的信徒。在高昂的念佛声中,义观悠然地向前走着。

在篝火的映照下,城内士兵的脸都像幽灵一般消瘦,但士气仍然高涨。据说士气的盛衰由城中主将的胸襟决定,因此市兵卫想见见年轻的城主别所侍从长治。

---

① 位于城郭的中心,多为城主的居所,其中央多设天守阁,周围设有护城河,战时为城郭的最终防线。
② 应该是指"三之丸",紧邻"二之丸"的城郭,多为城主的家臣、下属的居所。

"首先请各位进入本丸城。"负责引路的武士说。

他的话带着浓厚的播磨国北部山村的乡音。比起口音，更令人吃惊的是他的装束，尤其是他的头盔非常奇特。最近在各地武士中流行叫做"当世兜①"的头盔，有头形②、铁钵形、桃形③、突盔形④、一之谷形⑤、贝形、鲇鱼尾形⑥、唐冠形⑦、羽毛形⑧等各种样式。市兵卫戴的是头形头盔。当时流行的头盔样式大概受到了葡萄牙人的影响，无论哪种，顶部都是光滑的圆形，形状单一，应该是为了弹开火绳枪的子弹设计的。但别所家的这位武士的头盔却不同，好像是右大臣赖朝时期熊谷次郎直实所戴的古色古香的样式。

虽然地处乡下，但到底是名家！

市兵卫觉得非常敬佩。

别所家是村上天皇第七皇子具平亲王的后裔。亲王的后代中有名为赖清者，娶了六条判官源为义的女儿，因住在播

---

① 日语中"兜（kabuto）"意为头盔。"当世兜"意为当下流行的头盔。
② 平安时代末期诞生的头盔样式，由3~5块铁板组成，制作成本低廉，工序简单，最大的特征是顶部形状如人的头部。
③ 日本战国时期诞生的头盔样式，最大的特征是顶部形状如桃子。
④ 室町时代末期诞生的头盔样式，其特征是顶部形状是尖尖的。
⑤ 安土桃山时期流行的头盔，其特征是顶部装饰一块弧形的银箔或皮革，代表源平合战中有名的一之谷战场上的悬崖。
⑥ 安土桃山时期流行的头盔，其特征是头盔顶部有形状如鲇鱼尾一样的装饰。
⑦ 安土桃山时期流行的头盔，其形状模仿中国的冠，左右两侧装饰有帽翅。
⑧ 两侧有羽毛形装饰的头盔。

磨国别所地区开始被称为别所氏,后来治理三木乡并在此筑城。

数百年后,在战国乱世中,各地的名家大多灭亡,取而代之的是出身微贱的实力派横扫各地称霸诸国。然而,唯有别所家仍然作为畿内地区[①]第一的武士名门,保持着传统的威信。

市兵卫不禁感叹仿佛走进了镰仓时代。

除了负责引路的这位武士的头盔,其他擦肩而过的武士的装备也同样古色古香。虽然他们与其他各地的武士一样,以长枪和火绳枪为主要武器,但是也有武士扛着五十年前已经淘汰的长柄兵器,甚至还有武士拿着薙刀。

"不愧是别所家!"市兵卫在义观耳边说。义观只是冷笑,并不说话。

进入本丸的城门后,只见旁边有一位魁梧的男子坐在折凳上,周围点着几堆篝火。

"这位是山城守大人。"引路的武士说。

别所山城守吉亲是城主长治的叔父,辅助长治处理政务。据说因为长治比较年轻,二十四岁,所以实际上三木城是由这位叔父统治的。他四十五六岁,容貌像仁王[②]一样

[①] 京都周边的山城国、大和国、河内国、和泉国、摄津国五地的总称。
[②] 守护伽蓝的神,是一对安置于寺门或者须弥坛两侧的半裸形金刚力士,皆呈勇猛、威吓之相。

威严。

男子慢慢站起来,对他们说:"山城守在此迎接诸位。火绳枪一事,侍从大人将亲自向诸位表达谢意,他正在府邸翘首以盼各位的到来。请随我来。"

山城守在前面带路。他的装束为市兵卫没见过的古风样式,是被称为"式正铠"的大型盔甲,一般只有室町将军家举行仪式的时候才穿戴。

本丸城里的一片树林中有一座古色古香的寝殿造邸宅,好像是城主的居所,明亮的灯光从格子遮雨棚处透出来。

"多么气派的邸宅啊!"出身乡下的平藏诚惶诚恐地观察着这座建筑物。

他们进入邸宅等待,不久长治来了,他脚步很轻,几乎没有声音。

叔父山城守吉亲介绍说:"这位是别所家的统领。"市兵卫跪拜,义观则低头行礼。

"此番你们辛苦了。"

他的声音很细,但很好听。市兵卫慢慢抬起头,只见一位皮肤如白瓷般的年轻人端坐于上。正因为军队使者这一特殊任务,他这种身份的人才能拜谒长治。市兵卫诚惶诚恐的眼神忽然撞上了长治的视线,长治对他微微一笑。

"我听说过你的事迹,听闻你在杂贺党中也是极为优秀的。"

"是！"市兵卫的身体不争气地颤抖着。他幼时就开始想象统领武士的大将是什么样的人，今日终于见到了。

"如果可以，希望你们能在城里逗留数日。"

此时正值围城战的紧要关头，但长治的语气却很从容，就像邀请人赏花一般。

这时，走廊下好像来了几个人，纸拉门被拉开。

山城守低声说："二位，这位是侍从大人的夫人。"

城主长治从邸宅中分出一角作为两人的住所，并且给两人分别配备了骑兵五人、步兵二十人作为随从。市兵卫的随从中有之前负责引路的戴着大头盔的武士。他出生于播磨国西部，名字叫轻部宇兵卫，照顾市兵卫非常周到细致。

"杂贺大人，请您教我火绳枪。"

"教你也可以，你能不能给我讲讲侍从大人的夫人？"

自从那晚以后，夫人的姿容就刻在市兵卫的脑海中挥之不去。也许可以称之为倾慕之情，但这种情感并非源于色欲，因为他对城主长治也是同样的情感。

轻部宇兵卫说夫人是丹波国的名门波多野秀治的妹妹，二十一岁，已经有四个孩子，嫡女今年五岁，名为竹姬，然后是虎姬、千松丸、竹松丸。

"如果您想了解得更详细一些，在下的妹妹在内宅侍奉，改天让她过来给您讲讲内宅的事儿。"宇兵卫热心地说。

"恕我冒昧，我从来没见过如此美丽的人！"

"是吧？侍从大人和夫人是我们播磨国武士的骄傲。为了他们二位，无论是别所家的旗本[1]还是被官[2]级别，守城的士兵们皆是付出生命也在所不惜。"

逗留几日后，市兵卫发现年轻的别所长治在将士中威望极高，几乎已经被神化。或者说三木城是以长治夫妇为教主的信仰集团。

别所家的神奇之处也正是其强大之处。在这场大战前，他们当然也与织田方有过交涉，但其想法令织田方非常困惑。

原本别所家与中国地区[3]的毛利家是友好关系，但是信长在攻打毛利家时，曾想拉别所家入伙，争端由此而起。

当时织田家派出的使者是近江国小谷城的城主羽柴筑前守秀吉，俸禄二十二万石。虽说是使者，但他当时已经被任

---

[1] 大将麾下直属的将士。
[2] 中世时期，隶属于上级武士的下级武士。
[3] 本作品中的"中国地区"是指日本本州西部地区，含现今的冈山、广岛、山口、鸟取、岛根5县。

命为讨伐中国地区的主帅，天正五年（1577）十月，他到达播磨国姬路城，其军容之壮观震惊了山阳道①沿途的居民。

羽柴秀吉先驻扎于姬路城，会见了播磨国各地的豪族，他想尽量兵不血刃拿下毛利家。

别所家派出山城守吉亲以及孙右卫门重栋两位叔父代替长治前往姬路城，一是为了观察秀吉的为人，二是看看织田方的军容如何。织田方的武器装备、士兵装束都是新型的，让他们这些地方豪族目不暇接。

秀吉向二位客人赠送了礼物，然后说："别所家是播磨国的名门，如果能加入我方，那么播磨国的所有武士肯定都会跟随我们。若蒙加入，毫无疑问别所家将获得赐封整个播磨国的丰厚恩赏。"

对于秀吉的说话方式，山城守吉亲极为反感。据说他出身低微，行为举止总令人觉得有些低俗。他还在讲跟随织田方的好处，那口吻就像小商人推销商品似的。在回三木城的途中，吉亲说：

"织田方真是野心勃勃。"

归城后，别所家的意见出现了分歧。

---

① 日本五畿七道之一。指播磨、美作、备前、备中、备后、安艺、周防、长门8国，或者连通8国的道路。

吉亲的弟弟别所孙右卫门重栋极力主张加入织田方。重栋经常去京都和安土城,见多识广,意识到天下霸权必将落于右大臣信长之手。

"要守护别所家,除了跟随右大臣别无他法。"

然而大多数幕僚则顽固地摇头。并非他们曾冷静地判断过织田和毛利两方的战力,而仅仅是出于对新兴武门的嫌恶和恐惧。对他们来说,最恐怖的就是不顾家门名誉的人。正因为那帮家伙不顾惜名誉,所以什么事都干得出来。据传信长一边对长治做出赐封播磨国的承诺,一边下达了将播磨国赐于秀吉的旨意。

别所家仍在讨论,没有给出明确的答复,天正六年(1578)三月,秀吉回到安土城,之后再次来到播磨国,入驻加古川城。

山城守吉亲与别所家的重臣三宅肥前守治忠二人前去面见了秀吉。别所家下定决心对抗织田方就在此次会面之后。

吉亲与治忠都是常年征战沙场的老将,献出了攻打毛利家的战术。对他们来说,与其说是献策,不如说是讨论,他们逐一反驳了秀吉的战术思想,坚持自己的想法。对于这两个出身乡下的老顽固,秀吉十分苦恼。

"谢谢二位赐教。但是二位说的是交战双方都据城而守的战术。我们是远征军,自然在人数上、交战的时间上都受限制，不可能打持久战，这种情况下需要不同的战术。我们从年轻时就已熟知远征的战略，况且你们只是前锋，秀吉我才是大将，打仗的事情就交给我们吧。"

这次会见极大地伤害了吉亲和治忠的自尊。归城后，他们说：

"我们被当做下人一般对待，别所家的家门耻辱莫过于此！"

三木城的幕僚们对此议论纷纷。时间一天天过去，长治终于有了决断。时至今日，固守城池的士兵们仍然都记得长治当时说的话。

长治说："我决心已定。若别所家在信长的催促下，奉缺乏武士风范的秀吉为大将去打前锋，恐怕会沦为天下的笑柄。事已至此我们将与信长分道扬镳，开始与秀吉作战。"

为了维护家门的自尊和名誉，别所家开始与无法战胜的敌人作战。市兵卫觉得这太罕见了。

此外，还有让市兵卫这样的当代武士更为吃惊的事情。在幕僚们决定开战的会议上，城主的弟弟——十七岁的小八郎治定说：

"既然已经决定，就请给在下五百骑兵，趁秀吉不注意今晚夜袭加古川城，火烧六万士兵，一举攻入主将的营帐斩杀秀吉。"

"等等。"山城守等老将们制止了他，因为夜袭太卑鄙了。

"我们的敌人是远在京都的信长。即使杀了秀吉之流也无关痛痒。别所家是闻名四海的名门，必须赌上武门的名誉堂堂正正地设营对战。敌人在他国，友军在本国，如果我们据城而守，时不时进攻，打持久战，令敌方烦恼不堪，那么敌人就会粮草短缺。而且不久我们将得到毛利家的支援，应该可以一举击溃敌人。若秀吉败退，我们就乘胜追击攻入京都，哪怕只有短暂的一天能把别所家的大旗插在京都，即使我们战死沙场也必将扬名后世。"

那时候吉亲说的话，连轻部宇兵卫这种无名小辈都会背诵，为了维护别所家的美名，他们坚守城池已整整一年。

真是一场奇特的战争。

说起奇特，石山本愿寺的战争对于市兵卫来说也是极为罕见的。别所家是为了维护名誉，他们则是为了维护念佛。对于像市兵卫这样想要通过战场上的功勋来另立门户、娶妻生子的人来说，这两种战争都难以理解，硬要选择的话，他更倾向于别所家。他觉得为保护显如上人那样满脸皱纹的老人而战，实在是提不起干劲，同样是无偿的征战，为了守护美丽的城主夫妻而战似乎更令人热血沸腾。

某天夜晚，义观把市兵卫叫到自己房间，"我有话对你说。"自从来到三木城，这个和尚就以上司自居，常以命令的口吻对他说话。

"你还是要回石山城吧?"义观的问题出人意料。"我不回去了,因为一些原因,我要留在这里。你呢?当然,即使你要回去,情形也已经与我们来时不同,织田方的守卫更加严密了,你可能会送命。"

"我不回石山城。"市兵卫明确地回答。同时,他也松了一口气。回到那座念佛城里又有什么好处呢?不如留在这里为长治夫妇而战。然后他的注意力又转移到了别的事情上。

义观不得不留在这里的原因到底是什么呢?

他很感兴趣,也开口询问了。但是义观仅仅回答:"是法桥上人(下间赖廉)嘱咐的。"

"那么到底所为何事呢?"

"菩萨行。"

市兵卫用了一年的时间才明白义观所说的菩萨行的意思。

六

虽然不明白义观所说的菩萨行的意思,但市兵卫在这里度过了有生以来最快乐的时光。

他在决定留在城中的第二日就得到了长治的传召。

"听闻你决定留在三木城。据说杂贺众能够以一当百,你能否将杂贺的枪法教给火绳枪营?"

"是!"

"很好。"

他和义观继续以石山本愿寺使者的身份,在城主的邸宅中住了下来。

市兵卫带着助手平藏,每日巡视火绳枪营指导枪法。

"你左拳用力过度了,要把左手掌想象成枪的支撑。"

对于这些无名小卒,市兵卫也都一一指导,细致入微。

"不要过度盯着目标,眼睛会累。不要过度屏气凝息,气血会上涌,扣动扳机的手就会晃动。不要总是想着扣动扳机而扣动,要像月夜霜降一般自然,在自己还没注意到的时候扳机落下。"

敌军来进攻的时候,市兵卫和平藏在城墙上实践了实地射击。火绳枪的射程只有四十间[1],耐心等待目标进入射程范围也是一种本领。

根据义观在僧正谷想出的战术,市兵卫让火绳枪营的足轻[2]们准备好已点燃火绳的枪,一挺一挺向前传递,这样就可以连续射击。

---

[1] 长度单位,指日本建筑柱子和柱子的间距,一间约为1.82米。
[2] 平时负责杂役,战时作为步兵参战的人。

城内的人都说:"杂贺众的火绳枪射击要开始了。"一传十,十传百,无论武士、足轻还是杂役,甚至城内的妇女们也都涌过来看热闹。

那天早上,市兵卫和平藏一起将火绳枪对准东方的平井山,做好充分的准备,等待着敌人的到来。

秀吉的大本营就在平井山山脚下。黄金打造的千成葫芦的马印①在阳光下闪闪发亮。

从城墙上俯瞰,只见打开城门蜂拥而出的千余骑兵在美囊川西岸遭遇敌军,一番激战后,因敌方不断有人增援而节节败退。

火绳枪营在城墙上蓄势待发,准备增援败退的友军。市兵卫他们的火绳枪也瞄准了敌人的方向。

眼看离城门越来越近,友军这边连殿军也乱了阵脚,骑马的、步行的都开始疯狂逃散。敌军追了上来,砍下不少首级。

敌人也不傻,他们很熟悉火绳枪的射程,追到一定程度后就调转马头返回了。不过,还是有急于立功的人穷追不舍。

"来了来了。"

---

① 马印是战时标志大将所在的指示物。秀吉的马印就是著名的千成葫芦,它采用植物的名字和造型,日语为"千成瓢箪"。

心急的火绳枪营不等他们进入射程范围就开枪，子弹根本到不了敌人那里，每颗子弹的速度都急剧下降，落在了败退的友军头上，有人中弹落马。

真是太愚蠢了。

技术实在是太差了。然而，指挥权在火绳枪营大将手里，市兵卫无可奈何。眼看他们还要准备射击，不明真相的群众开始大喊道："杂贺众，你们在干什么？敌人就在那里！"

难道想让他们击中根本不可能命中的目标？

虽然这样想，但市兵卫终究忍无可忍，命令平藏："把射程提高到七十间，加强弹药，直到把火绳枪塞到十二分满！"

"是！"

两人开始重新装火药，然后冷静地做好射击的准备，据说这是杂贺众才有的勇气，再勇猛的武士也无法做到这一点，因为万一火绳枪被塞得太满导致破裂，那么射击者会当场死亡。

正在这时，只见敌军中有一骑兵带着五个杂兵长驱直入，狠狠地用长枪刺向溃败而逃的我方士兵。他身穿黑色皮绳连缀的筒形盔甲，短粗的脖子上戴着头形头盔，芭蕉叶图案的背旗不时随风飘动。看见友军——倒下，城内的围观者群情激愤，有人煽动说："射他呀！"

但是那个骑兵周围都是我方士兵,想要瞄准他并不容易。市兵卫说:"平藏,怎么样?"

"少爷你瞄准他的面甲,我瞄准护喉甲。"

"准备好了吧!"

随着轰隆一声响,两颗子弹如离弦之箭般飞出七十间,干脆利落地将那武士斩落马下。后来一查才知道那个男子就是仙石权兵卫麾下著名的武士糟谷四郎左卫门。子弹不偏不倚地射穿了他头盔的面甲和护喉甲。

"市兵卫大人。"

"什么事?"

射击完毕的市兵卫灰头土脸,他转身抬头一看,不知旁边何时来了一位女子,穿着枫叶花纹的窄袖和服,双唇紧闭站在那里。

"有什么事吗?"

"夫人让我转达,刚才的射击实在是太精彩了。"

"夫人说的吗?"市兵卫有些诚惶诚恐,随后他一眼看见长治的夫人带着侍女站在那里。

他听说长治的夫人几乎每天都会巡视本丸的城郭鼓舞士气,但是亲眼见到还是第一次。

市兵卫跪拜行礼,看到夫人穿着红色系带的草履,露出白里透红的小巧的脚趾甲。他看得入了迷,痴迷的神情一直持续到晚上。

当天晚上,义观带着质问的语气说:"听说你被夫人表扬了。"

这家伙不服气吗?

虽然感到不快,但市兵卫不动声色地说:"那位夫人真是位美丽的女性。"

"传闻不虚。"

"果然,关于她美貌的传闻很多吧?"

"据说,当今万石以上的城主和领主夫人中她的美貌首屈一指。之前有位公卿冷泉某某以钦差的身份从京城而来,回去后就得了相思病卧床不起。"

"原来这样啊。"

"你不会也得了相思病吧?"

"没有的事儿。对于在下这样的人,还是杂贺的乡下姑娘比较合适。"

"说起来她的眼神真是让人捉摸不透。"

"您的意思是?"

"听闻三木城中聚集的八千名播磨国的武士全都倾慕她,这个城池的强大之处就在于此。"

"请您慎言。"

"你可别生气,我也倾慕她。"

"请不要开那样低俗的玩笑。"市兵卫有些生气,"您是僧侣。"

"我们宗派自开宗以来就允许食肉、娶妻。我家的等岳院以前代代是由真言宗的僧侣担任住持,但到我父亲那代转为净土真宗,他娶妻后生了我,我身上流淌着喜好女色的血。不说这个了。"义观抬头问,"你见过阿鹤了吗?"

"您说什么?"

"看来还没见过。迟早会有使者去你那里的。"

"阿鹤是谁?"

"早晚你会知道的。"

义观转过身开始准备读经,不再理会市兵卫。

⑦

十天后的夜晚,平藏目睹了令他非常震惊的场面。那天,火药库的工作格外费事儿,当他完成工作经过钟鼓楼的时候,天色已晚。

嗯?

他觉得很奇怪,有一阵声响充盈入耳。那声响如潮水般荡漾,时而消失,时而高扬。

"是什么声响呢?"他弯下腰循声而去。钟鼓楼的东南边有一株树龄超过三百年的楠木。楠木的东南边有一块儿倾斜的低洼地,声响就是从这里传出来的。他渐渐靠近。

这是……

平藏凝神细看,发现黑暗的低洼地里没有点灯,黑压压聚集了男女大约二百人正在念佛。

义观被围在正中央,念佛声一停,他就开始讲经说法,说法声一停,又响起鼎沸的念佛声。

有人发现了平藏,对他说:"你也加入吧!"并给他让了座。

义观的声音很小,小得几乎听不见,聚集的男男女女们漫不经心地听着,仿佛只要能看到义观坐在那里就很高兴,还有人五体投地表示皈依。

有人说:"这下我肯定能往生极乐。"还有人小声地说:"我的罪业消除了。"

聚会大约持续了一小时。回去的途中有人喊平藏"教友"。这里的"教友"指的是净土真宗派的信徒,都是信仰他力本愿[1]的人。

"今天是第几次聚会?"

---

[1] 净土真宗提倡的他力本愿意思是不依靠自己修行的力量,而是阿弥陀佛的本愿的力量成佛。

"第几次？你怎么这么问？"

这个聚会好像已经持续很久了。

"因为我今天第一次参加。"

"每晚戌时开始，从明天起你就继续参加吧。念佛的话，如果不参加讲经念佛会多没意思啊。"

回来之后平藏把看到的情形告诉了市兵卫，市兵卫沉默了。

"您怎么了？"

"嗯……"

市兵卫觉得自己明白了义观留在这座城池的企图。

在一座城池里，城主和士兵依靠纵向的主从关系联系在一起。义观想通过讲经念佛会建立一种横向的联系。

真是个讨厌的家伙！

市兵卫心中涌起厌恶的情感，从此刻起，他开始真正地讨厌义观。

大事不好！

他想。

在讲经念佛会中，俗世的阶级观念会渐渐消融。无论武士、足轻还是农民都被统一在对弥陀的信仰之下，被涂上了"教友"这一相同的色彩。最终这个组织将否定城主的存在。

比如文明年间（1469—1487）加贺门徒打败了领主富樫

氏，在长达二十年的时间里，加贺国都在门徒首领的控制之下。再比如德川家康二十几岁的时候，因为某位家臣侮辱了三河国本愿寺的分寺，引起了该宗派的反抗。家康的下属中，有一大半的门徒直接反叛，加入了寺院一方。迄今为止最大规模的例子就是正在进行中的石山本愿寺之战。本愿寺动员全国的门徒，要与即将成为新的天下霸主的信长血战到底。比起君主，那些门徒更遵从弥陀，若君主弹压念佛，他们会义不容辞地奋起反抗。

"原来是利用讲经念佛会。"市兵卫小声说。在这座城里，义观成为讲经念佛会这一念佛教团的教主，可以说除了别所长治之外，这里即将诞生新的君主。

市兵卫对此感到莫名的不快。他觉得城主夫妇的权威会因此一落千丈。

"我讨厌念佛。"他对平藏说，"连固守石山城的时候，我都没能成为念佛教团的信徒，现在我终于明白原因了。"

"是什么原因呢？"

"我无法用语言表达清楚。"

"少爷您肯定是因为即使在石山城工作也无法达成娶妻生子的愿望所以讨厌。"

"也有这个原因。"市兵卫脸上不带笑容地说。

"平藏也讨厌。那么多人聚在一起小声念叨同样的内容总觉得有点儿可怕。"

市兵卫向前探身说:"平藏,你要悄悄监视义观,那和尚不知道在谋划什么。"

"如果连这座城也变成了念佛之城就坏了。"

"为什么?"

"那样的话,少爷就更娶不到妻子了。"

平藏哧哧地偷笑。"如果在这座城里继续火绳枪的工作,侍从大人迟早会赐给少爷田地或者俸禄之类的。"

"我并不是以恩赏为目的的。"

"那么您的目的是什么呢?"

"说了你也不会明白。"虽说如此,市兵卫自己也不明白自己的心情。

转眼到了六月。

秀吉接连拿下了三木城周围的二十几座支城,但对本城却围而不攻,意欲采取切断供给线、断绝粮草供应的策略。

城内将逐渐面临饥饿,但是比饥饿更可怕的是因为敌人决定打持久战,所以很久没有战事。因为没有战事,士兵们厌倦了每日重复的单调生活,士气开始低落。

看到这种情形,山城守吉亲悄悄将市兵卫叫来,"我有事情要拜托你。当然,你并非别所家的武士,可以选择拒绝。听说杂贺有船形火绳枪战车,是吗?"

"您为何问起这个?"

"我想让你制造出来。"

船形火绳枪战车是杂贺独有的特殊的火绳枪战术,年轻的市兵卫听说过相关的方法,却没有真正见过。

"船形火绳枪战车……"

"哦? 你愿意给我们制造?"

"不是。"

不知者无畏,但是船形火绳枪战车的战术在杂贺也没有施行过几次,因为尝试实施的人十个有九个都牺牲了。

平藏听闻以后立即说:"请您拒绝这个请求。如果让少爷您因此而死的话,我没脸回杂贺。"

"我没有回答他。"

"那就好。他让您制作船形火绳枪战车也不过是当作鼓舞士气的安慰剂。您要是为了这个客死他乡就太不值得了。"

晚上,随从轻部宇兵卫来了,问市兵卫要不要见见他的妹妹。因为市兵卫曾经说过还想知道更多关于夫人的事情。

"她到这里来了? 在内宅侍奉的人一般不便到武士的居所吧?"

最终,市兵卫让她子时在西北方的仓库前等待。

到了约定的时间市兵卫出门了。天上的星星近得仿佛触手可得。白天的暑热终于消散,草上凝结着露珠。西北方向的仓库位于城中居所的西北方,以前储存着粮食,现在却一粒也不剩,成了一个空仓库。

路程大约有半町,中间要经过瞭望楼和小树林。从树下走过的时候,小草也随之摇摆。他发现有人在那里,原来是为了固守城池征用的农民男女拥抱在一起。

胜利的希望越来越小,坚守城池让人快速地向生物的本能退化,风气一天不如一天。

市兵卫之前并没有留意,现在才知道原来这种情形早已见怪不怪。幸好其中没有武士,应该都是些足轻、仆人和当地的农民。

宇兵卫的妹妹跪坐在墙壁斑驳的粮食库前的草丛中等待。黑暗中只有她的眼睛闪闪发光,看起来有点儿像狐狸。市兵卫靠近她,近得能感觉到她的呼吸。"我是杂贺市兵卫。"

"我知道。"

听到声音,市兵卫不由得想原来是她,击落糟谷四郎左卫门时,跟我说话的不就是她吗?

女子说:"难为你来这样的地方,请坐。"好像这草丛是她家似的。她把自己铺的席子让给市兵卫一半。市兵卫一边坐下一边问:"你叫什么名字?"

"我叫阿鹤。"

"你叫阿鹤?"市兵卫大吃一惊,他记得义观口中所说的女子就是这个名字,"你认识义观大人吗?"

"那位大人经常出入内宅和前厅讲经说法。"

"阿鹤您参加了讲经念佛会吗?"

"我听到讲经念佛之类的声音就讨厌。义观大人接受了石山的秘密旨意,想要窃取这座城。"

据阿鹤所说,城主和夫人都非常讨厌义观。山城守吉亲甚至说过要杀了义观。城中的人皆是因为感激别所家世世代代的恩义从播磨国各地聚集而来,如果义观的讲经念佛会持续发展下去,那么总有一天这场固守城池的战争会从对君主的忠义变成对弥陀的信仰,三木城将受本愿寺掌控。

"义观大人的做法等于蔑视城主大人的威信。相反,城主大人和夫人倒是经常把杂贺大人您的名字挂在嘴边,看起来有事情要拜托您。"

不会是让我杀了义观吧?

市兵卫看着阿鹤,但她只是在星光下微笑不语。

"恕在下冒昧,在下很喜欢城主大人。"

"不只城主大人,夫人您也喜欢吧?"

"夫人是怎样看在下的?"

"比如……"阿鹤把夫人提及市兵卫的话语都详细告知,包括一些细枝末节。市兵卫非常吃惊,心想:"原来她竟说了这么多关于我的事情!"得到贵人的喜爱,下人必须拿生命来回报。市兵卫抓住阿鹤的肩膀,"为了那二位,在下可以付出生命。"

"我们也是一样。如果那二位让我们去死,我们绝对毫不犹豫。那么市兵卫大人可愿意为我们制造船形火绳枪战车?"

怪不得,原来目的是这个。

市兵卫稍微有些吃惊,但他的手并没有从阿鹤肩上拿开,或者说不舍得拿开。当他回过神来,发现自己已把阿鹤推倒,正亲吻着她的嘴唇。阿鹤的口气有些腥臭味儿。

八

杂贺的船形火绳枪战车要从制造船只开始。市兵卫和平藏画好设计图交给了城里的工匠。

城里有几艘船,工匠将按照设计图改造其中的两艘。市兵卫对山城守吉亲说:"最重要的是选择火绳枪的枪手。"因为乘坐战车的人可以说必死无疑。武士参加战争的目的就是建功立业、升职加薪,如果死了就什么都没有了。以勇猛著称的三木城的武士也不例外。如果说日本存在不惜生命的武士集团,那就只有坚守摄津国石山城的本愿寺门徒。

参加此次军事讨论的义观一副迫不及待的样子,"能否把这件事交给在下?"

此时义观的讲经念佛会的人数已多达千人,他们厌离秽土、欣求净土,不惧怕死亡,相信死亡就等于往生极乐,他们把织田方视为弥陀的佛法之敌,而不是城主之敌。义观可以说是他们的法王,只要义观一声令下,应该有人欣喜若狂地赴死。

山城守吉亲一脸不快。如果说有人手握让士兵赴死的权力,那也应该是主君或者辅佐主君的自己,而不是客居的这位僧侣。但现实的问题是即使身为城主,也没有权力指名某位家臣,对他说"你去赴死",能这样说的只有作为刑罚命令他切腹自杀的时候。然而,这个僧侣手里却牢牢地掌握着这种权力。吉亲只能压住怒火暂时听义观的。

于是,义观从讲经念佛会中指定了二十名男子去市兵卫手下接受训练。那天晚上,久违的二人见面了。

"你说的菩萨行就是这个吧,我明白了哟。"

"你真的明白了吗?"义观仿佛怜悯似的轻轻一笑。

市兵卫回答:"我真的明白了哟。三木城与石山本愿寺唇齿相依,如果三木城败了,本愿寺就岌岌可危。因此,你受法桥上人(下间赖廉)之命,引导三木城的士兵们欣求净土，让这座城变得更强大。"

"原来你觉得等岳坊义观是听人命令行事的人。我所说的菩萨行并不是这个。像你们这样不懂人之可悲的男子，根本无法理解我。"

九月，船只的改造不那么顺利，再加上有别的事情发生，火绳枪战车一事不得不搁置。

所谓别的事情与毛利家有关。九月初，同盟军毛利家派来一位名叫桂兵助的著名忍者，他作为使者，传达了毛利家的意见：十日丑时，以狼烟为信号，我方将向敌阵发起总攻，请贵城同时发动攻击，我们两方夹击，痛痛快快地大展身手，将敌方一举歼灭。

毛利虽是同盟军，但如此积极地提议还是第一次，因此三木城的人们兴奋不已。然而，当时的三木城几乎已经毫无战力。

八千士兵中，能站起来走五町的人屈指可数。这半个月以来，城里想方设法也只能勉强给每个人每日提供两碗冷粥。据说九月一日晚上二之丸城郭里有八人饿死。火绳枪战车的计划推迟也与此有关。

三木城无奈回信道：收到贵城的提议甚为欣喜，但目前城中粮草已尽，士兵无力战斗，请贵方在发起总攻的前夜设法送来粮草，到时我方将派人接应。

所谓的大村之战就是以粮草运输为发端的。

毛利家的水军号称天下无敌，此次以生石中务为大将，率领战船由高砂的海滩出发，沿加古川逆流而上，最终到达位于加古、美囊两川交汇处的室山。他们在此靠岸卸下粮草，派八百名民夫和五百名精锐骑兵看守，然后迂回到敌军势力薄弱的平田。

平田寨由秀吉的部将谷大膳驻守。毛利军乘虚而入，拂晓前砍下了大膳的首级，拿下平田寨。

毛利军攻打平田的间隙，三木方带领兵粮运输队逐渐接近三木城，但不幸被秀吉发现，运输队的少量士兵力不能敌，山城守吉亲打开城门，亲自率领一千骑兵前去接应。时值天正七年九月十日早上。

双方士兵在美囊川北岸的田野上展开激战。三木方摆出鹤翼阵形迎战，秀吉方以锥形阵冲入。体力的差别决定了双方的胜负，不到一小时三木方就伤亡惨重，稍有名气的武士都已阵亡，逃回城内的山城守身边只剩几名骑兵。

此次战败把三木城推入了地狱。粮草运输的希望已经完全破灭，从这天起，城内开始吃老鼠、战马和草木。

此后一个月，因士兵体力不支，市兵卫停止了船形火绳枪战车的训练。每日也无战事，他和平藏郁郁寡欢，基本上都在火绳枪射击口旁边打盹儿。

城内不断有人饿死、战死,现在能站起来走路的都很少,整座城死一般寂静。事已至此,也许是为了鼓舞士气,长治每天都要巡视本丸城好几次。某天,他来到正在打盹儿的市兵卫身边,把他摇醒,用清朗低沉的声音说:"市兵卫,让你受苦了。毛利方迟早会来救援的,我们必须设法坚持到那一天。"

事实上,毛利方也正值多事之秋,根本无暇分身来救援三木城。但长治始终相信毛利方履行盟约的诚意,不仅长治,别所家的重臣也都坚信这一点。

"市兵卫,我有事情想拜托你。"

"是。"市兵卫跪拜行礼,随后意识到长治要说的还是船形火绳枪战车的事情。他猛然抬起头,正好与长治四目相对,那双如少年一般有着黑色瞳孔的眼睛像恳求似的看着他。市兵卫的双眼瞬间湿润了。当他回过神来,发现自己正伏在地上哭泣,眼泪的温暖让他感到愉悦。有时,当人决定为什么而死的时候,会感到一种如潮水般涌来的快感。今天这个男子让市兵卫内心不由得呐喊:我要为如此美丽的人而死!

但是,唯有平藏非常冷静。他知道以后拽着市兵卫的袖子,白了他一眼说:"少爷真是太傻了。"船形火绳枪战车本来已经停止了,为何主动提出要继续呢?平藏不能理解像市兵卫这样的实用主义者怎么会忘记回到家乡另立门户、娶妻生子的理想，到底为了什么痴迷，选择死在异乡的城池呢？他实在想不明白市兵卫的转变。

平藏当然不能理解，因为他不知道解开谜底的关键在其他事情上，他不知道自那天起市兵卫几乎每晚都去粮草库前的草丛中跟阿鹤幽会。

㈨

阿鹤的眼睛大而无神，下巴很尖，看起来身量纤纤，实际上情欲旺盛。

她嫁过一次人，之所以离婚也许就是因为那旺盛到令人咬牙切齿的情欲。一切都是阿鹤诱导的，市兵卫还是太年轻了，而且他本来就不擅长跟女性打交道。

两人躺在一张席子上，完事儿之后就坐在那里。荒芜一片的城池中，仿佛只有这黑暗的草丛里才能感受到浓厚的生者的气息。

在这里听不到敌军的呐喊，我方守城士兵的声音听来也很远，那张破旧的草席对阿鹤和市兵卫来说就像夫妇二人的家一样。

拥抱过后，阿鹤都会说："市兵卫大人"，然后把一块儿晒得干绷绷的食物递给他。市兵卫飞快地接过，狼吞虎咽地吃起来。阿鹤也拿出一块儿一起吃。原来是干鱼。不知道是从哪里弄来的，但她每次都会准备两块儿。

"内宅给你们配置了这样的食物吗？"

市兵卫每次问她，她都只是敷衍地笑笑而已。

话说阿鹤的脸色很好，城中的人只有阿鹤还像以前一样面色红润。虽然她只给了市兵卫一块儿，但也许还藏有大量的干鱼，平时偷偷地吃。

"阿鹤，跟我说说话吧。"市兵卫央求着。

阿鹤趴在席子上跟他聊天，虽然带有浓厚的播磨国东部山村的乡音，但她是个健谈的人。聊天的内容是阿鹤的日常生活，基本都离不开长治夫妇的话题。

阿鹤经常说："虽然我没有见过神，但我想应该就是像他们二位那样的。只有在他们二位身边侍奉才是我活着的价值。"她也许暗恋长治。实际上，有时候阿鹤会突然让市兵卫紧紧地抱住她，口中说着："如果您是城主大人。"也许她利用市兵卫代替了对长治的爱慕。

二人不厌其烦地聊着长治夫妇的话题。市兵卫向她倾诉自己的心情："我出身乡下，可能是因为身为没有主君的杂贺众，所以才倾慕长治大人吧。"

杂贺众是自发聚集的群体，也就是佣兵，无论是习俗还是精神都缺乏武士之美。市兵卫从小就憧憬武家的古风之美，就像欣赏时代久远的源平争战的绘卷一样。

但是，这也可能是谎言。

两人的聊天话题每重复一次相同的内容棱角就会被磨掉一些，越来越光滑，现在已经变得像小调儿一样圆润。他们每天完事儿后就像唱着小调儿一样赞美长治夫妻，恰如念佛的信徒憧憬弥陀，念唱"南无阿弥陀佛"的六字名号一般。他们二人心中的长治夫妻就像念佛信徒心中的弥陀。

与念佛相似的还有一点，即只要念唱就能体验到一种美妙的快感——自己的罪孽被救赎，自己能够前往更美好的世界。

当城中的士兵都在忍着饥饿战斗的时候，只有阿鹤和市兵卫在这特别的草丛中"生活"。这难道不是一种背叛吗？虽然两人都不提起，但这种罪恶感已深入他们的内心。也许是为了让这种罪恶感沉睡，或者说逃离它，他们一心一意地谈论和赞颂长治。

此外，与念佛相似的还有另外一点，即欣然赴死的精神。阿鹤和市兵卫互相歌唱着要为长治而死的信念。他们觉得在欣然求死的瞬间，自己的罪孽已得到净化。或者说这就是真正的武士道。总之，对于兵粮库前黑暗的草丛中发生的事情一无所知的平藏来说，实在难以理解市兵卫为何会莫名地感动,为何在长治面前流着泪发誓要继续制造船形火绳枪战车。

十

因为之前选出的船形火绳枪战车的十位枪手中有的饿死,有的已无法站立,市兵卫只能再次拜托义观。

"需要多少人?我这里有的是。三十人也好,五十人也好,都不成问题。"

"十人就行。"

"就这么点儿人就可以了?"

讲经念佛会的人数即将达到两千。听说他们为了打倒佛法之敌报答佛恩,陆陆续续心甘情愿地追随义观。

"十人就行,加上我和平藏共十二人。"

"不,"平藏插话说,"我拒绝。我不是讲经念佛会的信徒,没有非去不可的道理。"

"平藏,我是你的主人,我要带你去。"

"我不愿意。"他目光坚定,一副无论如何也不能动摇的表情。

义观恶狠狠地看着他说:"你这样是会堕入地狱的!"

"那么，您又会如何做呢？"

"我不能去。"

"为什么？"

"难道你不明白吗？如果我不在，这座城里的人就不知道什么是弥陀的本愿，会迷失在无尽的长夜中。我是他们的导师。"

市兵卫忽然很惊奇地盯着义观红润的脸颊说："真是不可思议，你倒是一点儿也没瘦。"

"因为有人布施。"

"是谁？"

"门徒们会分给我一些冷粥、树木的果实或者马肉，布施对门徒们来说也是积累功德之乐。"

天正七年岁末，船形火绳枪战车准备就绪。此时秀吉的包围圈进一步缩小，在距离三木城二三町的位置安营扎寨，外围设置了带有荆棘的栅栏，夜晚点起明亮的篝火。

平藏说："少爷，城池陷落已成定局。三木城的众人做梦都想着毛利家的援军，但他们并没有来。即使少爷用船形火绳枪战车发动进攻鼓舞了士气，但毛利的救援军不来，城池早晚会陷落，少爷会白白牺牲。即便如此，您还要坐上战车吗？"

"是的。"市兵卫回答，但他的声音已没什么力气。平藏说的其实很有道理，从毛利家的动向来看，他们在极力回避与织田方的冲突，一心一意保护自己的领国。正如平藏所说，毛利家的援军不会来三木城。

"少爷，请您不要去。我们杂贺众带着火绳枪四处奔波，被雇佣参加各种战争，并没有固定的主君。如果您为了并不存在的主君而死，会沦为家乡的笑柄。"

"被嘲笑也无所谓。"

"我有一个好的想法。"平藏说，"如果船形火绳枪战车对这座城真的那么重要，去实施也可以，让讲经念佛会的那些人去就行。少爷您把方法全部教给他们不就好了吗？"

"你是说仅仅当指挥，但我不去？"

"是的。"

"这种做法不是和义观一个样吗？"

"那个和尚就是嘴上能说会道。你学学他的一张利嘴没什么不好。东村的治郎次老爷……"

"怎么又突然说起家乡的事儿了？"

"治郎次老爷说可以把沙洲岬角的田卖掉三顷。等这次战争结束，您去参加能够拿到雇佣金的战争，然后买下那些田，不要忘了另立门户、娶妻生子的理想。如果您不喜欢治郎次老爷家的田，栃木的嘉兵卫老爷愿意将瓢夏山南侧的田卖出四顷，您可以任意选择这两家的。"

市兵卫不高兴地说："不要再说田的事儿了。"但是，从表情可以看出他内心已经开始动摇了。

那天晚上，他也去见了阿鹤。市兵卫意识到近日来由于身体状况自己已经没有了情欲，饥饿让他连步行都是摇摇晃晃的。

尽管如此他仍然去见阿鹤，目标并不是她的身体，也不是她讲的那些事，而是她准备好的那块干鱼。市兵卫连拥抱阿鹤的力气都没有了，一见到她就伸出手说："给我干鱼。"

虽然这不符合平时的顺序，阿鹤还是沉默着递到了他手里，但她眼里却闪着冷冷的光。

"市兵卫大人您这是不行了呀。"

"我太饿了。"

"之前你也这样说过，把我丢在一边。难道你不觉得我可爱了吗？"

"觉得。但是我快连说话的力气都没有了。"

市兵卫狼吞虎咽地吃着，然后突然抬起头问："这是干乌贼吧？"

他太着急吃，现在才注意到从今天晚上开始干鱼换成了干乌贼。

"是的，是干乌贼。"

"真是太奇妙了,和干鱼一样的味道,就是那种熟悉的土腥味儿。"

阿鹤靠了过来,但市兵卫连回应她的力气都没有了。

两人沉默着站了起来。那天晚上他们也懒得聊长治的话题,吃完干乌贼就离开了。

天正七年十二月初,船形火绳枪战车一切准备就绪,杂贺市兵卫把这个奇怪的物体从赏月塔旁边的工作间中放下来,拉到了城池正门内侧。战车只有一辆。当初计划造两辆,市兵卫将其缩减成一辆。无论一辆还是两辆,在扭转战局上能发挥多大的作用还是未知数。

船形火绳枪战车的真面目并没有什么特别的,不过是一艘长五间的旧船而已。旧船的上方覆盖着一个厚厚的木制的拱形顶,看上去像斜纹夜蛾的幼虫。这个奇特的物体上还安装有四轮的车子,由两匹马拉着前进。

战车上可以承载士兵,其中一人需要在外驾驭马匹。左右两侧各设有三个射击点,战车内部的人员分工明确,即负责射击的和每次射击完毕后负责传递新火绳枪的。

船形火绳枪战车的用途是通过连续射击一举冲入敌阵拿下敌方大将。待战车冲进大将所在的阵营后,士兵会从内部打开门闩推开拱形顶,拿着长枪一跃而出。据说这是天正初年纪伊国杂贺乡的铃木清兵卫发明的,但是从未在实战中运用过。

市兵卫的随从轻部宇兵卫看着这个奇怪的物体，恐惧不安地说："真是连万分之一的生还机会都没有。"对于武士来说，死就等于失败。这种以失败为前提的战术，各领国的武将是不会采用的。不久义观过来了，发出啧啧的赞叹声。

"这才是欣求净土的我们念佛门的行者应该乘坐的战车。市兵卫大人你坐哪儿啊？"

"还没决定。"市兵卫敷衍地回答。

"无论坐在哪里，还是早点坚定往生的信念比较好。今晚你来参加我的讲经念佛会吧。我想尽快把佛法讲给你听。"

这时，一旁的平藏开口了："义观大人，您乘坐一下试试吧，我给您打开拱形顶。这是前往净土的船，可能它没有弥陀的愿船那么难能可贵，但是能够体验到乘坐愿船的感觉，也许能加深您的念佛修行呢。"

"原来如此，那我乘坐看看吧。"义观仅仅嘴上这样说着，最终还是不愿乘坐，只是仔细地观察了战车四周，不知何时悄悄走开了。

十名讲经念佛会的男子过来了，其中有足轻也有武士，他们一有空就不停地念佛。每个人的表情都不可思议般地平静。市兵卫必须确定他们的位置和责任。

"杂贺大人是负责驾驭马匹吗？"

对这些死士来说，在外面驾驭马匹也是格外需要勇气的任务。市兵卫脸色苍白，摇了摇头说："我不擅长骑马。我是杂贺众，负责在内部射击。有人愿意驾车吗？"

"我来吧。"当场就有人报名。不愧是讲经念佛会的信徒，任务分配进行得非常顺利。

之后，山城守吉亲通知市兵卫明天拂晓出发，住江外记将率领五十名骑兵护送他们一程。

"好的，明白！"

"怎么了？你的脸色看起来不太好，是不是肚子疼？"

"不是，可能是饿的。"

"今天晚上只给火绳枪战车队分发小麦，请你们多吃一些增强体力。"

"……"

"听到我说话了吗？"

市兵卫突然下跪行礼，回应吉亲的确认。随后他抬起头，似看非看地望着山城守的脸。奇妙的是，对于自己明天将乘坐船形火绳枪战车出城一事，市兵卫无论如何也体会不到真实感。在听山城守讲话时，他的脑海里一直闪烁着鲜艳的绿色和蓝色两种风景，一种是治郎次家的田，另一种是瓢夏山南侧的嘉兵卫家的田。

那天晚上，市兵卫终于饱餐一顿。子时，他照例离开卧室外出。

是为了见阿鹤。

为什么要见阿鹤呢？市兵卫自己也不清楚。也许只是习惯了。他今天晚上吃得很饱，不那么想要阿鹤的干鱼，也不怎么想听长治的事情。实际上，他一想起长治的脸，就会浑身颤抖。不知不觉中长治对他来说已经等同于死亡二字。也许是这个原因，对于明天早上乘坐船形火绳枪战车一事，他总觉得不那么真切。

到底怎么回事儿呢？走在黑暗中的市兵卫双唇紧闭，入神地想着，不知不觉就来到了兵粮库。

黑暗中，他拨开草丛，双脚四处打探寻找，但阿鹤不在。他觉得有东西缠住了脚，原来是那张旧席子。从夏天到秋天，它就像是阿鹤和市兵卫的家一般，现在却落满白霜冷冰冰地躺在那里。入秋以后，阿鹤和市兵卫都是以兵粮库的一角为家。

市兵卫敲了敲兵粮库的门，小声地呼唤"阿鹤"。他并没有得到阿鹤的回应，却听到了有人在仓库里走动的声音。他啪地推开门，一个箭步跨进去，借着门口照进来的月光看到了角落里蹲着的人影。

"阿鹤，是你来了吗？"

他想靠近，那个人影却想爬着逃走。从身形来看不是阿鹤,他大吃一惊,一手握住刀柄。

"是谁?"

对方没有回答,市兵卫觉得双腿发抖,虽然他习惯了战场,却没有跟活生生的人面对面厮杀的经历。恐惧让他拔出了刀,刀出鞘的声响很大。

见到这种阵势,对方好像站了起来,"等等,我是义观。"

"义观?"

"这是真的,你看,是我呀。你先把刀收起来,然后过来,我有好东西给你。"

市兵卫并没有收起刀,而是呆呆地站在那里,双腿不停地颤抖。

正在那时,义观的右手突然抬起,一个黑色的东西朝着市兵卫的脸飞了过来。市兵卫大吃一惊,"哎呀"大叫一声,挥着刀向前冲去。

他闭着眼睛疯狂地乱砍,刀砍在墙壁上,震得他胳膊发麻。趁着这个间隙,义观冲了过来。刀发出很大的声响落在地上,同时,市兵卫承受不住义观的冲撞仰面倒地。

"放开我。"不知何时,市兵卫双手紧紧地掐住了倒在自己身上的义观的脖子。

"笨蛋市兵卫,放开我。难道你不知道我扔给你的是干鱼吗?"

"干鱼？"市兵卫吃惊地松开了手。

"你这个胆小鬼，我特意好心扔给你的，你害怕什么呢！"

"你说是干鱼？"

义观从市兵卫身上爬起来。市兵卫的手在地板上摸索，捡起干鱼咬了一口，有淡淡的阳光的味道，还有记忆中熟悉的土腥味儿。他非常吃惊，这不是跟阿鹤给我的一样吗？

"这是从哪儿来的？"

"你到这儿来。"为保险起见，义观把市兵卫的刀踢到远处，然后带他来到仓库的一角，敲敲墙壁，"就在这里。如果看不清，你可以用手摸索。"

墙壁下方被挖开了一块儿，市兵卫把手伸进去掏出了一些干鱼，还有干乌贼。

义观说："这是筑城的古法，考虑到固守城池的情况，把干鱼埋在墙根下。这座城池里的人似乎忘记了老祖宗留下的东西。我一入城就发现了这个，粮仓变成空仓后就从这里掏干鱼吃。你也吃吧，吃多少块儿都行，掏完干鱼把这些空的粮食袋子堆在这里，谁也不会发现。市兵卫。"

"干吗？"

"这个味道你熟悉吧？"

"是的。"

"那些是我给阿鹤的。为了打探内宅的情况,我用干鱼饲养了阿鹤,她又用干鱼饲养了你,真是个淫荡的女人!"

"这么说你跟她也发生关系了?"

"不说这个了。"义观好像想起了什么事儿,咻咻偷笑着转移了话题,"这个仓库不会有人来,明天深夜以前,你藏在这里就行。你其实害怕坐上船形火绳枪战车吧!我可都知道。"

"……"

"就算躲起来了,你对这座城来说也不过是个外人,谁也不会责怪你。比起这个,你造出了船形火绳枪战车,对于你我的主君石山本愿寺来说是极大的功劳。只要有了战车,士气自然会高涨,这座城也能多撑一些时日,等我回了石山也好交差。"

"这就是你所说的菩萨行?"

"菩萨行?我说过这话吗?"义观好像忘记了,想了一会儿又抬起头,敲了一下他那突出的下巴,"明白了,你说的是这个——我是个恶人呀。"

"你的意思是?"

"杂贺市兵卫,你不懂我内心的悲伤。正如你当初注意到的,我受命于下间法桥要在这座城里进行秘密任务,为了让城池更强大,我需要他们都加入讲经念佛会。事实上,这种手段非常毒辣，善人根本无法忍受。但我自幼就觉得自己与他人不同，悄悄想着自己是罪大恶极的人。进入这座城池，进行着这种恶毒的任务，我想弄清楚我内心恶的极限。把这件事搞明白就是我所说的菩萨行。你能理解吗？你不理解。我真切地认为自己是个恶人。但是，在我们一向念佛宗，正因为是恶人，阿弥陀如来才会拯救。我想深化自己的念佛修行，为了达到这个目标，就必须要弄清楚自己恶的极限。我觉得自己终于弄明白了，证据就是这两三天以来我念佛时觉得欢欣雀跃，非常享受。"

义观低声念着南无阿弥陀佛，念完后苦笑道："但是，这也极有可能是我这个恶人掩饰自己本性的大话罢了。"

义观歪着头，一副快要哭出来的样子。市兵卫不明白他在说什么，茫然地盯着他，就像在看一只奇怪的动物。

市兵卫就地躲在兵粮库里，几天之后才出来。他并不是别所家的家臣、被官，所以没有被问责。船形火绳枪战车的计划作罢，既有指挥者市兵卫放弃任务的原因，同时也是战况不允许的结果。市兵卫躲进兵粮库后的第四天，本丸和二之丸联合组成的新城也被敌人攻陷。

天正八年正月十五日，别所长治看着城内饿殍满地的惨状，觉得再让家臣、平民受苦就是罪恶，于是让贴身侍者宇野右卫门佐带着手书到秀吉的部将浅野弥兵卫长政的营地宣告投降，其条件真是举世罕见。

"十七日申时，长治、吉亲、友之等人将举家切腹自杀，然城内士卒、杂役等可堪怜悯，望能救其性命，乃长治今生之幸。"

秀吉感叹"别所侍从真是武士之楷模"，接受了他的降书，命令长政给他送去酒菜。十六日，长治把城内所有的士卒召集到本丸城的大厅与他们诀别，十七日，在城郭内三十张榻榻米宽的会客厅中设座自杀，鲜血染红了铺在地上的白绫。

山城守吉亲、彦之进友之紧随其后，长治的夫人杀死两个儿子两个女儿后，刺穿了自己的喉咙。吉亲的夫人和孩子自不必说，长治的弟弟彦之进友之年仅十五岁的新婚妻子也殉夫自杀。

"能以此命换众人，此身已无怨和恨。"这是长治的辞世之句。夫人留下的是：

"世间生死本无常，妾愿与君同生死。"

让杂贺市兵卫魂牵梦萦的城主夫妻的美就凝聚在这两首辞世和歌中。播磨国东部的名门、以家门名誉为傲的别所家历时十四代，至此灭亡。

开城后，义观和市兵卫回到了石山城。等岳坊义观在石山城负伤后，躲到播磨国，他开创的寺院至今应该还存在于兵库县的某个地方。石山城陷落后，杂贺市兵卫带着平藏回到了纪伊国，不知道他最后买了治郎次还是嘉兵卫家的田。

贪玩女子物语

一

七藏把茱萸果的核在舌头上转了转,然后噗地吐了出来,叫着妻子的名字"小梅,小梅"。果汁的酸味霎时间在他口中弥漫,口水满溢,都滴到了下巴上。

他皱着眉头,用手背擦了擦下巴,看着西边的天空。

在围墙的对面能看到岐阜金华山城的白色瞭望楼。

"小梅,你不在吗?"没有人回应。

七藏无聊地看着那座城池,但是又很快皱着眉头移开了视线。

今天实在是不想再看那座城池了。

伊藤七藏政国是织田上总介①信长的亲卫骑兵,俸禄三百石。

他昨天才从战场上回到久违的家,这次战争持续了很久。元龟二年(1571)五月突然接到出征的命令从岐阜城出发,五月在伊势的长岛,九月在睿山作战。整日辗转于不同的战场,忽然发现已经离家半年了。

终于可以休息一段时间了。

---

① "介"为律令制下四等官的第2位。主要职责为辅助长官处理事务,在长官有事时代替长官执行政务。"上总"为上总国。

昨日午时，在本丸城下的广场上征战归来的部队才刚刚得以解散。

七藏扛着沾着血迹的长枪，快马加鞭地赶到西之丸①城外的邸宅，敲了敲家门。他想如果小梅来开门，哪怕是在玄关把她扑倒也无所谓，似乎这样才能释放自己日积月累的情欲。

然而实际情况与想象大不相同。家里除了杂役吉次外没有其他人。

"夫人昨天回娘家了。"

"什么？"

"夫人不在家。"

"这可不行。一家之主久违地从战场上回来了，这个女人又在疯玩什么呢？吉次，你骑着这匹马，就算是绑在马鞍上也要把她带回来，不然我砍了你的头。"

但是，等到今天日上三竿的时候小梅才回来。

小梅走进七藏的房间照例向他行礼，想庆祝他平安归来。但是七藏急躁地打断了她。

"你干什么去了？"

"参加法事。"小梅平静地回答，表情就像小女孩儿。小梅嫁给他已经十年了，有些地方却还保持着孩子气。当然，

---

① 城郭西部的一角，相对于"本丸城"称为"西之丸"。

这也正是吸引七藏的地方。

"我知道是去参加法事。但是,你娘家离这儿不到二里①,昨天晚上为什么不回来?"

"好久不见的姐妹和表姐妹们拉着我玩贝壳配对②游戏,不让我走。"

"哦,原来是在玩贝壳配对游戏。"

七藏的脸色变得柔和,眯缝着眼睛想象小梅用孩子气的动作投入地玩贝壳配对游戏的样子。他觉得小梅太可爱了,可爱到让自己想把她含在嘴里吞掉。

"那谁赢了?"

"小梅赢了呢!先不说这个了,夫君你这次又立功了吧!"

"砍了一个杂兵的首级,一个穿着盔甲的大将的首级。"

"哇!你的俸禄会增加吧!"

"可能吧。"

"那小梅有个请求。"

又来了。

七藏有些厌烦,小梅总是这个样子。每当七藏从战场上

---

① "里"是日本的距离单位,一里约为3.9273千米。

② 将360个蛤蜊的贝壳分成两半,其中一半放在地上,然后从另外一半中找出能与之配对的贝壳的游戏,日语为"貝覆い"。该游戏盛行于平安末期的贵族之间,后来被室町及江户时期的上层继承。

回来时,她总是指望夫君的俸禄能够增加,央求着要买东西。

"你不能适可而止吗?我提着头在战场上卖命,你却潦草地对待我获得的赏赐,央求着要买东西,真是一点儿也不可爱。首先,你不觉得被我砍下首级的这些人很可怜吗?他们付出生命的代价,不是为了换来你那些窄袖和服跟头饰。"

"是这样吗?"

小梅气呼呼地扭过脸去。七藏心想又来了,总是老一套。接下来她照例会说:"小梅最近有些累了,今晚恕我不能侍候您了。"

七藏呢,也总是不得不妥协,"知道了,随你喜欢就行。"

现在他也说了同样的话,照例妥协了。虽然妥协了,但是心中涌起的充满火药味儿的怒火却不是那么容易消散的。

七藏来到院子里,摘下一枝茱萸放在走廊上,一个劲儿地嚼着茱萸果,除此之外他没有别的办法可以排遣这闷闷不乐的心情。

"小梅,你不在吗?"他又叫道。从刚才起他已经连着叫了好几遍,终于远远地听到了小梅的脚步声。随着脚步声渐近,小梅出现在他面前,规规矩矩地向他行礼,"您叫我吗?"

"茱萸果好酸,给我倒杯茶。"

"嗯,床铺好了,您要不要先休息?"

"啊!"七藏高兴地站了起来。

这正是七藏的可悲之处,他瞬间把茶的事情抛之脑后。

"那您还要不要喝茶呢?"小梅眼角眉梢都带着笑,仿佛在嘲笑他。

"茶一会儿再喝,先上床休息吧。"

"可是太阳还很高呢。"

"没关系。对于从战场上归来的武士来说,没有夜晚和白天之分。"

七藏那副傻样子真是让小梅不忍直视。

和小梅温存了半小时左右七藏才起身。他盘腿坐在床上用毛巾擦汗,低头仔细地看着小梅。

小梅睡得很熟,仿佛连呼吸都中断了。

尽管是自己的妻子,但七藏还是深切地感叹道:"真是个好女子!"她的皮肤略黑,身材有些瘦,但这样的妻子的好处只有在床上才能体会到。

没什么大不了的。请求之类的,无论什么我都会答应。下次上了战场再赚回来就行。

七藏回到走廊上,那里有剩余的茱萸果,他又开始一个劲儿地吃。

(二)

回到岐阜已经一个月，七藏每天吃茱萸果，和小梅同床共枕。小梅的脸上开始显露出疲惫之色。

一天，七藏从城中归来，"欢呼吧！我的俸禄增加了二百石。"

小梅点了点头，仿佛在说"哦！"

"您不会忘了吧？"

"我没忘，你到底想买什么？"

"已经买了。"

小梅先是回到内宅，然后穿着一件耀眼夺目的白色丝绸窄袖和服走出来。

"嚄！真是太漂亮了！"

七藏去过很多地方，却从未见过如此华丽的窄袖和服，下摆用银丝绣着波浪，金丝刺绣的一轮旭日闪耀在飞溅的浪花间。

"怎么样？是不是很适合小梅？"

"是很适合，不过……"七藏一时说不出话来。

岐阜的城下町①有很多从京都和大阪来的商人，都是为了赚取战胜归来的武士们的钱。小梅这件和服应该就是他们推销的。七藏自己都觉得自己没出息，颤抖着声音问："多少钱买的？"

"三块儿金子。"

他心里想："啊？"但是忍着没出声。三块儿金子都可以买一身差不多的盔甲了。

他脸色苍白，"我跟你说一些事，你不要生气。你出生于乡下的村长之家，不明白武家的内情。俸禄虽然增加了两百石，但不是说能够随便塞进自己腰包的。随着俸禄的增加，支出也会变得庞大。"

"……"小梅不高兴地扭过脸去。

"比如说要招几个新的家臣，还得给他们备好长枪、刀、盔甲等装备。我还想要一匹马换着骑。而且我的盔甲如果还用之前的会显得太寒酸了。考虑到俸禄五百石的体面，至少必须要戴用西洋舶来的精炼铁打造的、有适当装饰的头盔。这样算的话支出真是没有止境。为了将来打算我得告诉你，武士俸禄的增加可不是说让我们过得更奢侈，而是意味着让

---

① "城下町是指以领主居住的城郭为中心，在附近发展起来的都市。战国后期，伴随着兵农分离政策的推行，领主直属的武士团与商工业者被强制集中于城下，形成城下町，并逐渐发展成领国政治、经济、交通的中心。

我们整顿兵马以便更符合身份（小部队的组长）。你明白吗？"

"不明白。"

"真让人伤脑筋。"

"这件和服要是不合夫君您的心意，让吉次现在就去退了。但是……"

"别说了。"

七藏一脸不高兴，他知道小梅要说什么，肯定又说因为劳累无法侍候他睡觉。

"夫君。"

"别说了，我知道了，买吧。"

他想家臣和马匹就先放弃吧，下次在战场上再多砍几个首级就行了。

几天后，朋友石黑助右卫门来家里玩，疑惑地问："七藏，你俸禄增加了不庆祝一下吗？"

"因为家中开销增加，就不庆祝了。虽然有些失礼，但是俸禄增加的喜事以后还会有的，到下次上战场前，先欠大家一个人情，拜托你替我好好转达给大家。"

"好的。"助右卫门点了点头，说好像最近就会动员大家出征。

七藏高兴地拍着膝盖说："喔，是吗？一个月没打仗，我浑身都不自在。"

"喜欢出征的只有你这样的。"助右卫门瞧不上这样的七藏，轻蔑地笑了笑，"我们这些直参①还好，但是那些陪臣就很可怜。都说织田家用人很粗暴，有好多杂役都跑到别家去了。这几年真是连年征战，虽然我并不是在抱怨主君，但也着实觉得太多了。"

"再忍耐忍耐，助右。主君有一统天下之志，如果主君得了天下，我们干得好的话能成为大名呢。"

大名，大名，七藏不断重复地说着，他那张满是胡子的脸渐渐笑得前仰后合的。

"七藏，先不说大名的事情了。今天我有件事儿想劝劝你。你愿意听我说吗？"

"只要是你说的，我都愿意听。"

"纳个妾吧。"

"啊？"七藏吃惊地张大了嘴巴，"你是说我吗？"

"说的当然是你。你家夫人一直没有生子，以后应该也不会生。武士之家没有继承人也是对主君的不忠。即使将来当上大名，但如果没有孩子，就享受不到代代相传的乐趣。"

"有道理，你这个提议太好了。"七藏的眼睛都发光了。

---

① 直属于主君的家臣，与"陪臣"相对。"陪臣"是指主君的家臣招募的家臣、下属。

"但是这也需要有合适的对象才行。助右,你有合适的人选吗?"

助右往前凑近说:"年纪稍微有些大,二十二岁,跟你家夫人不同,皮肤特别白皙,身材丰满,五官比神社的巫女还要美丽。"

"真想见见。"

"给你见。明日晌午,你到越前街道稻叶宿那里一间叫做播磨五兵卫的茶店来。"

"稻叶那里离小梅的娘家很近呀。"

"不方便吗?"

"没关系。纳妾是男人的本事。"虽然嘴上这样说,但一想到不知道小梅会怎么样,他的心情就有些沉重。

当天晚上,他把小梅叫到卧室,很想把这件事情告诉她,但是转念一想,算了,等到把人带回家了再说也不迟。

小梅看着闷闷不乐的七藏问:"您是不是有什么心事?"

"不是,是伤口疼。之前受的伤还没有痊愈。"

这并不是谎话,右侧大腿下面被长枪刺伤的地方又开始化脓了。

"我给您用烧酒清洗一下吧。"

"你给我洗吗?这可真是稀奇。"

"您是对我来说非常重要的夫君呀。"

她把双耳盆中装满烧酒端了过来。平时颇为凉薄的女子仿佛变了个人,非常精心地照顾七藏。

小梅把蛤蜊形状的盒子掰开,取出黑色的药膏。"这是从御岳的修验者那里买来的金疮药,我给您抹上,看起来似乎很有效呢。"她开始往伤口上抹药膏。

"有一点儿刺痛。这么疼的药可能像你说的那样会有效果。"

七藏忍着疼,但是疼痛越来越厉害,他终于忍受不住了,"好像肉和骨头都要碎了。"

"忍着点儿。在织田家屈指可数的心腹骑兵中,夫君您可是远近闻名的武士,大家都叫您'先锋七藏'呢!"

"再厉害的'先锋七藏'也忍受不了这药的疼痛。难得你这么费心,但还是给我洗掉吧。"

"那可不行。这药是由鱼腥草和石楠花熬制后加入油脂凝炼,再掺上西洋舶来的叫做胡椒的香料制成的,据说对化脓最好了。"

"胡椒。"七藏再无知也听过这种香料,光听名字就觉得更疼了,疼得几乎快要昏过去。

"洗掉吧,拜托了。"

"那可不行。夫君,听说石黑大人给您牵线,您要纳妾?"

"你从谁,从谁那里听说的?"

"阿天告诉我的。"

"什么,阿天是谁?"

"您不知道吗?她就是即将成为您的妾室的女子。阿天昨天来家里告诉我的。"

坏,坏了。

这件事传到小梅耳朵里也不奇怪。阿天是稻叶附近农民的女儿,那一带是助右卫门的封地。小梅的娘家人是附近几个村庄的村长。阿天作为村民的女儿,考虑到小梅的体面,事先向她打声招呼也是应该的。

"那,那你是怎么回答阿天的?"

"我说早点儿过来吧,没有子嗣是小梅的罪过。"

"你,"七藏忍着剧烈的疼痛说,"你是不是早就认识阿天?"

"知道但也不太认识。前一段时间去参加法事的那天晚上,她跟我们一起玩了贝壳配对游戏,是个特别活泼开朗的女子。"

"小梅,这件事是不是你早就预谋好的?"

哈哈哈,小梅笑得捂着肚子,"你现在才发现啊,是小梅拜托石黑大人劝你纳阿天为妾的。"

"为什么?你为什么谋划这个?难道你不嫉妒吗?"

"哎呀，我会嫉妒？我做这一切都是为了伊藤家。"

"撒，你撒谎。你是怕我出征以后一个人无聊，想跟阿天一起疯玩吧。"

"这个嘛……"她虽然在笑，但总觉得有所图谋。

"我可提前跟你说好，阿天来侍奉的话，我可是也要和她一起睡的。怎么样？"

"没问题。"小梅点点头。

也许小梅的这个态度对七藏来说才是灵丹妙药。不过，他对小梅的反应反而有些沮丧。

这家伙难道还是个孩子吗？

已经结婚十年了，但他还是无法猜透妻子的心思。

但是，至少七藏不需要再顾虑小梅了。他使劲儿发挥着那贫瘠的想象力想着明天就能见到的阿天到底是什么样的女子。

"疼痛缓和多了吧？"

"嘘。安静点儿！"七藏猛地抬起头，"你听！"

从远处的金华山附近突然传来了鼓声，七藏眼睛放光数着鼓声，没错，肯定没错，他"腾"地一下跳起来，"小梅，要出征啦！"

他一边叫着，一边一把掀开盔甲柜的盖子。

三

之后,七藏政国转战各方,于天正元年(1573)八月进入可俯瞰琵琶湖的近江国横山城。

那就是闻名遐迩的浅井氏的小谷城吗?

琵琶湖北岸岿然耸立着近江国势力强大的豪族的城池,看着那座城,七藏觉得精神振奋,身躯不由得一震。

围攻小谷城的织田军的司令官是木下藤吉郎秀吉。

为了攻打小谷城,藤吉郎秀吉早就在对面的横山筑起了城池,做好了持久战的准备。

然而,今年八月二十日后,战况突然发生了巨大变化。小谷城浅井氏的同盟军越前国朝仓氏在自己的封地上被信长消灭,小谷城成了孤城。织田方决定集中全部兵力攻打小谷城,在这个战略下,信长命令七藏跟随藤吉郎,与其他的增援部队一起进入横山城。

某天,藤吉郎巡视城池时看见了在西北方的瞭望楼下打盹儿的伊藤七藏,吃惊地问:"那是谁?"

贴身侍卫回答:"他就是传闻中的草笠七藏。"

"是吗?"

相关的传言秀吉也有所耳闻,听说在之前的越前国一乘谷之战中，这个男人的头盔被城墙上射出的火绳枪子弹射掉后，他戴上一顶破旧的草笠如鬼神一般横扫战场。

据说信长非常赞赏七藏的神勇，"七藏，以后我送你个称号叫'草笠'吧。"

从主君那里获赐称号是极为崇高的荣耀，有人甚至把这种称号作为姓氏或者刻在战时用的背旗上。

然而七藏却不是很开心，"您只赐给我称号吗？"

"还不够吗？"

"在下不敢。但是如果您能再给我增加一些俸禄的话就更幸福了。"

"你真是个贪心的男子！"信长苦笑道。别人都认为他是个脾气暴躁的男人，但实际上他很擅长跟下属打交道，能够很好地对待下属的欲望。他立即叫来书记官，当场决定给七藏增加一百石俸禄。"以后根据你的表现，还会增加更多哟！"他还不忘激起下属的欲望。

"太感谢您了！"七藏欢喜雀跃地退下了。但是从此以后越前国的阵营中关于七藏的评价急剧恶化，大家都说他居然向主君勒索俸禄。

第二天，当七藏杀了朝仓家的大将平野修理东一时，信长立即赏赐，又给他增加了二百石俸禄。这种即刻行赏的待遇只有七藏才能享受到。

这件事情又成了大家对他恶评的原因。"那个男人不仅勒索俸禄,而且跟个乞丐一般!"大家不是叫他光荣的"草笠",而是称呼他"乞丐七藏"。

原来传闻中的那个男子就是他呀。

藤吉郎非常感兴趣。

他命令贴身侍卫:"把他叫到我这儿来,"但是又马上改口说,"还是我直接去他那儿吧。"因为七藏并不是秀吉的家臣,是主君信长拨过来的增援者,传唤他过来不太合适。

秀吉靠近后拍拍他的肩膀,"起来了,草笠。"

看到睁开眼睛的七藏,秀吉差点儿忍不住笑出来,觉得他似乎长得跟什么东西有点儿像。小小的眼睛、圆圆的脸、尖尖的嘴巴、稀疏的胡须,那憨憨的、天真无邪的表情总觉得跟貉很像。

"我是藤吉,听说过你的名字。"秀吉蹲下来盯着他,"我去请求主君让你做我的家臣如何?"

"您是说让我做陪臣?"

"我可以给你特别高的俸禄。"

即便是在信长的众多优秀部将中,秀吉也算是短时间就出人头地的男子,他手下招募的家臣也不会少,看到中意的武士自然想要招揽。

七藏沉默不语,似乎正在考虑。

"不用着急,你慢慢想就行。"

秀吉并不需要马上得到回答,他转身快步走向本丸城,同时跟贴身侍卫平田与作低声耳语,命令他收集关于七藏的传闻。

"在下越打听越觉得这是个恶评如潮的男子。"

"首先他的夫人小梅就不是个好女子,据说她非常奢靡浪费,七藏就是为了她巨额的开销才在战场上不要命地立功。"

"他那位夫人是怎么奢侈浪费的?"

"七藏不在家的时候,她就召集亲戚家的女子们一起吃喝玩乐。"

"我妻子宁宁也喜欢热闹,如果只是这些的话不算什么。"

"她还特别奢靡,让人不远千里送来伊势国的鲷鱼、近江国的鲫鱼、丹波国的山芋等等,夏天的时候还从飞驒国的冰室高价购买冰块。"

"哦?"比起七藏,秀吉现在似乎对他这位夫人更感兴趣。

"而且最近这位夫人还纳了个妾室。"

"女子纳妾?"

"那女子进门当然是为了夜晚侍候七藏,但是关键人物七藏突然出征，连那女子的面都没见着。那女子本来就是小梅的玩伴儿，好像是她自己为了打发无聊的时光才要纳的。"与作继续说着。

"这个女子太有趣了，我真想见见她。她娘家是哪儿的？"

"好像是稻叶的多治见家。"

"哦，她的娘家我听说过。虽说是农民，但祖上是清和源氏的旁系多治见四郎国长，是具有二百年历史的世家。小梅身上有着世家子弟常有的贪玩的性子。"

"但她是个恶妻啊。"

"是恶妻吗？正因为这位夫人奢侈浪费，七藏才拼命杀敌，可以说是对主君（信长）非常大的忠心呢。"

月儿爬上天空，从山上俯瞰，琵琶湖在夜色中发出微弱的光。

此时，七藏正在先锋部队驻扎的西之丸的营帐中紧张地看信。小梅的来信中写了令人非常意外的事情。

巫博弈……

巫博弈的游戏在京都和大阪风靡一时，现在也传到了岐阜，七藏曾听闻城下町的花柳街的女子们喜欢玩。

简单来说它是纸牌游戏的一种，原本是西洋人传来的。先用厚纸做好纸牌，画上各种各样的图画并排列整齐，再准备一个类似神社寺院抽签时用的盒子，摇摇盒子取出竹木做的牌，让竹木牌上的符号与纸牌配成一对，根据输赢赌一些小钱。

因为是女子玩的赌博游戏，原本费不了多少钱，但是小梅可能天生爱赌博，太沉迷于这个游戏，据信上所说她输了五十块银子。

"因此，"小梅在信中鼓励七藏，"这次围攻小谷城之战，夫君一定一定要立下大功，不然只能背井离乡去逃债了。"

这真是赤裸裸的威胁。

七藏想到岐阜的长良川上养鸬鹚的渔夫。小梅就是那渔夫，自己则是鸬鹚。现在渔夫正敲着船舷鼓励鸬鹚呢。

三天后，秀吉部署各部队发起总攻。

秀吉把自己的大旗插到了小谷城的正门附近，命令道："使劲儿撞，使劲儿撞！排成一列使劲儿撞！"

作为攻城拔寨的名人，秀吉还从没下过如此急切的命令。

他的战术基本是避免强攻，打持久战。当初接到信长让他攻打小谷城的命令时，他也没有立即进攻，而是在小谷城对面快速建造了横山城，与敌方对峙长达一年之久。

然而现在情况变了，浅井氏的同盟军越前的朝仓氏已经被信长本人打败，事关名誉，秀吉必须在信长到来以前拿下小谷城。

但是固守城池的敌人是近江国北部三代闻名的武将之家——浅井氏的精兵强将，他们已经做好死守的准备。

换言之，敌人是一群不要命的士兵，攻城没那么容易。

无论进攻多少次，织田方的士兵总是在城门下被箭射中或者被落石砸中，死伤无数，不得不撤退。

最终，秀吉喊得嗓子都哑了，织田方的骑兵还是都挤在距离城门一町半的地方裹足不前。秀吉拼命地咆哮："前进！谁想最先冲进敌阵，现在正是时候！"

就在那时，只见军阵中"嗖"地窜出一名骑兵快马加鞭扬尘而去。

"是他，他冲过去了，他不就是'乞丐七藏'吗？"

还是戴着草笠，穿着褐色的桶形盔甲，左边的袖子被撕破，露出肩膀，骑着一匹瘦马飞奔，那样子跟戏曲里的乞丐武士特别像。

他的贴身随从把军用斗笠①拉低到眉眼上，追着七藏的马低头飞奔而去。大家都觉得那家伙肯定是想俸禄想疯了！

现在朝着城池飞奔过去，就算是再不怕死的武士也做不到。

但秀吉并不这么认为。

---

① 足轻、杂兵等在战时佩戴的斗笠，是头盔的替代品。用薄铁或者皮革打造，外层涂漆。

人有勇猛和怯懦之分，只有被欲望驱使的男人才能成为勇者。七藏就是个不折不扣的勇士。

七藏被挡在了城墙下面。

无数的落石和箭朝着他而来，但不可思议的是全都没有命中。

"快看！"秀吉怒吼，"快看！勇士有神佛护佑。七藏毫发无伤地正在往城墙上爬。武士们，跟上七藏，勇做第二！"

"是！"几名骑兵气势高涨地冲出来。

士气受到鼓舞，进攻的士兵们全都大叫着蜂拥而上。

八月的太阳炙烤着城池。七藏在石筑的城墙上攀爬，手掌都快要被烫烂了。

"源次，不要松手！"七藏对下面的随从吼道。随从源次抓住七藏盔甲的系带正跟着一起往上爬。

"主人，太重了！"

"废话少说！"七藏扯着源次一起向上爬。

敌人和友军皆被那超乎寻常的体力和英勇震惊，都屏气凝息地看着他们。这时，右侧的射击口伸出一挺火绳枪，在距离他们二十间的距离处"轰"的一声点火了。同时，只听源次"啊"的一声叫喊。

"怎么了？"

"没，没什么大事儿。右腿的护具被射中，飞出去了。"

然而，源次因此失去了立足点，完全处于吊在空中的状态。

"主人太辛苦了。源，源次不能再跟着您了。"

"你想干什么？"

"我要跳下去。"

"傻瓜！你给我就这样吊着！"七藏大喊。突然，盔甲的系带"啪"的一下断了，带子太旧了。

源次"哇"的一声大叫，跟别在系带处的佩刀、匕首一起从高高的城墙上掉落。

坏了。

七藏这下手无寸铁了。眼看自己马上就要第一个冲进敌阵，距离扬名立万已经成功99%了，怎么甘心就此放弃。

"五十块儿银子。"七藏口中不停地喊着。如果小梅欠下的债不能靠这次立功来偿还，恐怕只有半夜离家逃债了。一想到这儿，七藏就变得像鬼神一样英勇。

"五十块儿银子，五十块儿银子。"

七藏一边像念佛似的不断地向银子祈祷，一边不停地攀爬城墙，终于成功跳进城内。

"无论是敌军还是友军，大家都看清楚、听明白，第一个冲进敌阵的是我，伊藤七藏政国，日后论功行赏的时候，谁都不能跟我抢！"

敌军一拥而上，七藏时而赤手空拳制伏对方，时而用旁边栅栏的木桩打倒敌人。

"有名气的人都上吧！"

七藏一边大叫一边握着木桩向前冲，杂兵们一下子溃不成军。

紧跟七藏的几名骑兵也都爬上城墙，一个接一个跳进城内。终于，城门从里面被打开，有人放了火，城里各处开始着火。

在火焰中，七藏像修罗一样四处跑，"就没个有名气的人来跟我打吗？"

对于杂兵，他根本不屑一顾，后来终于在二之丸城郭下面找到了一个看起来有点儿来头的武士。那武士戴着富贵华丽的唐冠形头盔，穿着银色的西洋铁打造的盔甲，拿着朱红色的长枪，正坐在台阶上休息。

"真是个好对手。"七藏欣喜若狂，大声吼着报上了自己的名号，那武士却低声悄悄地说："从早上一直打到现在，我太累了。这座城算是完了，我再跟你大动干戈也没什么意义，你直接杀了我吧！"

"报上名来。"

"名字嘛……"武士上下打量着七藏，觉得他不过是个杂兵，"你不配知道。"

七藏跳起来刺穿武士的心脏，砍下他的头颅。他的脸上还带着刚才打量七藏时的冷笑。事后调查才知道，他并不是普通的武士，而是城主长政的侄子浅井新三郎重满。七藏心想这下五十块儿银子有着落了。

㈣

不久，七藏回到岐阜。随从源次的伤也已经痊愈，跟随七藏一起入城。

"这次咱家主人立下了汗马功劳，俸禄会升到一千石吧？"

"是吗？你觉得是一千石？"

虽然这些都是家中杂役的推测，但没有人不感到高兴的。

"一千石的话，就是可以带领一队足轻的大将了。必须要再招募很多家臣才行呢。"

"要不要给你发些俸禄，提拔你为武士呀？"

"哎呀，那我可太高兴了。"

七藏回到家，只见门前肃穆地列着队，大门气势宏伟地敞开着。族人、姻亲都来祝贺，在他们的簇拥下，七藏进了屋，接受了小梅的行礼。

一看到小梅，七藏就急躁地说："你说的欠五十块儿银子的事儿，这次立的战功给你解决了。"

"对不起。"

"阿天还好吗？"

七藏没觉得哪个像是阿天。虽说是妾室，但实际上也不过是侍奉主人的侍者，没资格出现在族人、姻亲聚集的席上。

真想早点儿见到她啊。

夜幕降临。

和小梅一番亲热之后，七藏又问起阿天，小梅若无其事地说："明天晚上，让她过来正式行礼吧。"

"正式行礼"是指初次侍奉时的礼仪。

第二天夜晚，七藏终于见到了阿天。小梅带她进来，按照惯例正式行了礼，就留下阿天离开了。

七藏盯着阿天，非常意外地发现她并不是美女。如此相貌的乡下女子似乎只能在某家邸宅的厨房里做女佣。明明非常期待，但现在他感觉自己被骗了。

"跟我说说话吧。"

她眼角有几丝皱纹，看起来人不错，却不善言谈，一直沉默不语。

身材挺丰满嘛。

她膝盖附近比较丰腴，似乎都能透过窄袖和服触摸她肉体的温度。七藏赤裸裸地感觉到真是为了生子送来的。

第二天，小梅脸上带着调皮的笑容，笑得鼻翼上都起了皱纹，"昨晚怎么样？"

"你是问阿天的事情吗？"

"您可不要装傻。"

"首先，比较适合生孩子，仅此而已。我还是觉得小梅最好。"

"但她是个性情很温和的人呀。"

"好像是。单就性情来说，似乎比小梅好。"

但是，大约一个月之后他才发现原来阿天是个极为贪玩的女子。

那天，七藏得了痢疾，于是早早地从城中下班回家了。一进家门他就"啊"的一声呆住了。院子里传来热闹的伴奏声，其中有钲鼓、大鼓以及笛声。七藏不由得茫然失措，"这是在干什么？"

随从源次也是一脸疑惑。"好像是插秧的田乐歌舞①。"

七藏走进院子一看觉得越来越吃惊。不知何时叫来的三

---

① 日本的传统艺能之一，盛行于平安中期以及镰仓、室町时代。起源于作为农耕仪式的歌舞，后来诞生专门的田乐师，由田乐师在笛、鼓、蕺等的伴奏下跳舞或者踩着高跷表演杂技。

个江湖卖艺的田乐师正跳得起劲儿。

阿天也跟着他们一起跳。她一副插秧的装扮，用红色的带子束起衣袖，掖起下摆，弯着腰，双手在半空中挥舞，那跳舞的动作让人一看就觉得粗鄙。

小梅也在。还好她没有参与舞蹈，而是一条腿盘着、一条腿弓着坐在廊下，拍着手笑得前仰后合。

"别跳了！"七藏跳起来跺着脚大喊。

这都是些什么女子啊！

他觉得很可悲，眼泪都快流出来了。

"阿天，你过来！"

他在起居室等着，但阿天没来，来的是小梅。

"也许您打算斥责阿天，但是叫来田乐师的是小梅，请您原谅阿天。"

"可参与跳舞的明明是阿天呀。"

"您看到了呀。她的田乐舞可是附近乡村都称第一的水平呢！"

"我可是在训斥你们！"

"坦白跟您说，小梅就是想看阿天的田乐舞才让她来家里侍奉的。小梅欣赏阿天的田乐舞，夫君您夜晚招阿天来侍奉，这不是很好嘛。"

他心想确实如此，但觉得很不甘心，嘴上不饶人。

七藏的表情不由得有些示弱，"即便如此，这次论功行赏后若我的俸禄能达到一千石，开销也会随之增加。浪费仅有的钱来请什么田乐师，我不能忍受。"

"您这么说那就恕小梅直言了。"她撇了撇嘴，调整了坐姿。"虽说指责夫君的不足有些不太合适，但真的没人比您更不懂温柔和风雅的了。"

"我不是一直对你很温柔嘛。"

"我指的不是这个。我说的风雅是诗歌管弦之道。如果您不懂这些，是个只知道在战场上砍人首级的武士，那跟野兽有什么区别呢？"

你能疯玩还不是多亏了我砍的那些首级？

虽然心里这样想，但七藏并未说出口，因为他无法预测说出来后小梅会有多生气。

"哎呀算了。反正我常年都在外征战，至少让我在家的时候能否清净些？"

三日后，因为围攻小谷城的功劳，七藏的俸禄果然增加到一千石，职位升至足轻大将。

同时，他被赐予了新的土地用于建造邸宅，七藏着手准备修建新家，但四处借钱却连工匠工钱的一半都凑不够，根本顾不上建筑邸宅附近的长屋①，最后没办法只能堆了一堆木材放在那里。

大家都说没有长屋也就意味着不想招揽家臣，换言之就是要把主君赐予的俸禄揣进自己的腰包。七藏真是无可奈何。

信长听闻传言非常生气，派森武藏守长可前去质问。

七藏按照小梅教他的，回话道："木材已准备好，长屋会逐渐建造起来。考虑到人数要与俸禄相应，在下想尽量挑选好的家臣，因此颇费时日，还请您暂时宽恕。"

森武藏守原原本本地禀告信长，但信长还是不高兴。"说是不久就会建造，但是万一不久就要出征，那个男子打算怎么办呢？"

某天，秀吉来参见信长。

成功拿下小谷城后，秀吉由木下藤吉郎改名为羽柴筑前守，被赐予原来浅井氏的俸禄二十二万石，成为小谷城的城主。

信长问："你知道伊藤七藏吧？"

"臣不仅知道，而且小谷围攻战的时候如果没有他，攻陷城池会晚半天，臣当时对您的承诺就真成了说大话了。"

---

① 细细长长地建造成一栋的、可以容纳数户的房子，以墙壁来作为分割，每个区域里住一户人家。江户时期，主要建造于大名的邸宅周围，分配给众家臣居住。

"听说那个男子的妻子不怎么持家,是真的吗?"

"传闻确实如此,但实际上如何呢?依臣的愚见,那个女人是举世罕见的好大喜功者,她鞭策夫君是为了让他建功立业,可以说七藏的功劳中有一半是她立下的。"

为了七藏,秀吉不惜撒谎为他辩护。

"但是,他还没招募与身份匹配的足够数量的家臣。"

"比起那些在主君赐予的领地上从农民手中提前预收地租筹措费用的人,臣倒觉得他很讨人喜欢。"

"既然你这么喜欢,那我就把他赐给你,好好发挥他的用处吧!"

"臣不胜感激,秀吉现在正急切盼望好的家臣。"

当时秀吉的居城①虽然位于小谷城中,但在信长的许可下,他又在湖边一块儿叫今滨的土地上建了新城。

天正二年(1574)新城完工,改地名为长滨,在主君赐予秀吉的人员名单上有伊藤七藏政国的名字,职位是旗奉行②。小梅和阿天也一起移居到新城的城下町。

然而,七藏的俸禄依然是一千石。

给家臣定俸禄时,秀吉说:"你是主君赐予的家臣,不能亏待你,俸禄就定为一千石,不能再多了。回去告诉你的

---

① "居城"是指领主居住的城郭。
② 又称"旗大将",是中世、近世时期的武家的职位名称,主管一军的旗帜。

妻妾们，让她们奢侈也要有个度，要符合一千石的身份。"

七藏多少有些不服。从直参变成了陪臣俸禄却没有增加，这不合情理。

之后，七藏在围攻摄津国石山城、征伐中国地区、山崎合战等战争中立下了诸多功劳，但每次论功行赏时秀吉总是重复之前的话。

"你的俸禄不能再增加了，跟以前一样还是一千石。"

不过，虽然没有赐予俸禄和米粮，秀吉却每次都抓取数量多得过分的金银给七藏。对七藏来说，这样既避免了治理封地的麻烦，又不用费心思招募家臣。当然，小梅也觉得这样更好。

不过女人的奢侈也是有限度的。每次战争后获赐的金银都堆在库房，用也用不完，最终还积累了不少。

天正十二年（1584），七藏四十八岁，他们移居长滨已经是第十一年。

从这年正月开始，七藏没什么病痛却日渐消瘦，卧床两个月后，一副枯瘦如柴的样子去世了。最后为他把脉的长滨诊所的医生说："从年轻时起就不停地转战沙场，也许是身体吃不消，积劳成疾了。"或者可以说七藏作为鸬鹚给身为渔夫的妻子做牛做马，最终累死了。

七藏死了，但是留下了一生用军功换来的不断积累的金银。

七藏与阿天生的儿子名为治兵卫政友,少年时就很有才气。七藏死后,小梅跟阿天商量,不再让治兵卫当武士,让他用库中的金银做本钱在长滨经营丝绢生意。

之后,他们家族生意兴隆,一直是近江国有名的商家。现在的伊藤忠、伊藤万等商社皆出身近江国,与七藏一族是否有关联呢?详情不得而知。

据《常山纪谈》[①]所载,七藏原本是相模国的人。书中称他"修行武艺,在尾张国前田村时被信长招募。"虽然他一生在妻子面前有些懦弱,但是个顶天立地的男子汉。

[①] 江户时期的杂史随笔集,记录了470条战国武将的逸闻趣事。汤浅常山著,1739年成书。

侍妾保卫战

一

这天,家康天不亮就起床了。

他已经下定决心夺取丰臣家的政权,时机已经成熟,他也做好了万全准备,接下来行动即可。

"诸位大名都知道要去江户城了吗?"

家康问隔扇后面的谋臣本多正信。得到回答后,他安心地站了起来,"哗啦"一声扯下兜裆布。

一位名叫阿梶的侍妾开始给家康系上新的兜裆布。家康最近腹部发福了不少,很多事情都不太方便。贴身侍者们都奉承说:"这是您的好运即将到来的证据,因为有福,所以腹部才会发福。"但是躺着的时候连翻身都困难,一旦站起来就没办法自己系上兜裆布,每天早上都得依靠侍寝的女子们帮忙系上。

时值庆长五年(1600)六月二日,距离关原之战还有三个月。

这天,大阪城西之丸的大厅中聚集的丰臣家的诸位大名都接到了军令:

"讨伐会津地区的上杉氏。各自回领国尽快做好出征的准备,在江户城集合,七月发起进攻。"

此时秀吉已经去世，满七岁的秀赖是丰臣政权的领导者。家康是秀赖的大老①，作为秀赖的代理人向丰臣家的大名们发出了动员令。

这样就可以夺得天下。家康将率领丰臣家主要的大名们前往东部的江户城，留下的是近江国佐和山城（现在的彦根市）的城主石田三成，他应该会像传闻一样举起反家康的大旗。如此，家康将会折返讨伐三成，然后带领战胜的军队前往江户开创幕府。

谋臣本多正信也说："这条计策万无一失。"这是他们二人千思万想定下的计谋。秀吉死后，丰臣家的诸大名中有一大半都认为天下将属于德川内大臣（家康），于是拼命地接近家康。时代的潮流已经抛弃秀赖，想要将家康推上浪尖。家康开始行动。

十四天后，家康率领部队离开大阪。

但是女子们被留在了大阪城内，客观地讲，也许可以说她们被抛弃了。

家康的侍妾很多。

连贴身侍奉多年的家臣都数不清家康到底有多少侍妾，其中多少知道名字的就有阿丁、阿万、阿竹、阿茶阿、阿龟、阿生、阿夏、阿六、阿八、阿梅、阿梶……

----
① "大老"是江户幕府中辅佐将军的最高职位，负责统辖幕府的所有政务。

家康目前没有正室。

他其实对女人没什么感觉，但是身体却每夜都需要她们。如果没有女子侍寝，他一晚也睡不着，所以无论是出征战场还是外出用鹰猎鸟都要带着侍妾。他半生中生了无数的孩子，其中有十二名子女健康长大。

当时好色的大名很多。

家康在其中属于侍妾特别多的，但不可思议的是没有好色之名，也许是因为他本身不像秀吉那样，没有给人好色的感觉。他在人前从来不开好色的玩笑，在这一点上可以说是坦坦荡荡。他与别的好色男子的区别就是女子无论美丑皆可，他不把女子当作诗一般的存在，而是像吃饭一样，是必需的，平时就如吃饭一般对待女子们。

那么，这些女子该怎么办呢？

这是家康即将离开大阪时思考的问题之一。

必须留下。

从政治策略上来说不得不留下。

丰臣家有个不成文的规定，就是必须把诸大名的妻儿安置于大阪城的城下町。其实就是人质。这是自秀吉时期就有的规定，目的是防止大名在各自的领国谋反。

按照这个规定，此次跟随家康前去讨伐会津地区的诸大名也都把妻儿留在了大阪，当然也留下了牵挂。

出征的丰臣家的大名几乎都心知肚明此次上杉氏讨伐战中家康的真正目的。

实际上是内大臣（家康）千载难逢的谋反之举。

他们已做好心理准备，既然要加入，也许就不得不对大阪的妻儿们见死不救。既然已经为家康的天下霸业赌上各自家族的命运，就不得不无视这种情况。

比如愿意跟随家康的加藤清正离开大阪时留下了老练的家老，再三叮嘱："一旦到了危急关头，无论如何也要救出夫人。"还有黑田长政也嘱咐了同样的话。而细川忠兴却对留下的家老小笠原少斋说："虽然有些可怜，但是你要让夫人自杀。"忠兴的妻子是明智一族的明智玉子，洗礼名为伽罗奢。忠兴有着病态一般极强的嫉妒心，无法忍受伽罗奢落入石田方手中，所以认为妻子还不如索性死了的好。

家康的立场也从未改变。

他本身既然是丰臣家的大名，那么就不能带侍妾们离开。如果私自带走她们，一定会遭到反家康派的大名的攻击：胆敢欺瞒主君，内大臣（家康）包藏谋反之心。

留下侍妾们是确保他的策略万无一失的最重要一环。

然而没有必要把所有的侍妾都留下，每晚侍寝所必需的女子们还是要带去战场。

阿茶阿、阿万、阿梶（阿胜）。

他最终决定留下这三人。阿茶阿目前替家康管理着侍妾们的事务,阿万为家康生了两个儿子,阿梶已经认了家康和其他女子生的儿子为养子。这三位是外界都知道的,换言之极有可能成为家康继室的女子,若带她们三位前往关东,家康当然要受到世间的谴责。

决定留下她们三人后,出发前往江户的那天早上,家康在浅黄的单衣外面穿上敞袖的黑色短外褂,就这样一副朴素的旅行装来到西之丸的大厅,下达各种命令后仿佛想起什么似的。

"佐野肥后守在吗?"

佐野肥后守纲正的俸禄为三千石,是家康新招募的家臣。

纲正一脸慎重地走到前面。

"在啊。"家康若无其事地说,"你留在大阪,我的侍妾们就交给你负责了。"

仅仅这一句交代后,家康就像忘了这事儿一样开始对其他人下达各种指示,然后站起来前往本丸城向秀赖告别,之后离开西之丸出发了。

什么?

佐野纲正对于这突如其来的命运感到一脸茫然,只有自己一个人被留在了大阪——这个即将成为敌人阵地的地方。

没有被带去战场对于武士来说不是什么好事，被留下对于纲正来说是极其不安的，何况家康还命令他保护那些话多嘴碎的女子们，这难道不比上战场更困难吗？

如果是代代侍奉家康的三河国出身的武士可以开口说"我申请拒绝这个任务"。假如这些武士向家康哭诉，家康恐怕也说不出"无论如何也要交给你们"这样的话。正因为纲正是新来的，所以家康能够毫不在乎地命令他，也正因为纲正就是纲正，所以不能拒绝只能沉默，垂头丧气地听命。

家康最后对他说："详情你跟佐州（本多正信）商量。"听到这话，纲正赶紧跑了出去，终于在混杂的玄关找到了年老的本多正信。

"留守大阪的任务就麻烦你了。"

正信满是皱纹的脸上露出笑容，一招就先发制人。不愧是从驯鹰师一步登天成为俸禄二万二千石的直参大名的男子，非常善于拿捏别人。

这个男子似乎有些不满。

正信把佐野纲正带到了别的房间。

这个人选是正信推荐的。数天前家康找他商量时，他回答："臣以为佐野肥后守纲正是合适的人选。"

理由就是纲正是上方[1]出身的武士。三河国出身的武士

---

[1] 京都和大阪合称"上方"。

性格执拗、冥顽不灵、做事一根筋，在危急关头缺乏变通，恐怕只会奋战至死。即便他们死了也无所谓，但是连女子们都杀死，任务就只能宣告失败了。

从这一点来说，佐野纲正合适。纲正是家康的家臣中少有的上方出身的武士。他出生于河内国誉田村的领主之家，经历过战国时期的动乱。在信长占领近畿地区以前，出身阿波国（德岛县）的三好氏一族夺得河内国，纲正一直跟随三好氏，到了秀吉掌握天下大权的时代，他随主君三好笑岩一起加入秀吉麾下，后来成为秀吉养子秀次的重臣。

秀次成为关白后，纲正被任命为肥后守。秀次因谋反的嫌疑没落后，纲正被家康看中成为家康的家臣。

家康需要纲正这样的男子。家康乃关东八州的大名，其家臣多是三河国、甲斐国出身，这些武士虽然勇猛善战，但毕竟出身于地方上，不适合跟丰臣家中出身上方的臣子们社交。

纲正在丰臣家的府中有很多朋友，且熟知摄津、河内、和泉三国（大阪府）的地形。

有必要养一个这样的人。

这就是家康招募纲正的理由。事实上家康通过纲正到底获知了多少丰臣家的府中的信息就不得而知了。

纲正今年四十三岁，正是思想成熟的年纪，最重要的是他的容貌就像熔毁的金佛，应该不用担心会跟女子们犯错误。

"原来如此，你的眼光真是毒辣。"家康笑着赞许正信选人得当。

（二）

被留下的纲正穿着正式的礼服，套上肩衣①，在大阪城市桥口的城门外目送家康出征。

家康喜欢朴素的装扮，他身着常服，戴着名为"越前国户之口"的斗笠，骑着叫做"岛津驳"的萨摩国出产的肥马，打扮得就像退隐的富农一般，出了城门后离开了。

都没看我一眼。

纲正有些落寞。让他更加落寞的是看着家康麾下的三千武士身着飒爽的军服一个接一个地经过身边，直至最后一个也消失在自己眼前。

被抛弃了。

这真让人意志消沉。他实在受不了，跟在他们后面，追

---

① 室町时代以后武士的礼服，穿在窄袖和服外面，无袖，下装搭配和服裤裙一同穿着。

到了天满①的码头，又追着沿江前行的家康的船来到了守口②，然后才依依不舍地返回大阪城。

大阪城有两处天守阁。

一处是秀吉建的，一处是今年家康在西之丸建的。秀吉曾留下遗言：德川大人迁往伏见城。但秀吉死后，家康无视他的遗言，硬要留下并将西之丸作为自己的住所，甚至拿着丰臣家的金银修建了小天守阁。

今日以后，家康从丰臣家借来的西之丸城郭的护卫工作就不得不由佐野纲正一个人负责了。

能做到吗？

本多正信老人拨了两百个士兵给纲正，再加上纲正自己的家臣，大概有三百人的兵力。

甚至不能称为战力。

而且

还有一群女子。

一旦发生战乱，该怎么保护家康的侍妾们呢？关于这个最重要的问题，纲正却没有收到任何命令。

本多正信仅仅对他说："你是个聪明人。家康大人也说交给肥后守就放心了。你自己想想。"

---

① 大阪市北区东南部，大川（旧淀川，别称天满川）右岸一带的地区。
② 邻接大阪市东北部的市。

自己想想？

原来如此，纲正出身于河内国誉田村，靠着机敏的才智渡世，侍奉过三好家、关白家两个灭亡的家族，最后还被德川家收留，获得了俸禄三千石的身份，可谓小小的成功人士，称得上具有上方风范的聪明人。

但是，唯有这个谜语，再机智的人也无法解开。

纲正心里想。如果石田三成举兵，应该会在大阪聚集几十万的大军。面对这样的大军，要如何保护女子们呢？

纲正走进西之丸城，他想有必要先跟女子们打个招呼，但进入内室总归不妥，于是叫来了点茶人，让人在院子里铺上红色的毛毡，准备来场庭院茶会。

这样布置既体面又能与女子们交谈，是个好主意。

真是个机智的人啊！

连纲正自己也觉得自己有点儿小聪明。

他写了给女子们的邀请函，让点茶人带去内室，不久就收到了代表内室的阿茶阿的回信：知道了。对于这突如其来的命运，她们比纲正更加不安吧。

她们很快就来到了庭院，每人一张毛毡坐在了枫树下。

东道主是佐野纲正。

"在下是肥后守。主君不在的这段时间负责照顾各位，各位要是有什么尽管对在下说。"

他郑重地向女子们打招呼。

"辛苦了。"最年长的阿茶阿的态度非常傲慢,纲正心里暗暗吃惊。

如此高傲的态度!

由于并非家康的谱代①,纲正其实对于家康的后宫并不了解,原来阿茶阿夫人如此高傲。要是为家康生下子嗣还可以理解,但她仅仅是个曾经在长久手战场上流产的女子。

据说她出身甲斐国,以前是骏河国今川家的家臣神尾孙兵卫的妻子。不知在哪儿见过家康,信长死于本能寺之变的第二年,即天正十一年(1573)夏被家康收留成为侍妾。据说当时是二十五岁,那么今年是四十二岁。

该不会现在还在侍寝吧。

她的脸下半部分的肥肉沉甸甸地垂着,身上的脂肪让人感觉到一种动物般的威严。

主君的爱好真是奇特!怎么看上了这个长着一张牛脸的女子。

纲正想着。但是这样想就是纲正不够聪明了。阿茶阿以前是个寡妇,而且与前夫之间育有子嗣,后来在长久手之战中流产,不能再生育。至此,她本该被抛之脑后,但是却仍然受到家康的宠爱将近二十年,靠的肯定不是男女之爱。

---

① "谱代"是指代代以世袭的资格侍奉同一主君的家族。

阿茶阿非常有管理才能，而且看人很准，甚至有政治头脑，因此家康让她做后宫之主，管理众多侍妾和侍女。她自然就有了权势。

说起权势，目前德川家最高的掌权者是比家康大三岁的本多正信。

正信并非攻城略地的武士，而是出谋划策的谋士，家康唯独准许正信夜晚也可以出入他的寝殿。

家康麾下的诸将自然都害怕正信，甚至憎恨跟家康关系过近的正信，称他为"佞人"。

即便是如此位高权重的正信，在阿茶阿面前也不得不低头，不敢触其逆鳞。因为比起正信，阿茶阿跟家康的关系更近。正信知道她在闺房中甚至会跟家康谈论德川家的人事任免。

阿茶阿手中握有这样的权势，因此德川家的诸将、家康派的外样大名①中甚至有人悄悄地给阿茶阿送金子。

阿茶阿观察着佐野纲正的长相，心想：虽说是上方出身，却总觉得不太机灵的样子。

正如阿茶阿所想的，纲正虽是上方出身，但是面容严肃、缺乏表情，不是妇人们喜欢的类型。

阿茶阿问："听说肥后守大人是河内国出身。说起佐野，

---

① 指关原之战后臣服家康的大名。

我就想是不是下野国的佐野氏,下野国的佐野氏自镇守府将军藤原秀乡公以来就是代代相传的名门,现在的一家之主也是俸禄三万九千石的大名。难道肥后守大人不是下野国出身?"

"是的,在下出身河内国。"

"哦,河内国的佐野呀。"

阿茶阿大声笑起来,让人觉得仿佛河内国的佐野是佐野氏的冒牌货一般。

阿万和阿梶也跟着笑了。

"你有何战功呢?"

通过阿茶阿的语气,纲正明白她开始嘲弄自己了。他并未回答,只是低头转动着搅拌茶粉的圆筒竹刷。

站在阿茶阿的立场上来看,这也能理解。虽然家康、正信两人把自己和其他侍妾们留在大阪是万不得已,但问题是负责护卫的人选。对于被抛弃的她们来说,唯有从德川家的谱代大名①中甄选优秀的勇将或名士方能令人心安。

可事实如何呢?为什么要选这个新来的、没什么战功的上方武士?佐州正信大人是打算抛下我们不管,眼睁睁地看着我们被杀死吗?

① "谱代大名"是江户时期大名的等级之一,指关原之战以前就跟随德川家康的大名。

这种不知是否是怨恨的感情变成了对面前的佐野肥后守纲正的不满。

"战功吗?"纲正想回答"在下也有战功"。事实上,在跟随丰臣秀次(关白、秀吉之养子)时,他参加了小田原之战,在攻打山中城的战争中砍下两个首级,当场从秀吉那里获赐两块儿黄金。而且,他的武艺也不错,在大将的指挥下能够单枪匹马进退自如。他认为三千石的俸禄是对自己作为武官的赞赏,而不是文官。

然而,在女子面前夸耀战功简直是愚蠢至极。

于是,他以上方武士的口吻回答:"没什么值得一提的战功。"

"那么,你的三千石俸禄是源于作为殿上议政的文官的功劳吗?"

说这话的女子名叫阿梶。

原来这位就是阿梶夫人啊!

纲正听闻家康只对这位女子一直保持着浓厚的兴趣,这是极为少见的。

这么说来她是位很讨男子喜欢的女子。

家康四十九岁时,阿梶被招来侍奉枕席,当时她十三岁。

说得直接一些,因为她当时发育得还不错,不久就被家康赐给家臣松平长四郎（正纲）。当然，她是作为正室嫁入的。

在她二十岁左右时，家康再次见到她，惊叹她身材匀称，胖瘦恰到好处，于是急忙私下召见，在交谈中得知她非常讨厌自己的丈夫。

"来我这儿吧。"家康将她从正纲身边召回，再次开始侍奉枕席。这个女子身上肯定有讨家康喜欢的地方。

她有着令人嫉妒的才气，这一点也比较符合已经步入老年的家康的喜好。

关于阿梶，有一件跟盐相关的逸闻。

去年冬天，家康在伏见城的居所中召本多正信、平岩亲吉、大久保忠常等近臣，点着篝火坐在廊下聊天。

在没有话题的时候，家康突然说："你们觉得世间最好吃的东西是什么呢？"

大家都积极响应，举出了自己认为最好吃的东西。

当时阿梶也在，她坐在家康身后若有所思地微笑着。家康觉得阿梶非常可爱，拍着她的膝盖说："看你微笑的样子是不是有什么想说的？说来听听。"

"妾身觉得是盐。"阿梶声音婉转地说。她说世间没有比盐更好吃的东西。

"理由就是如果没有盐任何菜肴都没有味道，汤也就成了白开水。所以世间没有比盐更好吃的东西。"

家康拍手称赞："原来如此。"

大家都觉得这个回答有点儿跑题，但是看着家康高兴的样子也不好提出异议，于是附和道："不愧是阿梶夫人！"

家康越发高兴，又问道："那么，相反的，世间最难吃的东西是什么呢？"

阿梶直率地回答："还是盐。"她的意思是任何食物如果盐放多了就会太咸，难以入口。

大家都点头表示"原来如此"，装作佩服阿梶的才智的样子。

这个逸闻纲正也听说过，作为土生土长的上方人，他并不觉得有什么值得佩服的，似乎那些出身乡下的人才会因为那样的回答钦佩不已。

但是阿梶的确能言善辩，能言善辩的人更会对人吹毛求疵。

不能违逆她。

纲正做好了心理准备，不温不火地敷衍道："优秀的武士之道在于无论是在战场上，还是在议政的大殿上，只要有才干就会有好运。"这个回答真是不得要领，完美地运用了上方人打太极式的说话方式。

因此，他在阿梶心中彻底留下了温吞、不爽快的印象。

这样的男子让才智机敏的阿梶本能地感到不快。不幸的是，佐野纲正不仅名字跟阿梶的前夫松平长四郎正纲相似，连性格也很像。

她的前夫松平长四郎也不是在战场上立功的武士。出身相模国（神奈川县）甘绳地区的松平某某是家康的驯鹰师，长四郎是他的养子，因此冠以松平的姓氏。

但是，比起驯鹰，长四郎在理财上的才能更令人意外，所以家康提拔他管理山林，特别是负责植树造林。

就在那个时候阿梶被赐给长四郎做正室。

"妾身不喜欢那样温吞吞的人。"

阿梶向家康诉苦再次成为家康的侍妾时，长四郎的官职是山林奉行[①]。

顺便提一下，家康怜悯长四郎的正室阿梶被自己召回，将他的俸禄增加至五千石（家康死后，他连续晋升，成为相模国甘绳地区俸禄二万二千石的大名）。

总之，这次会面佐野纲正以惨淡的人缘收尾。

唯有阿万略有不同。

还是阿万夫人好。

纲正想着。她皮肤白皙，身材略微丰满，不断露出亲切的微笑，偶尔看看枫叶，看看白云，心情一直很好。她的坐

[①] "奉行"为武家的官职名称，指分管某一项政务的官员。

姿很好，一直端正臀部坐在毛毡上，其臀部看起来很适合生子，如果多与家康相处应该能有不少子嗣。事实上后来的纪州家、水户家的藩主的祖先都产自她的腹中。

她心情不错。

纲正放下心来，但是接下来的事让他措手不及。

阿万开口说："肥后守大人，我想喝酒。"

纲正狼狈地马上命人准备。虽然她人很亲切，心情也很好，但却是个酒量深不见底的人。

她喝酒的时间也很长。一旦开始，就一杯接一杯地喝，没有尽头。每次她喝干一杯，纲正就得前去给她倒酒。

阿万的酒量似乎阿茶阿和阿梶早就领教过了，于是赶快提着裙摆起身离开了。

只剩阿万一个人还在那儿喝。

"肥后守大人也喝呀。"

受到阿万的邀请，不怎么喝酒的纲正每次都是费好大的劲才能喝完一杯。就这样推推搡搡，不好每次都拒绝，不知不觉中纲正被迫喝了五六杯。

终于，阿万喝得酩酊大醉，心情特别好。"作为余兴，你来跳支舞。"

而且，她特别地执拗，无论纲正是拒绝还是哭诉，她只是用酒湿润嘴唇，不停地说跳吧，跳吧，你不是上方出身吗，应该能跳，动作应该很优美吧。

看来阿万夫人也有着特殊的癖好。

纲正心里暗暗地想，然后做好必须要跳些什么的心理准备，拿起钲鼓站了起来。

他不会跳舞，但是他出身的故乡里农民们跳的念佛舞还能来一段儿。

"那在下就献丑了。"他敲着钲鼓，笨拙地开始手舞足蹈。

阿万高兴地拍着手，央求道："再来一段儿，再来一段儿。"每次她央求的时候，纲正就重复着同样的动作，最后已经自暴自弃，干脆胡乱敲着钲鼓乱跳一气。他内心极为不快。

面对这样一群女子，今后到底会怎样呢。

一想到这儿，纲正就难过得眼泪都要流出来，似乎这种哀愁给他的舞赋予了神奇的光芒，就着菜肴喝酒的阿万觉得那真是绝妙的技艺。

（三）

从那以后又过了二十天左右，负责守卫西之丸的纲正表面上看起来很平静。

事实上世间的局势已变。家康离开大阪以后,大阪的城下町的情况发生剧变,反德川方的诸将之间似乎往来频繁,到了七月初,总是能听到这样的传闻:毋庸置疑治部少辅(三成)大人终于要举兵讨伐家康了。

三成仍旧在佐和山城中按兵不动,但他的同盟者——官居奉行(丰臣家执政官)的增田长盛、长束正家等在大阪活动频繁。

糟糕的事情终于开始了。

纲正预料到了这种情况。手中只有区区三百人的德川家的残留部队,他该怎么办呢?

家康在上方还留下了一支作为死士的战略部队,即一直跟随家康的部将鸟居彦右卫门率领的固守伏见城的一千八百名士兵。家康意识到若石田三成举兵他们必将首当其冲,于是选择有着刚直不阿之美誉的鸟居彦右卫门做守将。彦右卫门比家康年长三岁,自家康少年时就一直忠心跟随。家康东征途中,在伏见城停留一晚,与死士彦右卫门彻夜长谈,多次伤心落泪。这种态度和命令新来的纲正留守大阪时截然不同。

家康说:"再给你增加点儿人手吧。"

彦右卫门明确地表示了拒绝:"反正是必死之身,人多也无用。目前的人数即可，请允许我带领他们迎接即将到来的战争。"

家康又详细指示了伏见城防卫战的方法。例如，他甚至告诉彦右卫门：

"这座伏见城是已故太阁（秀吉）耗巨资建成的，天守阁中储藏着丰臣家的金银财宝，若是弹药不够就把这些熔化铸成弹药。"如此恳切的言辞，他丝毫未对大阪城西之丸守卫队的队长佐野纲正说过。

纲正是名副其实的弃子。

虽说彦右卫门一直跟随家康，而纲正是新来的，但家康的态度差别如此之大应该不仅仅是因为这种亲疏之别。

为什么呢？因为身在大阪的纲正的使命与只要全员赴死即可的伏见城不同。纲正要完成守护女子们的艰巨任务，至于如何完成，甚至连家康自己都想不出什么好主意，一切只能靠纲正的"随机应变"。

这真是个难解的谜题。

纲正无奈地思索着。七月十五日，奉行方（当时大家这么称呼，即听命于石田三成的西军）忽然发布了大阪城及城下町的戒严令，并派使者逐一前往追随家康出征的诸侯家中，严令道："秀赖大人有令，严禁女眷们返回领国。"

这明显是人质，其含义就是下一步要把她们都软禁于大阪城内。

为此，也就是为了防止诸侯的妻儿们逃脱，城中戒备极其森严。

大阪城的各出口、护城河桥都严阵以待。比如高丽桥由高田丰后守、平野町桥由宫本丹波守、备后桥由生驹修理亮、本町筋桥由蒔田权佐、天王寺口由横滨民部少卿、玉造口由多贺出云守看守等等，负责城内戒备的西军将士多达三千人。

但是逃走的人也很多。

黑田长政的母亲和妻子躲在船底从木津川口逃脱，有马丰氏的妻子让水产批发商造出两层底舱的船，躲在其中从沿着水路逃走，最让人震惊的是邸宅位于玉造的细川家。

忠兴的夫人伽罗奢让留守的家老小笠原少斋刺穿她的胸膛，然后一把火烧了邸宅，夫人以及家臣们全都在火中化为灰烬。

夫人真敢做！

那天夜晚，佐野纲正从大阪城西之丸的小天守阁看着玉造的火灾，正因为他们跟自己同样处境，所以他更感到震惊以及冰冷的恐惧。

这时阿茶阿派使者紧急召唤他，纲正腾不开手，就派了一名家臣过去。家臣很快就回来了，复命说："阿茶阿夫人让您亲自去一趟。"

开什么玩笑！

正因为这种情况才特别让人激愤，温吞的纲正也不由得勃然大怒，吼道："你去禀告阿茶阿夫人，就说肥后守正忙着调配西之丸的防御人手，如果有事，请她自己来我这里！"

我们不都是侍奉家康的人吗？

纲正想。如果阿茶阿是家康的正室那么就等同于主人，但她是侍妾，按照规定也是侍奉家康的人，本质上与纲正并无不同。而且，她没有为家康生育子嗣，不是某位公子的生母这种特殊的身份。

侍寝的女子有那么了不起吗？我作为引弓射箭的武士难道卑微到要被那些女子颐指气使？

如果是平时，纲正尚能以"她们深受主君宠爱"的理由说服自己，但现在情况特殊，那些世俗的理念就行不通了。

但是，这个男人还是谨小慎微。细川邸宅的大火扑灭以后，他突然开始重视这件事，套上肩衣来到自己的官署与家康的后宫之间杉树板质地的门前等待。

得到"进来"的传唤后，他进入内宅，刻意保持距离坐在了走廊上。

阿茶阿冷若冰霜面无表情地坐在那里。

"您终于肯过来了。"

阿茶阿挖苦他,并且干脆地省略了"肥后守大人"的称呼,直接说:"您到底打算怎么办?"

"您这样说……"

纲正的身体在颤抖,是愤怒、屈辱,还是冥思苦想之后仍无对策的绝望的战栗?这个男子自己也不知道。

他一瞬间突然失神,说出了令人意想不到的话。

"在下将欣然赴死!"

纲正从小就被教育武士若走投无路勇敢赴死即可。下定决心赴死的话就无须再绞尽脑汁思考对策了。

"你准备固守西之丸,带着那三百名士兵一起战死为止?"

"是!"

一向高高在上的阿茶阿似乎也被这种气势震惊了,她的语气突然变得柔和,像安抚纲正似的:

"死很容易,但那样的话就违背了主君的命令。还是说主君曾下令让肥后守大人赴死?"

"没有。"

家康从未说过让他赴死还是活着。

"你没有考虑过主君的未来。"

"主君的未来?"

这是对他的侮辱。作为武士没有不考虑主君的,但是此时阿茶阿为何要提起"未来"呢?纲正正在思考,阿茶阿说出了一番闻所未闻的新言论。

"女子们就等同于主君本身。"

在座的三位女子体内都承接了家康的雨露,也许不久这些雨露就会在腹内孕育、成长,发育成形,长成德川家的公子。因此,女子们就等同于主君,等同于家康本人。

"你要帮助我们平安逃出大阪,发挥你的聪明才智,专心地思考对策,别再有固守西之丸战死之类的想法,你要是让我们死了就等于破坏了德川家的未来。"

这就是阿茶阿的论点。

"如果不这样说,作为上方武士的您难道就不明白吗?连谱代的武士们都清清楚楚的道理。"

"在下明白了。"

纲正禀告说即便粉身碎骨也要帮助她们逃出去。

对纲正来说幸运的是由于细川夫人的自焚太令世人震惊,西军突然改变了政策。一夜之间政令变成了不得强行拘禁各诸侯的妻儿。

但是也没说允许他们离开大阪城。

纲正不断地思索着,第二天早上他接到消息,中国地区最大的诸侯毛利家的主力军从广岛走水路一路向东,已经大举进入大阪城。

毛利家目前的家主毛利辉元雄踞中国地区,俸禄一百二十万石，与家康一样都是丰臣家的大老，其军事实力雄厚，仅次于德川家。

奉行们邀请毛利辉元做自己的首领，代替秀赖讨伐家康。

毛利家的邸宅位于大阪城南郊的木津村，无法容纳数万大军，于是理所当然地要求最近家康从丰臣家借来的城内的西之丸城郭接收。

奉行们派使者从本丸城来到这里，要求纲正搬离。

纲正出来迎接，发现西军的使者是他的旧相识——丰臣家的旗本垣见备中守，他的态度郑重得令人有些害怕。

"是让我搬离吗？"

"正是。只要您肯搬离以后绝对不会再找您的麻烦。"

也就是说可以保住他的性命。对于西军来说，他们唯一害怕的就是纲正不遗余力地学习细川家，固守城池、奋战、自焚，如果那样，那么西军最大的军事据点——大阪城就会焚毁，导致还没开战自己一方的士兵就已丧失斗志。

但纲正并不知道这一点。他觉得这一个月以来的懊恼一下子烟消云散，长长地舒了一口气。

"遵命。"

纲正低声回复。实际上他高兴得快要跳起来了。

他马上向阿茶阿报告。

阿茶阿既没有表现出吃惊也没有欣喜，声音听不出高低起伏。"搬离这里去哪儿呢?"

纲正没有想过这个问题。虽然事实对于纲正来说有些残酷,但实际上的确是没有什么好办法。这里距离江户有一百三十里,而且途中处处都有西军的军队驻守。即使能够逃出大阪的城下町,但是出不了畿内地区估计就会被杀死。

然而,根本没有时间仔细思考这些问题,毛利家的大军已经从京桥门陆续进入大阪城内。

"总之还是快点离开。"

纲正护卫着三位女子和她们的侍女离开了西之丸,在城内四处徘徊,这时奉行们传来消息说玉造口的城门开着,因此他们得以安全出城。

纲正选择了向东走。

炎炎夏日,生驹、葛城诸峰耸立在东方,满目苍翠甚至让人看得眼睛有些疲劳。

"肥后守大人,我们要去哪儿?"

每走一町阿茶阿就派侍女来到队伍前头询问纲正。纲正穿着常服,骑着一匹名叫"花菖蒲"的栗色的马。三百名士兵有骑马的、有步行的、还有背货物的,他们全部穿着盔甲,负责火绳枪的士兵为了以防万一点燃了火绳,一边左右奔走保护火不熄灭一边行军。

家康的三位侍妾——阿茶阿、阿万、阿梶分别坐在金银打造的华丽的女式轿子中,她们的六名贴身侍女骑的是六匹运送货物专用的马,马上铺着绯色的坐垫。她们戴着市女笠①,垂下薄纱遮住了脸。

"这是谁家的贵人啊?"沿途的人小声议论。

货物上都没有使用德川家的葵纹,而是非常显眼地刻上了纲正家的梅钵纹,唯有一处不同。纲正发挥了聪明才智,在队伍最前端的一只箱子上刻上了丰臣家的家纹。

那只箱子里面装着丰臣家的奉行增田长盛写给纲正的私信,内容是:此女子一行乃秀赖大人之亲属,不可无礼。

这是临近出发时纲正拜托增田长盛,强行要求他写的。

石田三成将长盛视为独一无二的志同道合之人,但长盛却考虑到万一战败的情况,暗通家康,为家康一方出了不少对策。因此,他才肯写这封信。虽然写了,却并非奉行们共同署名的公文,所以在前方的道路上能发挥多大的作用还不好说。尽管如此,也比神社、寺院的护身符要强吧。

来到平野川时,纲正突然下定决心改变方向往南走,沿着河堤前进。

阿茶阿的侍女又跑过来问:"您这样转来转去,到底要

---

① "市女笠"为馒头形草笠,是平安时期以后比较有代表性的女性用的草笠,贵族女性在雨天或旅行时也经常佩戴。原本为市场叫卖的女人所戴的草笠,因此得名。市女笠边缘一周常缝制"垂绢",即半透明的薄纱,可用于遮住女性的脸,同时也具有遮挡风沙的作用。

去哪里?"

纲正在马上生气地吼道:"请交给带队的我们!"不久,一行人经过了舍利寺村、林寺村,并继续南下来到了奈良街道(平野街道),然后他们开始沿着街道向东走。

刚才那位年老的侍女又挥汗如雨地跑了过来,"阿茶阿夫人让我转达她的话:'肥后守大人,这条街道由四天王寺南大门前延伸至平野,难道不是通往河内国和大和国的街道吗?'"

"正是如此。肥后守已下定决心要前往他的旧封地——河内国道明寺附近的誉田村。你回去就这样复命。"

河内国誉田村里有誉田八幡宫和应神天皇的陵寝。

那是纲正跟随三好家时的旧封地,现在直属于丰臣秀赖,也不知道当地农民是否愿意答应他这个旧领主的请求。

他没有自信。

原本最好的办法的是带领士兵们前往鸟居彦右卫门驻守的伏见城遮风挡雨,但那样的话就等于杀了女子们,天下之大,可以依靠的只有自己的旧封地。

出了平野来到龙华,一行人沿着远离主街道的田间小路牵着马走了一里,终于来到了从国分横穿堺市①的街道的交

---

① 大阪府中部的都市。隔着大阪湾东岸、大和川河口毗邻大阪市南部。室町时期为商人自治,作为与中国明朝的通商港口,经济非常繁荣。

叉口。

天色已晚。

那就是誉田八幡宫的森林。

纲正觉得非常怀念，他命令队伍停止前进，派使者去叫誉田村的村长四郎左卫门。

不久，穿着肩衣、腰里别着一把短刀的四郎左卫门带着四名年长的农民来到纲正面前。

纲正下令在路上点起篝火，摆上折凳接待。

"好久不见了，四郎左卫门。"

听到纲正的话，这名年老的农民五体投地伏身跪拜，哽咽着说："领主大人别来无恙。"

誉田村到富田林一带向来以人情味浓厚著称。纲正放心了，同时从折凳上滑下来，握着四郎左卫门的手，声音颤抖地说："我可以依靠你的侠义心肠吗？"

"您尽管说。"

四郎左卫门点头同意的时候，纲正不由得流下了眼泪。

纲正把能说的事情都告诉了他："尽管如此也可以吗？"这位老人回答道："领主大人也有一定年纪了，您的话真不少。"

纲正年幼时，四郎左卫门曾经带他在山中和田野上玩耍。

四郎左卫门说:"缘分深厚。"然后念起佛来。誉田村曾经是石山本愿寺的直属门徒,现在也是信仰浓厚的乡村。

然而,村中无法收容三百人这么大的队伍,如果在这里驻扎会引起西军的注意。

纲正说:"十人即可。"

阿茶阿、阿梶、阿万,再加上三人各配一名侍女留下。剩下的人离开这里不管去哪儿都行。

"不行。"阿茶阿高声叫道。事已至此,纲正也下定了决心。

"您再抱怨也没用。我们是孤军,既然是孤军就需要非常的手段,带领这一行人的是谁?难道不是佐野肥后守纲正吗?请您不要再插嘴说那些没用的。"

这极大地伤害了阿茶阿的自尊心,但是在这样的夜晚,而且是在野外的道路上争吵实在太不体面,所以她只好不情不愿地听从纲正的指挥。

纲正从本多正信拨过来的人中选择了名字位于第一位的失野善兵卫,拜托他来指挥包括自己的家臣在内的士兵们。

"我们就此别过,你能带领他们一起进入伏见城吗?"

这就等于在说在接下来的固守伏见城的战争中全部战死。

"是!"善兵卫非常简洁地回答后,整顿全军待命。

纲正让四郎左卫门准备酒菜,在路上与自己的家臣以及本多正信拨来襄助自己的士兵们告别。

纲正的心情难以言说。

只有我要选择躲在村里苟且偷生,保护女子们吗?

一想到这儿,他就没办法堂堂正正地喝酒。从古至今,身为武士的男子们可有像我这样进退两难的?纲正一边想着一边喝干杯中的酒,把酒杯塞进善兵卫怀中,低声说:"这个酒杯暂时交给你保管。"

善兵卫虽然不明白他的意思,但也沉默着点了点头,然后也小声地说会妥善保管的。

阿荼阿、阿梶、阿万三人在纲正和他的三名家臣的保护下,潜入誉田村的四郎左卫门家中。

"这么寒酸的民房。"

阿荼阿一天就抱怨了好几次,还嘲笑说这就是肥后守大人的聪明才智吗?

第二天,阿梶开玩笑说:"肥后守大人,您这个任务真不错,陪着我们在这破宅子里看月亮,而且靠着主君的好运也不用参加这次战争,等到战争胜利时,主君该怎么断定您的功劳呢?"

阿梶不经意的一番话却让纲正下定决心如何给自己的生

涯画上句号。

阿梶那女子说得真好！

纲正想。武士有权利让自己的生涯更加壮美。自古以来为此违背主君之命的例子数不胜数。他下定决心不干这个任务了。

一天后，纲正留下家臣，自己从四郎左卫门的房子消失了。

他进入伏见城，被分配负责城内松之丸的部署，参加了七月二十三日开始的伏见城防守战，八月一日城池陷落那天，他一直拼死战斗，后来干脆扔掉长枪，拿起火绳枪，不停地装弹药，殊死奋战，后来不小心装了两次弹药，点火时由于火药过多，随着一声巨响枪身爆破，纲正的手脚也被炸得四分五裂。

关原之战后，家康进驻大阪城，没收了驻扎于此的西军诸将领的封地，并对己方的诸将士论功行赏。

佐野纲正被没收了封地，这可以说是家康麾下的诸将士中唯一的例外。

"这也太可怜了。"

就连被统军打仗的诸将称为"佞人"的本多正信也替纲正说情。

纲正带着必死之心进入伏见城，他的壮烈牺牲不是连敌军都赞赏不已吗？

但是家康不听。

"他看似忠心，实际上怠慢我交给他的女子们，把她们托付给别人，自作主张进入伏见城，自作主张地战死。"

纲正的不幸就在于战争结束后从誉田村回来的阿茶阿等女子在家康面前极力地说他的坏话。

"我们三个人是多么地不安，好多次都想自杀。"

阿茶阿的话强烈地影响了家康对纲正的印象，让他做出了史无前例的严苛的裁决。

当然，后来家康体谅纲正的处境，考虑到纲正的遗孤尚在佐野家的旧封地——近江国野洲，于是将其召来，封八百石俸禄，恢复他直参的身份。

伏见城陷落后，纲正的首级被西军挂在大阪城示众，誉田村的四郎左卫门将首级偷走，跑到京都埋葬于百万遍知恩寺的如意庵墓地中，并为他建了小小的五层佛塔。

他死后的法号为常空。

招雨的女子

（一）

外面正下着雨。

"与阿弥。"

女子躺在床上对着纸拉门小声地喊。

但是无人应答。由于旅途劳累,老人好像已经进入了梦乡。

"阿市。"

她又叫了同行的小丫鬟的名字,但是仍然无人应答。

大家也太放松了。

距离听到傍晚五点的钟声已经有一段时间了,现在应该已经过了八点半。时值庆长五年（1600）九月十四日。

女子从刚才开始就蜷缩在薄薄的被子中发抖,有寒冷,但是也有恐惧。

路上一直发出可怕的声音,已经持续半小时了,刚开始,她想：是风声吗？

但同时又伴随着地面震动的巨大响声。她在黑暗中想象,感觉那声音就像巨大的蟒蛇贴着地面没完没了地翻腾一样。

有时那翻腾中还夹杂着鳞片的摩擦声,能听到低低的唰啦唰啦的类似金属摩擦的声音。不久后,她"啊"的一声忽然发现,那不是武士行军的声音吗?

发现这一点后她侧耳倾听,觉得人数不止一千或两千,应该是人数多到无法想象的大军正蹑手蹑脚、由西向东隐秘地移动,他们还给马套上了马嚼子,以免发出嘶鸣声。

当女子发现战争即将开始的时候,她首先想到的就是自己暂居的住所成了战场可怎么办。她想逃出这间空屋子,刚才叫与阿弥和阿市正是为了此事。

但是,照这个情况来看,附近的街道和乡间小路应该都是武士,能逃脱吗?

女子一行于今日日暮时分到达美浓国关原附近的山村牧口村。

令人吃惊的是村里的每户人家都用钉子安装了防雨门、防雨窗,却不见一个人影儿。不仅如此,连鸡犬的影子也看不到。

"难道是瘟疫流行,逃到邻村去了?"

女子的看法非常符合代代以驱邪消灾为业的出云国的民间巫女的身份。

但是与阿弥却默不作声,皱着他那已经没有眉毛的眉头。这位见多识广的老人也许已经预料到此处即将发生战争。

总之，一行人决定还是先找彦右卫门的家。两年前他们到这里时住的就是彦右卫门的家，这次也是这样打算的。

然而，这次他家连个雇佣的男仆都没留下。

暮色已开始笼罩大地，距离下一个城镇大垣城还要走四里路么远。幸运的是，房子的长屋的门敞开着。

"稍后再向彦右卫门老爷道歉。"

于是，她未征得主人同意就进了屋。女子两年前来这里时，受到彦右卫门以及其他村民的尊崇，所以她自信地认为只要之后做些事情让他们高兴，没有人会责怪她。

正如刚才所说，女子是出云国的民间巫女。

早在十年前，出云国中有一位名叫阿国的民间巫女擅长舞蹈，奠定了歌舞伎的基础。女子也像阿国一样四处游历，若有人出钱邀请，她也表演歌谣和舞蹈。不过，她家代代相传的祖业并非如此。

和她的母亲度过的一生一样，女子也是四处游历，从事出售出云大社的神符、为死者祈福、召唤死者的灵魂等工作，以此谋生。

有时也不是不出卖色相。女子在行走备前国时来了月经，成长为女人，在行走出羽国时第一次和男子有了肌肤之亲。她还曾经被近江国的男人欺骗，身上的钱都被偷走。有位骏河国的男子说要娶她为妻，并跟她约好在京都的三条大桥①见面,她在那里等了足足十天也没见男子的踪影。总之一路走来经历了不少事情,女子今年已经二十一岁了。

怎么办?

她实在无法忍受就从床上起身,为了去厕所推开了防雨门。

她内心突然涌起强烈的好奇心。也许好奇心总是伴随着恐惧,但她还是想看一看那条蟒蛇。

她穿上仓库的屋檐下挂着的蓑衣,光着脚踏进了宽广的庭院中,那庭院原本是用来晒稻壳的。

四周一片漆黑。

原本今夜应该有月亮的,但月亮被雨云遮住了。

——坏了,庭院的围墙在哪儿呢?

她分不清方向,只能站在下雨的庭院中,忽然,她听到面前汲水用的吊水桶有响动。下一秒,她立刻想到了逃走,有一个人影正在喝水!

那个人影喝完了水也不离开,一直盯着女子。

"哇!女人!"他突然紧紧抱住女子。

---

① 位于京都三条大道上的桥梁,架于鸭川之上。

（二）

在仓库的稻草堆上，女子被那个淋得湿漉漉的武士侵犯了。

男子好像偏离战场很远了，本应该着急赶路但他却不慌不忙。他左手扼住女人的脖子，右手解开盔甲的带子，脱掉腿甲，这些动作完成后，突然用两只大手掌掐住女子的细腰，轻而易举地将她的腰身压在自己身下。

"啊！不要胡来！"

"有什么胡来的，没有像我这样温柔对待女子的男人了。"

男子力气很大，他随意摆弄女子就像摆弄一捆稻草一样。

女子最初特别害怕，觉得身体就像冻僵了一样，但是当她看了一眼趴在自己身上的那个黑黑的影子时，竟然有一种奇妙的感动。

对方虽然取掉了头盔，但却穿着盔甲，他那巨大的身影就像十二神将①般威严。女子是信佛之人，她产生了一种奇妙的错觉，仿佛正在从护卫佛法的神将那里接受甜蜜的鞭

---

① 在药师如来周围守护众生的十二位神将，皆为身着盔甲的武将之姿。

答，甚至突然觉得自己是在修行某种仪式。

不久，男人放开了女子。女子慌张地整理衣服。

"你太过分了。"

她试着说，但声音里却包含着非常愉悦的妩媚，注意到这一点，女子在黑暗中暗自羞红了脸。

"我可不觉得对你做了什么过分的事情。"

男子也许是被女子吸引了，他的声音非常爽朗，爽朗得有些不合时宜。也许他本来就是个放浪不羁的男人。

"女子就是为了让男人侵犯而存在的。哦，我忘了问你的名字。还有，我想看一眼你的容貌。"

男子拿出打火石，在仓库的柜子上摸索，找到灯盏并点燃。女子看着起身点灯的男子的背影，小声地说出了自己的名字。男子背对着她说："好名字。"

但是当他回头后，一时盯着女子目瞪口呆，应该是没有想到自己侵犯的女子如此美丽。

"你是这、这户人家的女儿吗？"

"不，我只是借宿的旅人。"

"我做了最近从未有过的好事儿。"

他高兴得快要跳起来。从他的语气可以推测他诚实的性格。他因为侵犯了美女而发自内心地感到高兴。

"在大战前得到一位女子是武运昌隆的好兆头。这次战争肯定是吉利的。"

"在雨夜中……"

女子没有继续说下去。在她们巫女中也有讨吉利的说法，据说在雨夜中与陌生男子交合肯定会有好事发生。

"您的名字是什么？"

"我吗？我嘛，是宇喜多中纳言（秀家）大人的家臣稻目左马藏。若是因为和你的缘分在这次大战中立下大功，你也有分一份儿的权利。"

"哎呀！"

女子忍不住笑了，接着男子的话尾起劲儿地说："您准备给我什么？"

"京都的窄袖和服怎么样？"

"我不喜欢窄袖和服。您至少得收我做个姜室之类的，要不我分给您的运气也太不值了。"

这当然是开玩笑。但是左马藏当真了。

"哦，我也想拜托你做我的姜室呢。你去备前国冈山城城下町打听稻目家马上就能找到我。"

"我一定会去的。"

"嗯，说好了。"

男子熄了灯，开门走了。外面的雨好像小了，但是从门口吹进来的风很冷。

女子待在那儿没动，稻草还有余温，她想在这余温中睡到早上，因为那稻草是男子和她自己的身体暖热的。

（三）

女子就那样睡在稻草上，快天亮的时候，她又听到了吊桶发出的声响。

会是谁呢？

女子一跃而起，难道是稻目左马藏回来了？但她转念一想又觉得自己真傻，怎么可能！

女子无意识地拿出打火石，点燃灯盏，但她这样做实在不是明智之举。

吊桶的响动停止后，有个男子循着亮光走进来。他戴着头形头盔，背上插着绣有起钉器图案的背旗，看起来是个有一定身份的人。

男子个子较矮，肩膀较宽，和左马藏完全不同。他眼神清澈明朗，应该也是受女子们欢迎的类型。男子温柔地问："女人，你是没来得及逃走吗？"

她只能点头说："是的。"

"我不会做什么坏事儿。据说上战场前与女子交合能够武运昌隆。'如果你不愿意就站起来'那样的话我说不出口，为了我的武运，你能跟我交合吗？"

他只是嘴上恳求，手已经伸到稻草下面开始温柔地抚摸女子的腰部。

和穿着盔甲抱住女子的左马藏不同，这个男子利落地脱掉盔甲，赤身裸体抱着女子。

他的性格似乎非常小心谨慎，用手捂住了女子的嘴。

"即使您不这样做，我也不会叫人的。"

"是吗？"他终于把手拿开。

他轻轻地、慢慢地花时间爱抚女子的身体，手法也跟性急的左马藏不同。他就像一位技艺高超的乐师一般，知道触碰女子的身体何处会奏出怎样美妙的乐章。

女子好几次都不由自主地发出极度愉悦的呻吟，最后几乎有些意识迷离。

"啊！"

"怎么了？"

"女人受不了了。"

"是吗，你自称是'女人'，是这家主人的婢女吗？"

"我只是个路过的旅人。"

"哦？"

男子一直紧紧地拥抱着女子，完事儿后像跳起来一样站在了房间的土坯地上。

女子无法从稻草上起身,静静地用眼神目送他。

"您的名字叫什么?"

"福岛左卫门大夫家的家臣尾花京兵卫,记住我的名字,为我祈祷战功吧。"

"祝愿您武运昌隆、战功赫赫。"

"战争结束后,你到尾张国清州城城下町来寻我。除我之外,家臣中没有姓尾花的,你很快就能找到我家。"

男子头也不回地离开了。

女子后来才知道,从这天早上到午后,在与牧口村有两山之隔的关原的田野上,关东与大阪的十几万大军展开了争夺天下霸权的大战。

这天早上七点左右,连夜以来的大雨终于停了,牛奶般的浓雾在山间流淌。

早上,女子正在阿市的侍奉下喝粥时,开始不断听见浓雾对面传来的枪声。

"与阿弥,附近在打仗。"她不由得放下了筷子。

"这是一场难以想象的大战,这个村庄附近也有可能成为战场。"

一旁的小丫鬟阿市听了很害怕,"主人,我们赶紧逃走吧。"

"小孩子给我闭嘴!"她用从未有过的严厉语气叱责道。

"与阿弥,到底是谁和谁在打仗?"

"从很久以前听到的传闻来推测,应该是江户的德川内府(家康)大人跟石田治部少辅大人集结了大名、小名,要争夺天下霸权。"

"那么,宇喜多中纳言大人属于哪一方呢?"

"宇喜多中纳言大人?您从哪儿听说的这个名字?"

"请你回答我。"

女子的语气让与阿弥大吃一惊。

"听说是石田方。"

"那么,福岛左卫门大夫呢?"

"好像是德川方。"

这么说的话,稻目左马藏大人和尾花京兵卫大人互为敌人?

原来昨天西军于日落之前在大垣城集结,最终决定在关原的野外进行决战,于是日落时分从大垣城出发,踏着被连夜大雨淋湿的泥泞道路行军四里,经由牧口村向关原进发。

行军的顺序是以石田的部队为先锋,岛津、小西随后,宇喜多的部队在最后。

因为在夜间且道路泥泞,行军艰难,队形也乱了。稻目左马藏之所以闯进这座空屋,估计也是由于队形最乱的殿军部队最为自由散漫。

大约两小时后,尾花京兵卫所属的东军兵团的先锋部队到达。

关于这些,女子都是后来才得知的。

"阿难小姐,附近发生大战,没有村子会需要巫女了。幸运的是,这条路通往伊势,我们还是早点儿逃离为好。战争结束以后也会追捕逃亡者,每条街道都严阵以待,实在不适合出门旅行。"

"是啊,阿难小姐,我们还是赶紧逃吧。"

"与阿弥,阿市——"女子转过身来,"你们要是那么惜命就两个人一起逃走吧,我要留在这里。"

"您说的这是什么话,要留的话,与阿弥和阿市也一起留下。但是,为什么阿难小姐想留在这里呢?"

"并没有什么原因。"

"是吗?"

与阿弥怀疑地看着阿难,但是并没有再说什么。

早上七点左右从浓雾对面传来的枪声到了正午开始变得稀疏,于下午一点完全停止。战争结束了。

"与阿弥,谁赢了?"

与阿弥悄悄地从窗户往外看,只见前面栗原山的山脚下有一支大约二千人的部队朝着伊势街道溃逃而来。

"啊，是西军。"

"怎么看出来的？"

"那个马印是长曾我部土佐守大人的，肯定是西军输了。"

"那么，宇喜多中纳言大人会怎么样？"

"也是一样哟。如今全军溃败，应该分别朝着各个山野正在四处逃窜吧。"

"与阿弥，这是真的吗？"

不知何时，她突然发现自己揪住了与阿弥和服的前襟。

四

半年后。

阿难一行经过伊势国、志摩国、纪伊国来到大阪，然后继续旅行进入备前国冈山城城下町。

冈山城已经不存在宇喜多秀家，取而代之的是在关原之战中中途倒戈东军的小早川秀秋，他因为战功赫赫被封为五十七万四千石的大领主。

在城下町的旅店安顿好之后，阿难首次向与阿弥坦白了来冈山城的理由。意外的是，与阿弥竟然不吃惊，似乎他已经模模糊糊意识到了仓库里发生的事情。

"哦，那位大人莫不是宇喜多家的家臣？"

"那位大人？与阿弥你都知道了？"

"不，我可没有看到仓库里发生的事情。"

"你说什么呢？"

阿难羞红了脸。

"明明知道却到现在都不说，与阿弥你也太坏了。"

"又不是什么值得宣扬的事情。那么，您是要在冈山城寻找那位叫做稻目左马藏的武士吧。但是，他的主君已经覆灭，谁又知道他流落到了何方呢？"

"虽然我也这样想，但是哪怕知道他的一点消息也好。"

"您真是太执着了。"

"与阿弥，我不是开玩笑。阿难并不是一时兴起才来寻找的。"

因此，他们逗留了长达十天的时间。

但是，他们找遍了城内城外的武士居住地的房屋，发现屋子都是小早川家的家臣所有，无人知晓旧领主时代的家臣的消息，阿难一行再也无计可施。

"对了，阿难小姐。"阿市难得开口，"宇喜多家的家臣们虽然离散了，但是以前负责为邸宅供应物品的商人应该都是本地人，我们找到进出稻目大人家的商人不就可以了吗？"

"哇！阿市偶尔也能说句靠谱的话嘛！"

他们马上去寻找,得知播磨屋新兵卫正是与稻目家往来的商人。

他们又立即找到了播磨屋。

当然,考虑到民间巫女的身份会被对方看不起,所以她假称是堺市的富商的亲属,服装也做了相应的改变。

最初,播磨屋新兵卫毫不掩饰地露出厌烦的表情。

这是必然的。虽然关原之战的逃亡者的搜索已经结束,但是现在冈山城已在新领主的治理下走上正轨,对于出入武士邸宅的商人来说,旧领主时代的话题还是避开为好。

"那么,您是稻目大人的亲属吗?"新兵卫问。

"不,我在前些年得到过稻目大人的帮助,刚好今天来到冈山城,所以想顺便打听一下他的消息。"

"原来如此。"

知道了对方不是稻目的亲属,也不是该遭受新领主怨恨的身份,新兵卫似乎放心了,他的话也突然多了起来。

"实际上,那位大人曾从我们这儿借了十块儿银子,还没去找他要呢,就发生了此次溃败而逃的事情。我们也在寻找稻目大人的行踪。"

"哦。"

阿难不知该如何回答,但她若无其事地问:"您说的稻目左马藏大人到底是个怎样的人?"

"是个浪荡子。"新兵卫冷淡地说。

"他是大将骑马时负责在周围护卫的普通武士，俸禄二百石，但他不知道如何管理家业，房子就那样荒废着。在没有担保的情况下，不仅跟我还跟其他出入武士邸宅的商人借了钱不还，让商人们吃了不少苦头。不仅商人，他在武士中的评价也不怎么好。"

是吗？

女子暗自思量。那天从仓库离开的时候，他那明朗的笑容就像孩子一般天真无邪。

他真的是个坏人吗？

新兵卫敏感地察觉到女子的表情。

"他只是放荡不羁却并非坏人。那样的勇士宇喜多大人身边不超过二十个。总之，只要他还活着肯定会被某个大名收留的。"

"阿难也是这样想的。"

说完，女子就鼓起勇气问了自己最想问的问题。

"稻目大人的夫人怎么样了？"

"哈哈哈，那样的人怎么会有夫人？"

"您是说……？"

女子露出了吃惊的表情。接下来的事情让她非常高兴。

"他已经年过三十了，光是我听说的婚事就有三四桩，只是因为他放荡不羁,居然把城下町的青楼女子叫到属于武士的居所,所以我记得那些婚事全都告吹了。"

看来是个名声很差的男人。在回去的途中,与阿弥表示很不理解。

"阿难小姐,到底那个稻目大人有什么好的,让您这么念念不忘。您不会是想成为他的夫人吧?"

"不是。"

戴着草笠的阿难赶紧摇头,草笠四周缝制的薄纱也跟着晃动。

"我只是想知道他的武运好不好。"

"不用问也知道他武运不佳。他不是在关原之战中战败,生死不明吗?"

"关原之战的胜败是江户的德川大人和石田治部少辅两人的事,但是在战场上拼命的双方武士持长枪对战,他们应该有自己的武运,比如遇到了旗鼓相当的对手、立下了第一个冲入敌阵的战功等等。——总之,阿难就是想知道他的武运如何。"

"真是搞不懂啊。"

"与阿弥你不懂女子的心。"

"哎呀,哎呀,女子真是可怕。就那么在意有过一夜情缘的男子的动向吗?"

"比起女子，阿难更是一名巫女，当然会在意有过肌肤之亲的男子的运气。"

"就算如此，您也太执着了吧。"

两人都没再说话，与阿弥感慨万千地摇了摇头。

之后，阿难又辗转至伯耆国、石见国，然后暂时回到出云国的簸川度过冬天。春天很快到来。

"与阿弥，马上就到春光灿烂的季节了，我们也必须出发去各地了。"

"这次去哪儿？"

"首先去安艺国的广岛城城下町吧。"

"哎呀，这次是寻找尾花京兵卫大人吧。"

"谁要你多嘴！"

阿难故意装作生气的样子。

京兵卫大人的住所应该很好找。

他的主君福岛左卫门大夫正则是东军的大名，关原之战胜利后，福岛家因为战功，从尾张国清洲地区二十万石的小领主一跃成为治理安艺国、俸禄四十九万八千石的大领主。

进入城下町后，阿难一行投宿在当时山阳道有名的旅店——筑紫屋次郎兵卫。阿难照旧乔装改扮，宣称自己是世袭出云大社神职的向井飞騨守的家臣——斋藤正吉的养女。

她每次都要费心乔装改扮是因为当时民间巫女跟傀儡

师①、放下僧②、河原人③一样，都是受到歧视的人群。

她向旅店的掌柜一打听，马上就知道了尾花京兵卫的住所。

据掌柜所说，尾花京兵卫因为关原之战的功劳已经青云直上，升职为管理火绳枪足轻营的足轻大将，俸禄一千石，赐居大手门东侧。

当然，阿难不能突然去京兵卫的邸宅，于是就让与阿弥带着信前去拜访。

与阿弥找到尾花家，把信交给仆人，但是等了半日也不见答复。

等到快天黑的时候，仆人终于出来了。"主人说不认识那样的女性。"

"这也难怪。你跟他说庆长五年九月十五日天亮前，在关原东边的牧口村的民房里遇见的旅人，他应该就能想起来了。"

"你等等。"

这次仆人匆匆忙忙地回来，口头传达了主人的答复。

---

① 配合歌谣做出舞蹈动作的木偶称为"傀儡"，"傀儡师"即操纵木偶进行表演的民间艺人。

② 即僧侣打扮、表演"放下"的艺人。"放下"在日语中也写作"放家"，是中世到近世时期的一种民间艺能，主要表演杂技和曲艺。

③ 中世时期的贱民之一，被强制住在河边，主要从事杂役、民间曲艺表演等被歧视的职业。

与阿弥回到旅店筑紫屋，天已经黑了。

阿难焦急地问："怎么样？"

"据我推测，尾花大人并不高兴。阿难小姐找过来对他来说似乎有点儿麻烦。"

"那么，他是怎么答复的？"

"明天在这个地方……"

与阿弥展开尾花家的仆人画的地图，明天在那儿见面。

那个房子好像是京兵卫封地的村长来城下町办事时居住的宿舍。京兵卫应该不想在自己家接待在战场附近跟他交合的女子。如果不在家接待，按照惯例一般会选择菩提寺，但他肯定害怕在那儿会被别人看见，由此可见京兵卫小心谨慎的性格。阿难并不怎么生气，反而想起了仓库中的京兵卫，脸上露出了微笑。

"那我明天就准时去那里吧。"

"您的喜好可真奇特！"

与阿弥露出吃惊的表情。

五

阿难在那个房子的茶室里见到尾花京兵卫时，起初她没有说话，而是一直盯着京兵卫看。

这也难怪，因为坐在那里的男子跟牧口村时见到的判若两人。

——瘦瘦的脸庞、高高的鼻梁、红润的嘴唇、不太明亮的眼神。与其说是武士，倒不如说更像儒者。

——这就是京兵卫？

京兵卫也沉默不语。

"您真的是尾花京兵卫大人吗？"

"这位小姐，你找我有何事？"

听到熟悉的声音，阿难终于鼓起勇气，

"虽然有点儿不好意思，但是在牧口村里抱住我的如果是您，我只是想知道您后来的武运如何？"

"只要讲一些战场上的事情就可以了吗？"

"是的。"

京兵卫仍然用试探的眼神盯着阿难，不久，他开始讲起战场上的事。

关原之战是在上午九点正式开始的。

东军的先锋是尾花京兵卫所属的福岛队。

主将正则以勇猛著称，他们冒着浓雾前行，越过中山道，在道路正对面布阵，与西军的大部队展开激战。

"那时交战的西军是谁率领的部队？"

"是大鼓图案的马印。"

"这么说是……?"

"宇喜多中纳言。"

"啊?"

那不是稻目左马藏所在的队伍吗?

——那天福岛队的攻击很猛烈,但是相比之下,宇喜多队的抵抗更是异常惨烈。

天性善战的明石全登负责指挥宇喜多队的先锋,他站在一万三千人的宇喜多队的最前端,威武地发号施令,麾令旗都快被他挥断了。

"冲啊!冲啊!"

他声嘶力竭地下令。

最初,远远地从桃配山的大本营观察战况的德川家康很满意福岛队的猛攻,甚至大喊:"我们赢定了!"

但是形势很快发生逆转,在明石全登的带领下,宇喜多队殊死战斗,突破福岛队的先锋防线,并乘势把他们击退四五町。

"就趁现在,我们冲进内府的大本营!"

明石全登在马上大声喊着,然而此时西军迎来了命运的转折点。在松尾山上坐拥一万五千大军的小早川秀秋突然倒戈东军。

因此，西军开始全线崩溃，一直与福岛队殊死战斗的宇喜多队也慌乱起来。

之后就是敌我双方的混战。

"总之，那么激烈的战争在日本前所未有。我运气不错，砍下两个戴头盔的武士的首级，三个杂兵的首级，之后的事情我有点儿迷糊，记不清了。好像不小心被友军的长枪刺中马屁股，从马上滚落继续战斗。也曾差点儿被敌人打倒，不过因为金吾中纳言（秀秋）的倒戈敌军开始崩溃我才终于捡了一条命。"

"您的运气不错。"

"嗯，运气很好。"

"那我就放心了。"

"啊？"

京兵卫似乎终于想起了在仓库中说过的讲求吉利的话。

"对了，我的战功也许有一部分是因为你。"

"您这么说阿难也很高兴。"

"你想要什么奖赏？"

"奖赏之类的……"

"金子吗？还是送你一些丝绸？"

"我不需要。"阿难面露不快。

"既然你特意找来，肯定是想要吧。告诉我你想要什么。"

"阿难是出云国的巫女。只是想知道神灵是否附在我身上才来的,并不是为了什么奖赏。"

"喂!"

京兵卫突然握住阿难的手把她扯倒在自己膝盖上。

"你不要金子也不要物品,要不要入府侍奉成为我的侍妾?"

"不要!"

她拼命摇头,京兵卫却紧紧抱住她,把手伸到她的两腿之间。

"当时你那么迎合我,为什么到了现在反而不听我的?"

"把你的手拿开!"

"我不会拿开的。"

"因为我讨厌你的鼻子。"

"鼻子?"

"我不喜欢你那副鼻孔朝天的高傲的样子。"

"这样啊。我不会让你为难的。"

京兵卫又变得像当时在仓库里一样温柔,开始熟练地爱抚阿难的身体。

"并不是我要缠着你,你只要安安静静地不动,过一会儿就会像当时一样不再讨厌我了。"

"求你了,请把你的手拿开。"

但是说了也没用,阿难的声音越来越微弱,不久,她竟然不知不觉地开始主动迎合京兵卫的身体。

那天以后,阿难就住进了京兵卫家,让与阿弥和阿市住在长屋,她有自己的房间,成了京兵卫的女人。不,说是被迫成为更合适。

时间又过了两年。

六

那年春天,广岛城的城下町来了一个乞丐,是个非常奇特的男子,他在猿乐町西侧的相生桥边立了一块布告牌,然后整日躺在布告牌下。

布告牌上写着:献上首级。

当然,不是随便就给的,条件就是用长枪一决胜负,如果他败了就献上首级。

男子一直抱着长枪躺在那里,大部分时候都是大声地打着呼噜。

一看就知道是关原之战后失去主君的流浪武士。世事巨变,他生活窘迫,没有为官之路,只能出此奇招。

如果有喜好比较特别的大名,就会说:"这个男子有意思",然后收留他。这样的事情也不是不可能,但是相反的,如果失败了就会丢掉性命。

然而福岛家的家臣们只是一味地嘲笑:"武士若不能糊口就会变成这样吗?"没有人愿意跟他比试。

对于家臣们来说,跟这个来历不明的乞丐武士比试,万一输了等于损害主君的名誉,重则免不了切腹自尽,轻则罢黜武士身份,没收封地。

每个人都想着:谁愿意跟个疯子比试。因此过了一天又一天,这个抱着长枪的乞丐依然没有对手。

福岛正则也听说了这个事情,叫来家老尾关石见,"那个乞丐来挑战,我的家臣们居然无人应战,难怪被别人说胆小。考虑到这事儿传到别的领主那里不好听,你选个人跟他对战。"

"是!"

虽然石见这样应承着退出了,但他主意已定。

对方是个走投无路的人,已经没有俸禄和名声可输,如果对战,他一定会豁出性命,我方既会受伤,又会丢人。不如把他包围然后杀掉。

于是,他悄悄叫来尾花京兵卫,"你擅长长枪,我把家中长枪队的足轻拨给你十人,你趁着夜色暗中杀死那个乞丐，尸体扔进河里冲走。"

京兵卫派人去打探乞丐的消息，得知他天黑后就会回到桥下的小屋里。

那天，从早上开始一直在下雨。

傍晚时分，穿着蓑衣的足轻们聚集到京兵卫家的院子里。阿难看到了就问京兵卫："这是要做什么？"

"你也跟着来吧，能看到非常有意思的人。"

然后告诉了她乞丐的事情。京兵卫其实是想在阿难面前炫耀自己的英勇。

随着日暮降临一行人出发了。

阿难戴着斗笠穿着蓑衣，让与阿弥提着灯笼，跟在后面。

"阿难小姐，请小心脚下。"

"没事儿，没问题。"

阿难挽起衣服的下摆，光着脚往前走。

"与阿弥，这样走夜路让我特别怀念以前四处奔走的日子。"

"正是如此。"

"果然，一直住在一个地方会让我特别忧郁。我们还去旅行吧。"

"您要逃出府邸吗？"

"不要让别人听见。出云国的巫女四海为家,我不过是回到自己'家'而已。"

不久,他们来到桥边。

七

京兵卫把足轻们分成两队,一队从河的上游,一队从下游包抄乞丐的小屋。因为是夜晚,再加上下雨,只能听到水流声却看不见河水。

京兵卫是大将,所以在河堤上,左右两侧各有一名家臣蹲着,提着灯笼。

"把光照过去。"他指了指乞丐的小屋。

以此为暗号,两队足轻亮出长枪的枪头,一下子杀到小屋。

乞丐从小屋里跳出来。灯笼的光照亮他的脸。

"太卑鄙了,居然搞偷袭——"

他在光亮中怒吼,身体灵活地左右转动,瞬间就打倒两名足轻扔到了河里,身手真是敏捷。

"报上名来!"

乞丐说。仿佛是在战场上听到过的、令人有些着迷的声音。

"你们不肯报上名来，看来是福岛家的家臣。十个人趁着夜色来偷袭一个乞丐，左卫门大夫家的家风就是如此吗？我告诉天下人你们没意见吧？你们的首领在哪儿？"

足轻们都畏缩不前，看到他们这么没出息，京兵卫在河堤上急得直跺脚，

"上啊，为什么不上？"

"哦，首领原来在那儿。"

乞丐冲进足轻们当中，又突然竖起长枪，轻盈地跳上了河堤。

京兵卫朝着那个身影猛冲过去，狠狠地刺出长枪。

危急之时，乞丐急忙躲闪，身体有些踉跄，京兵卫瞅准时机又一枪刺了过来。

乞丐假装灵活地逃开，实际上却用长枪攻击京兵卫身边的家臣，抢来灯笼照亮京兵卫的脸。

这时，乞丐"啊"地大叫一声，"这张脸我见过，你不是之前关原之战中和我用长枪对战的尾花京兵卫吗？"

"这么说你是？"

"以前的宇喜多中纳言大人的家臣稻目左马藏哟。"

啊！

比京兵卫更吃惊的是阿难。

与阿弥扶住她的腰,因为她想跑到左马藏身边。

但是被左马藏认出来对尾花京兵卫来说非常不利,于是他拼命地进攻。

京兵卫的气势点燃了左马藏的斗志,他身子后仰,一步一步应对攻击,但是不知何时两名足轻悄悄绕到了他身后,"呀"的一声狠狠地刺出长枪,左马藏瞬间倒下,从河堤上掉落,掉进了河里。

"与阿弥,"阿难抓着老人的肩膀,着急地小声说,"他会被冲走的。请你一直跟着他一定要救他。"

与阿弥默默消失在黑夜中,不久听到微弱的水花溅起的声音,应该是与阿弥跳进河里追左马藏去了。

当天晚上以及第二天,与阿弥都没回来。

第二天晚上,尾花京兵卫到阿难的房间睡。他一进房间就好像有心事,脸色铁青。

"您是不是有什么心事?"

当然,阿难也能看出他的挫败感,他很在意没能杀掉乞丐。

"没什么。"

虽然他这样回答,但眼神空洞,呆呆地盯着空中的样子连阿难都觉得害怕。

那天晚上,京兵卫疯狂地抱住阿难,他想用阿难的身体来排遣忧愁。

这个男人真讨厌。

阿难被京兵卫抱着却想着旅途中的天空，也想着稻目左马藏。

早上当她醒来的时候发现京兵卫已经离开。

他每天都戴着草笠在街上四处行走，直到天黑为止。当然是为了找到左马藏并杀了他。

第三天，与阿弥悄悄地回来了。

"怎么样？"

"幸好我在离桥边半町左右的地方找到了倒在芦苇丛中的稻目大人。"

"他伤势如何？"

"右侧大腿被长枪刺伤，但不是很严重。我很快就把他带到旅店找人医治了。他现在还在旅店里。"

"阿难要去见他。"

"这——"

与阿弥准备制止，但是阿难已经开始忙碌地做准备了。

"阿市在吗？"

"我去叫她。"

"与阿弥，你跟阿市说我们就这么逃走，让她快点儿准备。"

三人偷偷地从邸宅的后门出来的时候,午后的太阳还很高。

左马藏住的旅店名字叫做田岛屋治郎八,在京桥川东岸。

阿难在旅店前等着,让与阿弥进去,但他很快就神色慌张地出来了。

"他不在里面,刚才好像有位戴草笠的武士找来,把他带走了。"

"去哪儿了?"

"我问了方向,我们去找吧。"

与阿弥快步走在前面,阿市也跑了起来。碰到擦肩而过的人就问:

"有没有看见一个戴着草笠遮住脸的武士和一个身材高大的流浪武士?"

不久他们渡过京桥川来到比治山的背面,终于找到了人。

山背面的草原上,两个男子默默地坐在那里。

阿难跑过来的时候,左马藏一下站了起来。

"稻目大人。"

"哦,这不是阿难吗?"

左马藏已经从与阿弥那里听说了后来的事情,所以并没有特别吃惊,但他似乎很想念阿难,很兴奋地瞪大眼睛看着她。

然而,京兵卫并不了解事情的经过,一脸不快地问:

"阿难,这是怎么回事?"

"我来告诉您。"阿难把关原之战前夜在牧口村发生的一切都坦白说了出来。

"所以,能在这里见到您二位对阿难来说真是奇遇。稻目大人,您当时的武运如何?"

"武运吗?难得阿难你给了我好兆头,但是正如你看到的这副落魄的样子,我的武运不能说好。似乎尾花京兵卫吞并了我的武运,还夺走了好运的源头——阿难,这真让人无可奈何。"

他爽朗地笑了。

"两位是怎么认识的?"

"这个嘛……"稻目的表情突然变得有些为难,似乎不太想说。这时,京兵卫取下草笠,解下刀鞘上的挂绳,用挂绳束起衣袖,

"稻目,我们来一决胜负吧,你赶快做好准备!"

"等一下。一旦打起来不知道还能不能活下来。阿难跟我们非常有缘,把当时决斗的详情告诉她也没什么不合适的。"

据左马藏所说，当关原之战中小早川秀秋的倒戈导致西军全线崩溃时，他的马鞍中部已经绑了两个人头，并且长驱直入冲进了敌军福岛队的正中央，但他很快知道不仅小早川队，连肋坂安治、朽木元纲、小川祐忠、赤座直保的队伍也已经倒戈东军。

"没办法了。"

他调转马头看着四周，友军的数量已经减少了很多。

之后他又骑着马在战场上跑了大约半小时，没有看到大将宇喜多秀家的马印。

主君也被杀了吗？

他明白砍下再多的首级也没用，于是扔掉绑在马鞍上的人头，为了逃离战场，选择朝着敌军较少的北国街道纵马而去。

那时，尾花京兵卫快马加鞭地追了过来。

"回来！逃跑也太可耻了。"

这家伙真讨厌。

虽然这样想，但他还是停了下来。即便杀了这个敌人，能够给他恩赏的友军的大本营也已经崩溃。

尾花报上了自己的名字。没办法左马藏也只好报上名字，两人用长枪对战，一番激战后，两人扭打在一起全都滚落马下。

左马藏在上，眼看他拔出匕首马上要砍下尾花的首级时，却说："算了。"

"即便砍下你的首级，对于即将兵败山倒的我们来说也没什么用。我还是赶紧逃吧。"

他突然躲开，抓住正在附近徘徊的马一溜烟儿逃走了。

"我们之间就是那样的关系。"

左马藏朝阿难笑着，他的表情中并没有自嘲的意味。左马藏把自己的武运都给了尾花京兵卫然后逃走了。

阿难点点头，"我明白了，这么说，稻目大人救了这位，"她指了指尾花京兵卫，"为何现在还一定要一决胜负呢？"

"我也不明白。恐怕是因为尾花京兵卫大人害怕家臣知道自己在战场上被敌人所救的事情。过去的事已经过去了。又或者京兵卫大人独占了从你那儿得来的武运还不满足，还打算杀死我？"

这时，有个身影冲到左马藏面前，只见刀光一闪，那个身影被弹到了空中，重重地落下来，最终倒地不起。是尾花京兵卫，他的右手腕血流不止。

"他的性命无碍，"左马藏慢慢地擦拭刀刃，"你们赶紧给他包扎一下。"说完他朝西走了。

"啊，等一下。"

阿难准备去追,左马藏突然回头伸了伸舌头。那轻松滑稽的表情甚至让人感到悲伤。

"不要追了,阿难,我没有武运。"

他耸起肩膀走了。总感觉他的背影就像贫穷神①一样,有着一种滑稽的威严,让阿难不敢跟他搭话。

不知何时,午后的天空开始暗了下来。

起风了。

下雨了。一滴雨落在阿难的手掌中,冰凉的触感让她一下回过神来。

她这才注意到左马藏的身影已经消失了。

---

① 日本民间传说中使人家道中落、导致贫穷的神。一般是身形瘦弱、脸色苍白、表情悲伤、手持团扇的形象。

一夜官女

一

村子东侧有很多芦苇。

中津川从枯萎的芦苇丛中流过,满潮的时候,芦苇原被海水浸没,河水倒流,周围充满潮水的气息。小若觉得这里真不愧是以芦苇著称的难波津。她看着东方,对面二里左右的台地上,大阪城的天守阁在傍晚云霞的映照下呈现出紫色。

村子的名字叫做摄津国野里村。当然,小若也是在两天前才知道的。

因为同行的弥兵卫老人生病了,他们只好住在村子里唯一的旅店——油屋治郎八的店里,今天是第二天,她特别喜欢这里傍晚的风景。

是因为身在旅途中吗?

也许是。

街道对面有一片森林。

森林到了傍晚会起雾,里面有村子的守护神——住吉明神的神社。

那座神社在小若看来也有些奇特。当然,住吉明神的信仰仅限于摄津国,对出生于纪伊国山村乡士之家的小若来说，甚至连鸟居的形状都很稀奇。

"少夫人，您那样敞开纸拉窗会感冒的。"

同行的弥兵卫老人在隔壁房间隔着纸拉门对她说。

太阳落山，周围忽然变暗，风也变凉了。

"还真是，总觉得好像连后背都凉飕飕的。"

小若准备拉上二楼的纸拉窗，却突然停下了动作。因为她看见下面街道上站了一名男子。

男子戴着草笠，看不清脸，但是一眼就会被他健壮的体格吸引。

看起来像行旅的武士，但他的打扮有些不伦不类，若不是腰间别了双刀，还以为是山中的强盗呢。

二月的天气，他却穿着磨破的单衣、褪色的无袖的和服短外褂以及鞣革做成的和服裤裙。

"哎呀，他会是什么样的人呢？会不会住进这个旅店？"

小若性格谨慎，好奇心却异常强烈。

武士来到旅店的房檐下，突然取下草笠，看着二楼的小若。

小若差点儿叫出声来。

因为男子的目光太热切、专注了，他不动声色、目不转睛地盯着小若，小若第一次见到脸庞如此有魅力的男子。

"……"

她慌忙关上纸拉窗,心怦怦乱跳,这份悸动甚至传到了手指尖。

小若来到隔壁房间,坐在了弥兵卫老人的枕边。那份悸动仍然在敲打她的心。

"您怎么了?"

病人敏感地察觉到了什么。小若假装镇定地说:"烧退了吗?"然后伸手摸了摸弥兵卫的额头。

"我真是太不中用了。不仅在路途中生病,还劳烦少夫人您来照顾我。老爷还在姬路城翘首等待呢,明天无论如何也要出发。"

"你不要勉强,等到能吃下两碗粥的时候再出发。我会让驿使加急送消息去姬路城。"

"我心里很难过。"

弥兵卫流下了眼泪,他是位耿直的老人。

弥兵卫在姬路城城下町有名的医家下泽了庵家奉职,负责管理家政。这次是跟随了庵的长子闲庵的妻子——小若一起出行。

小若的娘家父亲是纪伊国桥本市一个乡村的乡士,名为丹生喜左卫门。上个月,驿使突然从纪伊国送来急信,说小若的父亲喜左卫门病危。小若非常吃惊,当天就从姬路城出发,日夜兼程赶回娘家。但她到达以后却发现父亲健健康，根本没病。

小若一路上都忧心不已，看着一点儿病容也没有的父亲很是生气。

"父亲您竟然说谎！"

父亲也不说话，微笑地看着她。看到父亲这个样子，小若想所谓的病危绝对是谎言，是为了见到女儿采取的计谋。

"我的女婿一切都好吧？"

面对父亲的询问，小若闭口不答。那还用问，当然一切都好。

实际上，小若嫁入远亲——姬路城下泽家的时候，就知道丈夫闲庵很早以前就养了个侍妾。

小若从纪伊国带来的乳母打探出这个消息后告诉了她。小若是个自尊心极强的女子，所以并未表现出惊慌失措的样子。但是，自从她知道这件事以后，对丈夫闲庵的感情就突然冷淡下来。现在丈夫一进她的房门，她就感到厌恶，甚至浑身发抖。

"你们感情好吗？"

父亲询问。小若仅仅是点了点头，父亲就很高兴，并未多想。

在娘家逗留数日后，小若又向着姬路城出发了。

他们途中一路住宿，一路沿着纪伊国街道北上，出了大阪后取道尼崎。

从大阪前往播磨国姬路城，必须先到尼崎。欲到达尼崎，要先从大阪的天神桥走到十三①，再绕到神崎村，然后进入尼崎，这条路走的是幕府铺设的本街道②。但弥兵卫老人说："我们抄近道吧。"

于是他们选择了支街道③，从大阪西郊的上福岛村走到海老江村，穿过龙池的沼泽地到达中津川下游，再经由野里村、大和田村到达尼崎。

但是，坐上中津川的摆渡船后，弥兵卫的脸色就变得苍白。好像在大阪的旅店吃的玉筋鱼不太新鲜，他吐在了河里，不巧又开始发烧，船到达对岸的时候，他已经无法自己站起来。

小若只好让艄公背着弥兵卫来到野里村，在油屋治郎八的旅店做了治疗，但是不料他的病情意外地重，今天早上只能勉强吃下一碗稠米汤。

"弥兵卫，你不要想太多。小若很喜欢这个村子。身为女子，能够抛开家庭外出旅行，可以说是一生难得一次的好

---

① "十三"是大阪府大阪市淀川区西南部的地名。
② "本街道"指的是江户时期幕府指定和铺设的主要街道，即五大街道：东海道、中山道、甲州街道、奥州街道和日光街道。
③ "支街道"的日语是"脇街道"，与"本街道"的概念相对，指的是幕府铺设的五大街道以外的街道。

事。我们在这儿停留一段时间,直到你身体完全康复。"

"多谢少夫人体谅。"

弥兵卫生病后变得多愁善感,他又感动得热泪盈眶。

看到他的眼泪,小若很心痛,但并不是因为怜恤弥兵卫。

其实是因为她不想回姬路城。她想尽可能长时间地停留在旅途中。

(二)

小若看见的那个武士装扮的男子在她关上二楼的纸拉窗后,就踏进了旅店的土坯房间。

"有盥洗室吗?"

"有。"年轻的女佣用手指了指土坯房间的角落。

流浪武士洗了洗脚,找女佣要了一双新草鞋换上,

"我并不是要住宿。如果后面有人来追我,你就说没见过。"

他撂下这句话,连草鞋钱也没付就准备穿过土坯房间从后门溜走。

女佣去追,他回头盯着她的眼睛,带着明朗的笑容说:

"有事儿吗?"

女佣突然感觉到身体发热,不可思议地露出了微笑,"那个……"

她一开口,男子就用手抚摸着她的臀部说:"手感真不错。经常被村里的年轻人骚扰吧?"

女佣想逃开,却觉得身体僵硬,动弹不得。就像刚才的小若一样。男子就是有这种魅力。

"记住我刚才说的话哟。"

男子准备离开,女佣拼命抓住他的手,咽了口唾液,用沙哑的声音说:"您真是个好人。"

"是不是好人我不知道。不过为了感谢你对我的赞扬,我想给你几枚钱币,但是很不凑巧,我连一文钱都没带。"

"那个……"

女佣刚开口,流浪武士就快步离开了,消失在暮色笼罩的竹林对面的道路上。

不久,身着常服的三名武士进入旅店,形容了刚才那位男子的长相和身材,小声地问:"那个人是住在这儿吧?村里有人看见他确实进了这家旅店。"

女佣回答说不知道。

"不许说谎。"他们后退一步,"从她的表情看,那个人肯定在。我们进去搜。"

一名武士上了二楼,"哗啦"一声拉开了小若房间的纸拉门。

小若吓了一跳。从刚才起她就一直想着那位旅行的武士,还以为是他来拜访呢。但她很快冷静下来,根本不可能。眼前的这个男子个子矮小,丝毫不像那位武士。

"您有什么事吗?"

"这个……"

对方无言以对。

"搞错了。有个流浪武士逃进了这家旅店,我们得到旅店的允许正在搜查房间。"

"您是官府的人吗?"

这附近是大阪城的丰臣右大臣家(秀赖)的领地。城下町的船场附近常有盗贼出没,他们向畿内地区以西逃亡时往往会经过这个村子。

"不是。我们是在大阪天满宫开道场的天流①武术樱井忠大夫的门下,来追对道场做过坏事的流浪武士,在这个村子失去了他的踪迹。"

"那个流浪武士的……"

"哦,你是问那个流浪武士?"

---

① 斋藤传鬼房开创的武术流派。包括剑术、长枪技术、薙刀技术、柔术等,根据内部系统的分工,教授的武术也不同。

"他叫什么名字?"

"小早川家的流浪武士岩见重太郎。您见过像他的武士?"

"没见过。"

肯定是那个戴着草笠的武士。

岩见重太郎,好像听说过这个名字。

之后她到隔壁房间对弥兵卫说了这件事。

"嗯,岩见重太郎。"老人思索着,"说起这个名字,莫不是去年在丹后国天之桥立参与复仇行动,杀了大井八左卫门等好几位熟知兵法之人的那位有名的流浪武士?但是,虽说是流浪武士,也很难想象他现在会那么狼狈地徘徊在野里村的街道。应该是别人。然而……"

弥兵卫继续思考着,"如此厉害的岩见重太郎自从在天之桥立扬名后,不知是否选择了游历四方,传闻说诸大名争先恐后地想招揽他,却找不到他人在何处。您刚才说的那个人也有可能就是岩见重太郎。"

"弥兵卫真是见多识广。"

"因为我以前在武家侍奉过,所以听到武士的逸闻,就不由自主地留意并记住了。不过,世间欺世盗名的人很多,那个到底是岩见重太郎,还是冒牌的呢?"

"我不知道。"

"老奴我也不知道。"

"如果那个流浪武士真的是岩见重太郎,弥兵卫会怎么做呢?"

"少夫人,"弥兵卫担忧地抬起头,"您不愧是在武家长大的,所以喜欢听武士的故事。但是,我隔着拉门听到了你们的谈话,似乎那个流浪武士跟刚才进来的武士之间有纠纷。即使那个叫岩见重太郎的人投宿这家旅店,您也千万不要介入。武家是很可怕的,动不动就舞刀弄枪,若您卷入其中受到什么伤害,弥兵卫可怎么跟老爷交代?"

"弥兵卫还是这么喜欢杞人忧天。"

小若笑了。

"身为女子,怎么可能卷入武士们的争斗?想想都觉得可怕。"

然而,好奇心并未从小若那双神采奕奕的眼睛中消失。

三

当天夜晚,有三名男子来拜访小若。

负责带路的是旅店的店主油屋治郎八,后面跟着两个人,一位是野里村的村官——上了年纪的杂鱼屋十右卫门,另一位是负责村子的守护神住吉明神的祭祀事务的船工——五兵卫。两人东一个西一个坐在房间外面的走廊上。

"喂,小姐。"

治郎八隔着纸拉门喊。

自打小若住进来,这家旅店的老板就不称她为"夫人",而是根据自己的理解称她为"小姐"。

小若在旅店的登记簿上写了播磨国姬路城的医家下泽闲庵的妻子,但是当时年轻女子出行时,为了不被旅店的人轻视,大多会假称自己已嫁人。也许治郎八见小若年轻且天真烂漫,认为她登记的肯定是假的。小若觉得被当作黄花闺女没什么不好,就没有纠正他。

她站起来打开纸拉门,把三人请进来。

"请问有什么事吗?"

小若有些紧张,因为她觉得跟刚才的流浪武士有关。然而,船工五兵卫畏畏缩缩地说:"明天是祭礼的前夜,要举行宵祭。"

"今年由我负责住吉明神的祭祀事务。"

"祭祀事务和我有什么关系吗?"小若的期待落空,感到失望。

传统神社的祭礼一般是每年轮换负责人,从村落的祭祀组织(在神社的愿书上联名,协助神职人员维护神社运转的当地人）中选取，负责相关的杂务。

"哦，神明的……"因为都是当地的村民，所以表达不是很顺畅。

小若很着急。"你说的神明是指森林里的那座神社吧？"

"是的。"

上了年纪的杂鱼屋十右卫门跪坐着移动双膝，向前挪了挪，"明天也就是二十日的夜晚要举行宵祭，能否请小姐您做供品？"

"供品？"小若的脸色一下子变得苍白。

这个村落似乎保留着过去的活人献祭的传统。不仅给神供奉鲜鱼、蔬菜，还要供奉女子。小若听说纪伊国淡岛在祭祀神明时也有这样的习俗。在淡岛，这种活人献祭被称为"一夜贵女"，已经成为一种固定的形式。据说就是将十到十五岁左右的七名少女献给神明，说是献给，实际上是在神前铺上粗草席坐一整夜即可。

"是和淡岛的神明一样吧？"

"不，我们这里的住吉明神稍有不同。"

"需要我做什么？"

"我们摄津国野里村把这种活人献祭叫做'一夜官女'，需要您一个人在神殿靠里的拜殿内度过一夜。"

"这样就可以了吗？"小若或多或少有些失望，"如果只是这样，不需要选我，你们野里村不是也有很多好姑娘吗？"

"不能是本地的女子。"负责祭祀的船工接过话头。

"必须是从其他地方来到村子里的女子才能献祭。去年因为没有女子在村中住宿，村民们只好一拥而上抢了一位路过的女子。"

"抢了一位？"小若有些不淡定了。

"是的。虽说是抢，实际上是拜托她给神明献祭。然而今年很幸运，有小姐您住宿在村中的旅店，您就像势至菩萨、观世音菩萨的化身一样美丽，请您一定要答应我们的请求。"

"但是，"小若思索着，她的脸一下子变红了，"我不是处子之身。据说纪伊国淡岛都是要求处子才行。"

"淡岛怎么样我们不知道。"船工不客气地把脸凑近，好像只有他喝了酒。

"在我们摄津国野里村，跟男子有过肌肤之亲的女子也可以。这叫做一夜官女，只需要您在拜殿内睡一晚就行。但是，喂——"

船工向油屋使了个眼色，油屋点点头，接着话头说："……如果正值月经期的话……"

"说什么呢！"

大家都有些尴尬，小若盯着油屋，脸更红了。

"我现在没有那个。"

她这样回答就等于接受了这项任务。三位村民高兴地说：

"太好了！今年有这么美丽的女子献祭，肯定能五谷丰登，河里和海里也能捕到很多的鱼！"

——少夫人真是太好管闲事了。

弥兵卫老人知道后很生气。

——我之前在别的地方也听说过让旅行者来做一夜官女的习俗，但是据说祭礼过后，他们把这叫做"撤下供品"，村里的年轻人会侵犯献祭的女子。

"怎么可能！"小若根本不当回事儿。

"弥兵卫，野里村距离繁华的大阪只隔了一条中津川，就在统领摄津、河内、和泉三领国的丰臣右大臣家的眼皮底下，不可能有那样的事情。而且，弥兵卫到了这个村子以后就病得无法起身，我们不得不滞留在此，这也许就是当地的守护神的旨意吧。"

——少夫人，您一向都有这样不好的习惯。请您不要把自己的好管闲事归咎于弥兵卫。您是因为自己的癖好才答应的，回家后老爷责怪起来可跟弥兵卫没有关系。

"我知道了！"

小若不顾身份地大声嚷着。

(四)

在这个村里,迎接一夜官女事先做准备工作的房子被称为"御宿"。今年的"御宿"是上了年纪的杂鱼屋十右卫门家,虽说是农民家,却是建有长屋的气派房子。

第二天,小若就搬到十右卫门家,住在靠里的一间房里。

房间里放着金屏风和几个火盆,烤得暖烘烘的,还有七个被称作"侍从"的少女贴身侍奉。

"侍从"是从村中的处女中选出的,通过抽签选定七人贴身侍奉小若。她们的装扮跟神社的巫女一样,头戴金冠,穿着白色的窄袖和服和绯色的和服裤裙。

"我叫小荻,请您不要客气,有什么事尽管叫我。"

"侍从"中年龄最大的少女开口说。七名少女的名字分别是小荻、小枫、桔梗、小菊、女郎花、小梅、小松,每个都跟植物有关。

很快,夜幕降临。

"请让我为您梳妆打扮。"

小荻给小若梳头并让她的头发散落身后,给她穿上三件白绢的贴身衣服,再穿上两件白绫的窄袖和服,把外面的那件窄袖和服从肩膀处褪下缠在腰间,这就是"腰卷姿"的装扮。比起皇宫的女官,其装扮不如说更像大名的正妻。

小若像换装娃娃一样任由她们打扮,只有少女们拿来染黑牙齿的盘子时她表示了拒绝。

"只有这个我很讨厌。"

按照姬路城的风俗,女子出嫁了也不用染黑牙齿。小若离家前牙齿是白色的,若染成黑色回去肯定会被丈夫闲庵责备。

不久,小若被打扮成名副其实的女官装扮,端坐在金屏风前,村中祭祀组织的二十四人将一一前来谒拜。

二十四位村民来到等待室跪拜行礼。小若按照村中的习俗逐一跟他们搭话,叫出他们的名字,例如她问:

"是桥下的与左卫门吗?"

对方回答"是",然后额头触地跪拜行礼。其中还有人感动得流泪,因为他们自己创造出来的临时的贵人跟他们搭话而感激涕零。

小若虽然觉得这个村子有些奇特,但也没觉得有什么不好。她想大阪城中秀赖大人的生母是不是每天都过着这样的生活。

这个仪式结束后,她问"侍从"小荻:"接下来做什么?"

"戌时（晚上八点）从这里出发去参拜住吉明神。"

"终于要到这个时候了。"

"是的，终于要到了。不过，进入神社境内后就不能说话了。"

终于到了这一刻。

小若坐上轿子，七名"侍从"在四周跟随，由祭祀组织的二十四位村民带领在村中巡游一圈后，进入神社境内。

小若坐在神前的粗草席上，七名"侍从"跟在她身后，她们周围燃起很多篝火。坐在篝火中，小若不可思议地感觉到自己真的要被献祭给神明了。

当然，供品不只小若，还有神明的食物，即"神馔"。

在被称作"夏凉膳"的白木桌上，摆着新鲜的鲤鱼、鲫鱼、鲇鱼，还有堆得高高的成串的柿饼、腌制的山葵、煮红豆以及小饼。此外，还有酒、圆形年糕以及各种各样的蔬菜也被一一摆上。

之后，村民们奏起充满乡土气息的神乐，念诵祈祷文，祭神仪式持续了一个小时左右。仪式结束后，篝火就熄灭了。

神社境内一片黑暗，神圣且寂静。

小荻默默地牵起小若的手，意思是让她起身。

在小荻的带领下，小若绕到了正殿背后，途中还被树根绊住，差点儿摔倒。

"就是这里。"

拜殿是一座茅草屋顶的简朴建筑，小荻打开平开的双扇殿门，殿内如涂抹的墨一般黑。

"官女大人，"小荻鞠躬行礼，"您准备好了吗？殿内床铺已铺好，天亮时祭祀的负责人会来接您，请您安心休息。"

（五）

小荻走后约三十分钟，小若都在黑暗中睁眼躺着。

床铺是铺在粗草席上的，摸起来料子是熟绢的，这在乡下来说算是很奢侈了。枕头准备了两个，难道有一个是神明的？

有种奇怪的感觉。

小若躺在床铺上，两条大腿并拢又打开。与其说是在进行祭祀仪式，不如说是一种很淫荡的感觉。小若全身热血沸腾，仿佛在闺房悄悄等待与他人私通。对方虽然是神，但好像冥冥之中紧紧抱着小若，与作为供品的她交合。这难道不是私通吗？

就在这时，小若突然感觉到房间的角落里有人，她一下子坐了起来。

"是谁?"

该不会是神明吧?小若紧张得心脏都停止了跳动。

"有谁在那里吧?是谁?"

"我是神明。"声音沙哑且低沉。

小若努力瞪大了双眼在黑暗中搜寻,却什么也看不见。男子似乎是躺在地板上的。

"是神明吗?"

小若努力让自己冷静下来。她稍稍放下心来,因为对方并没有要接近她的迹象。听他的声音,也不像揣着坏念头的人。

"您为什么在这儿?"

"因为我是神明。"

对方重复着同样的话,从声音听来,他应该很困。这声音也让小若又放心了些。她原本就是好奇心旺盛的性格,所以生出了开玩笑的闲情。

"如果您是神明,能否让我看看您的样子。"

"别提这种无礼的要求。"对方似乎翻了个身,"神是没有实体的,若是现身立刻会引起雷鸣,劈裂你的身体。"

"是吗?"小若忍不住笑了,"住吉明神说话原来带着安艺国的口音呀。"

"是的。"

"为什么呢?"

"因为我在安艺国生活过一段时间。别说这个了,我很困。我好不容易睡着了,你进来把我吵醒了。你能不能安静一会儿?"

"神明也会困吗?"

"和人一样,会困。"

"但是今晚不是您的祭礼吗?"

"好像是。你看村子的样子就知道了。"

"您可真不领情,村民们特意给您准备了供品和献祭的人。"

"你就是献祭的人吧?不过听你的口音不像是这一带的人。而且,依我看你好像也不是处女。"

对方忽然起身,拿出打火石,点亮了旁边的油灯。殿内突然变得微微明亮。

"我没说错吧。"

比起男子的惊讶,小若更是吃惊地瞪大了双眼,他居然是昨天傍晚戴着草笠经过旅店前的流浪武士。

"您是岩见重太郎。"

"不,我是神明。"

对方皱着眉头熄灭了油灯。

"真是位风尘仆仆的神明。"

"在你们凡人看来是这样的。神明其实很忙,要前往各地听取信仰者的愿望,所以经常出行。"

"这么说,也有被武士追捕四处逃窜的神明吗?"

"你说什么?"对方好像生气了,但是很快恢复了低沉的声音,"偶尔也有那样的事。世间有很多不懂事的人,碰到那种人,除了逃走藏起来别无他法。"

"附近的街道上有人正四处搜寻神明您的踪迹呢。"

"是吧。"对方的声音听起来有些不高兴,"所以我才来这里。"

"神明大人,"小若下定决心开口说,"您不用睡在地板上,这里准备得有您的床铺和枕头。"她当时真是大胆,事后想起来连自己都觉得面红耳赤。

"你是青楼女子吗?"

也难怪他这样想。小若也觉得索性把自己当成青楼女子更轻松。她用轻松愉快的声音回答:"我是您的供品,所以才向您自荐枕席。我是专属于您的青楼女子。"她的声音明快得连自己都觉得不知廉耻。

"那么我就接受了。"

"啊?"小若有些不知所措,"您准备接受什么?"

"接受你这个供品啊。"

他似乎慢慢站了起来，小若有些退缩，想逃走。到了关键时刻，她还是没有胆量，不像嘴上说的那么大胆。

男子掀开被子，躺在小若旁边，搂住她纤细的腰身，然后好像很失望似的说："搞什么嘛，你居然在发抖。"

小若觉得自己的胆小有些可恨，"我才没有发抖。"

"看来你只会嘴上逞强。我可怜你，这个供品我还是不要了。"

"不，您一定得要。"

小若把头伏在男子的胸膛上，他的胸膛很宽厚，与丈夫闲庵完全不同。他身上散发出污垢难闻的气味儿，小若皱了皱眉头。

真是个不爱干净的神明。

"供品，你冷不冷？"

"只要靠着神明您的身体就很温暖。"

对方伸出手解开小若的腰带，敞开她的贴身衣物，小若的胳膊从贴身衣物中露出，她叫了一声："啊！不要这样！"

男子没有说话。小若的衣物都被他脱掉了。在新婚之夜，丈夫也没有这样对待过她。小若的心中生出有生以来从未有过的新期待。但是，她口中说出的却是："神明大人，这也太过分了。"

"你是个供品，没资格说话！"

小若太过紧张,一直屏气凝神,直到男子的手触摸到她的下腹部时,她才呼出一口气,"啊"地叫了一声。

她的声音好像太大了,男子吃惊地停下了动作。

"可以吗?"

"您要怎样都可以。"小若喘息着回答,"因为是献给神的祭礼。"

"原来你不是青楼女子啊。"

"都这个时候了,请您不要再问了。"

"你的声音很好听,我去过很多地方,从未遇到过像你这样声音这么好听的女子。"

"神明大人,请您再,"小若的声音越来越小,"请您再抱我紧一些。"

"这样吗?"男子的动作越来越粗暴,小若觉得浑身的骨头都要碎了。

过了很久。

关于那时的细节小若后来都想不起来了,也许是因为当时她的灵魂已离开身体飞到天上去了。

不久,男子离开了小若的身体。他的气息丝毫没有乱,用低沉的声音问:

"你好像是叫小若吧?"

他的声音很温柔。小若摆弄着男子右手的手指说:"您是岩见重太郎吧?"

男子没有回答。

"听说您在天之桥立助人复仇,立下赫赫威名,为何会被人追捕四处奔逃呢?"

男子沉默了一会儿,不久后回答说:

"杀生是个不断引起相互复仇的恶性循环。在天之桥立被杀的那些人,他们当然也有各自的亲族,其中有几组人宣称要找我复仇,四处寻找我的踪迹。前一段时间,我去大阪城的大野修理亮大夫治长的邸宅拜访,回来时步行经过船场町,发现那里有个兵法道场。我准备悄无声息地通过,但是谁知有人在道场的窗口向外张望并跟我对视了一眼。然后他就叫了我的名字。不用确认就知道他是想找我复仇的其中一人。"

小若屏气凝神地听着,"后来怎么样了?"

"后来我就逃走了呀。"

男子在黑暗中扑哧一笑。从笑声中可以感觉到他对自己能力的强烈自信。

本来小若还多少有些怀疑,现在听到他说的"后来我就逃走了呀",心中的疑云涣然冰释。这个男子绝对是真正的岩见重太郎。

"小若,过来。"

男子的胳膊再次搂住小若的腰。这次不是作为神明。被充满人情味儿的英雄抱着，小若的欣喜更胜之前。已经不用再假装是神明，男子露出好色的本性，用各种动作挑逗小若的身体。与刚才的交合不同，小若一生都不会忘记那一个瞬间的欣喜。

之后，小若睡得死死的。醒来一看，发现柔和的阳光开始透过板窗的缝隙照射进来。

啊！

她一下子坐起来，身体还是裸着的。她慌忙穿上贴身衣物，发现男子已经不在床铺上。

也不在殿内。小若跪坐着梳头，心想：难道是梦？

但是各种记忆还历历在目，身体也因为疲惫懒懒的。

她刚系好腰带，就感觉到双扇的平开门外有人，肯定是祭祀的负责人五兵卫。

"是五兵卫大人吗？"

"是的，我来接您回去。"

"我马上就出去。"

小若急忙把床铺整理好，发现自己的身体润湿了床铺时，她的脸唰地一下红了。

六

回到旅店,村子里都在谈论一件事儿。

野里村北边尼崎街道旁边的松林里,有三个武士被杀了。

有位早起去附近耕田的农民目睹了杀戮现场。三个武士围攻一名男子,但那男子动作就像砍断树枝一样轻松,不到一个回合就从正面由上至下把他们都砍死了。稍后验尸的官员来查验尸体,都非常惊讶那精湛的武术。

肯定是那位大人。

小若心里想着,但是她当然没有告诉弥兵卫。

他果然就是岩见重太郎大人。

不知为何,一想到这儿,小若就莫名地想流泪。

戏剧结束了。回到姬路城,等待她的就是漫长无趣的一生。小若并不后悔昨夜的事,因为她觉得在女人无聊的一生中,哪怕有一日过着戏剧般的生活,靠着这种回忆足以支撑自己走下去。

小若回到了姬路城。

回到家中,令她吃惊的是丈夫闲庵居然把外面养的侍妾迎进了家门。

"您为什么要这么做？"

"那件事啊，"闲庵完全说起了别的事情，"有着落了。成为城里的医官之事。"

闲庵一直想成为姬路城城主池田候的御用医官，事情顺利达成了。御用医官在身份规格上等同于高级武士，要像武士一样生活。武士的邸宅就等同于城郭，不可以在别处养着侍妾。于是按照武家的惯例，把侍妾接到家中同住。

"说到武家的惯例，那个女人算是在邸宅内侍奉，也算你的婢女。请你这样想，使唤她的同时也怜惜她吧。"

"知道了。"小若冷淡地回答。

不可思议的是，小若竟然一点儿也没有嫉妒。比起嫉妒，她反而觉得安心，因为能让讨厌的小个子男人闲庵少来拥抱自己的身体。

但是，让小若不高兴的是那个侍妾身份的女子怀孕了。如果她生的是个男孩儿，而小若生不出嫡子，那么他就是下泽家的继承人，小若老了以后要靠他养。

"你是不会生吧？"

闲庵曾经这样说小若。她嫁过来已有两年却没有怀孕的迹象，闲庵只能这样想。

"我不需要孩子。"

小若不服输地回答。闲庵不喜欢这样好强的小若。

"孩子不仅仅是为你自己而生,是为了整个家族。你任性地说要或不要,正说明你只考虑自己,除此以外,你都不关心。"

"也许吧。"

"你生不出孩子,又好强,真是个一无是处的女子。"

回到姬路城后,小若与闲庵的关系越来越恶劣。

闲庵从主君那里获赐城内的新邸宅,旧邸宅让给了父亲居住。

移居城内以后,交际圈就跟之前居住于城下町时完全不同了。城内有很多高级武士前来拜访,自然能在邸宅内听到些武士的话题。

小若曾经跟两三个武士打听过岩见重太郎的事,他们都听说过这个名字,但是当她问:"他现在到底在哪儿呢?"却没有一个人知道消息。

"有传闻说他是小早川家的家臣某某的儿子,但关键人物小早川家的家臣早已四处逃散,所以事情真相不明。"

小早川家的最后一任家主是在关原之战中隶属西军却中途倒戈的金吾中纳言秀秋。因为在关原之战中倒戈的功劳,赐封备前、美作两领国,俸禄五十万石。但关原之战后第三年,即庆长七年(1602)谢世,享年二十六岁。因为没有子嗣,封地和俸禄被没收,家臣也四处逃散。

其中有一人说:"岩见重太郎这个人是否真实存在还是个未知数。也有可能别的武士在天之桥立的复仇战中,临时谎称了这个名字。"

小若心中非常不安。

"因为不确定是否有这个人,所以各地可能有多个谎称自己是岩见重太郎的人。"

不!

小若内心强烈地否认这种说法。

那个人就是真正的岩见重太郎大人,不然不可能有那么好的身手。

一年后,那个侍妾身份的女子分娩,生下一个男孩儿。按照武家的惯例,小若作为正夫人是男孩儿的嫡母,但下泽家的事实是众人都围着闲庵、侍妾以及那个孩子转,小若很孤独。

闲庵的态度也越来越冷淡,甚至没有跟小若商量就跟她远在纪伊国的娘家进行交涉。终于,庆长十九年(1614)的夏天,纪伊国的父亲派了使者前来接小若。闲庵说:

"小若,反正我们性格不合,分开吧。你还有什么想说的吗?"

"没有。"

"拿着这个。"闲庵把休书交给她。小若反而觉得轻松了，比起一辈子侍奉不喜欢的丈夫，在娘家随心所欲的生活不知道要强多少倍。

途中经过摄津国野里村。

周边的风景对小若来说就像故乡一样亲切，但是擦肩而过的村民们全都不记得她。不过于她而言，这样反而更自在。

经由上福岛村渡过天满川就是大阪的地界。

纪伊国的父亲住在大阪船场町的旅店里等着小若回来。

"小姐，您快点儿。您的父亲还等着呢。"

随行者想找来马匹，但是别说驮行李的马了，哪个拴马的马场都没有马匹可用。

"看起来右大臣家跟关东那边完全决裂了，驮行李的马匹都被买进城内了。"

他们从土佐堀川一带进入大阪，发现街道上挤满了人。

往城内运兵粮的民夫、在路边铺个席子卖兵器的人、买兵器的流浪武士等等，每条街道都是人山人海，热闹非凡。

他们途中好几次在茶店休息，随行者打听到了好多消息。

"好像是因为各地的流浪武士都进城了，据说多达十万人。"

其中还有几个连小若都听说过的有名的流浪武士。

"后藤又兵卫大人他们长久以来都在京都和伊势乞食,入城后就被封为独当一面的大将。"

"其中有没有岩见重太郎大人?"

"哎呀,岩见。我去打听打听。"

父亲住在船场本町桥东边的旅店——丸屋源兵卫。见到小若后,没有问她别的,只是说:"家里的橡树花开得正好。"然后又说:"难得出来旅行。我们很少来大阪,在这儿游览几天。"

"但是,城内如此骚乱。"

"没事儿没事儿,这也是一景。"

虽然是乡士,但父亲毕竟也属于武士,性格倔强,他好像很喜欢大战前的骚乱。而且趁着战争前的热闹气氛,城内聚集了田乐师、跳歌舞伎的女子、傀儡师以及放下僧等大量的流浪艺人,比平时更有意思。

"就当作散心了。"

父亲好像全心在考虑如何安慰小若受伤的心灵。

在大阪逗留了两三天,那个随行者打听到一个出乎意料的消息。

"听别人说,代代侍奉丰臣家的薄田隼人正兼相大人原来曾称自己为岩见重太郎。"

根据他打听到的消息,薄田兼相出身山城国的乡士之家。

秀吉死后,薄田家的亲族继续侍奉丰臣家,甚至有人光耀门楣,被任命为若狭守。兼相很久以来都是流浪武士之身,二三年前因为若狭守的举荐开始任职为大野治长的下级武士,现在升职为武士大将①。

"那位薄田大人就是岩见重太郎吗?"

"他本人从未这样说过,好像是周围人的传言。"

"一定是他。"

两三年前开始在丰臣家任职,时间和那个时候对得上。而且,当时在拜殿内,那个人不是说过去拜访大野修理大人归来途中之类的话吗?肯定是为了任职去拜访的。

"请让我见见那位薄田大人。"小若央求父亲。

"为什么?"

"请您不要问什么,他对小若来说是很重要的人。"

"这样啊。"

父亲没有再追问,但是一脸为难。作为一介乡村富豪,肯定是没资格见对方的。

"有个人也许能帮忙。"

他想起来大野家的下级武士的先锋队中有个人是自己家的远亲,想通过那个人活动活动关系。

---

① 以武士身份统领一军之人。

父亲说:"可能会需要很长时间哟。"

然而意外的是第三天就有回信传来,看来父亲给了中间人不少钱。

当天隼人正大人就派人来接小若。

他的邸宅在大阪城二之丸,小若从玉造口的城门入城。

进入邸宅后,小若被请进客厅,不久隼人正兼相来了。

小若不由自主地差点儿站起来。

毫无疑问就是这位大人。

但是兼相似乎一脸疑惑,"你说认识我,但是我没见过你啊。"

毋庸置疑,他的声音跟那晚一模一样。小若抬起头,向前膝行了一段儿,"我是那晚的一夜官女,您难道不是神明吗?"

从表情来看,兼相有所动容。

他瞪大双眼,但是很快刻意恢复了平静。

"我不知道你在说什么。"

"您难道不是岩见重太郎大人吗?"

兼相无奈地说:"哎呀,世间有人这样传,我也很头疼。听说曾经有人在全国各地称自己是岩见重太郎,通过杀人炫耀武艺,但并不是我。虽说你认错了人但好不容易来拜访,就这样回去恐怕也不合你意。我请你喝茶吧!"

小若被安排进邸宅的茶亭，由茶道艺人负责接待。茶道艺人退下后，身材高大的兼相来了，他突然叫着"小若"，把她推倒了。

"不，不可以，会被人看见的。"

"我已经屏退左右。刚才有家臣在，所以未敢认你。我就是野里村的住吉明神。"

"我很怀念那天夜晚，所以想再见您一面。"

拥抱过后，兼相把小若抱起来，亲自用梳子给她梳头，小若把那晚之后的好多事情一一说给他听。

不久，夕阳西下，小若靠在兼相怀里，"您能不能就这样把我安置在邸宅内？"

"我也想这样，但是战争终将开始。这座城将成为战场，迎来天下的士兵。把这次相会当作最后一次才是为你好。"

"小若愿意在这座城里跟您一起死去。"

"请打消这样的念头。"

出了茶亭，小若突然说："您真的是岩见重太郎吗？"

"不是，"他底气不足地回答，"是不是已经不重要了。"

他再次紧紧抱住小若说："我是住吉明神哟。你是……"

"一夜官女。"

"这就够了。"

"我觉得还不够。"

"人一生中的欲望是无穷无尽的。你说过比起在姬路城一辈子侍奉前夫，那晚的回忆更为珍贵。我也是这样想的。"

这句话是小若记忆中薄田兼相的最后一句话。

小若回到纪伊国不久，大阪冬之阵就开始了。紧接着第二年，即元和元年（1615）的夏天，摄津、河内、和泉三领国的平原成为战场，东西两军的三十万武士浴血奋战，随着大阪城的陷落，丰臣家灭亡。

薄田隼人正兼相于五月六日拂晓率领四百士兵进军河内国道明寺附近，与东军的水野胜成、伊达政宗、松平忠明率领的三支队伍作战。据说他如鬼神一般异常神勇，最后被水野胜成的贴身护卫士河村新八等人砍下首级。小若在某天早上听说了这个消息，家中院子里的橡树花刚好在前一夜遭遇暴风雨，被吹得零落一地。

武士大将的胸毛

一

琵琶湖北边的风很冷。

大叶孙六在马上眺望着东方，伊吹山山顶上的积雪被晨光染成青紫色。时值关原之战结束的第二年，即庆长六年（1601）二月。

孙六在上午到达了目的地——近江国浅井郡速见乡，遣随从去村子角落的农家打探那个男人的住处。老农夫说：

"渡边勘兵卫大人的家吗？从这儿再往东走十町，有个叫河毛之森的地方，他在那里盖了座草庵清静度日。"

农夫似乎想打听孙六他们的身份，问了句多余的话："小人冒昧，请问各位是哪位大人的家臣？"

"藤堂家的。"

"你们可能错过时机了。大约十天前福岛家的家臣来拜访，五天前池田家的重臣来拜访，不过勘兵卫大人始终没有答应。"

"哦，看来你对勘兵卫大人的情况很了解啊。"

"我们居住的近江国浅井郡，自古以来出了不少名将，但是像有勘兵卫大人这种才能的再也找不出第二个。乡里人都引以为傲，甚至知道勘兵卫大人今天吃了什么。"

"哦,那勘兵卫大人喜欢吃什么?"

"这个嘛,我不能说。"

老人意味深长地笑了笑就进了仓库。

孙六他们很快就找到了河毛之森。进入森林后走了半町,只见小河在林中流淌,小河的土桥旁边插着一支旧长枪,枪头朝天而立,上面挂了一块儿木牌,写着:渡边勘兵卫源了寓居。

这几个字的右上角棱角分明,彰显出主人孤傲的性格。

大叶孙六读完后露出微笑,心想:看来绝非易事,也许会被赶回去。

他们渡过土桥,脚步声吓得小河里的鱼儿四处逃散,除了偶尔能听到野鸟的鸣叫声,周围非常安静。

到达草庵后,他们请求通报,正在打水的少女忽然停下吊桶看着他们。少女个子不高,皮肤略黑,一双大大的眼睛炯炯有神,就像森林的小动物一样露出狐疑的表情。孙六报上自己的名字,问:"勘兵卫大人在家吗?"

少女沉默着点点头,进去通报,不久后让孙六进去。

等了两个小时左右,直到森林里暮色渐浓,孙六才见到那位举世闻名的渡边勘兵卫。他连看都没看孙六一眼,不高兴地说:

"我去前面的小河钓鱼了。当时看到你们渡过土桥了,因为鱼儿刚刚开始上钩，若是惊动它们就太可惜了，所以没跟你们打招呼。"

"这没什么。您的收获如何？"

"你们晚饭时有口福了。"

"从您的收获来看，您的钓钩果然是弯的呀。"

"什么？"

最初他好像没听懂孙六的玩笑，反应过来以后，露出整齐的牙齿无声地笑了。孙六说的是中国古代太公望的故事。太公望名为吕尚，山东人，老年时非常喜欢钓鱼。周王狩猎时遇见，非常欣赏他，让他做了周朝的宰相。那时太公望钓鱼用的是直钩，鱼并不是他的目标，比起钓鱼，他更想钓的是天下。

"但是我，"勘兵卫依旧一脸不悦，"不像中国的那位老人那么有闲情逸致，我既要钓鱼，又要钓天下。"

"那是当然。天下诸侯都想争取渡边大人这样的人才，说起这个……"

孙六受主君藤堂和泉守高虎之命而来，准备开始说正事儿。

"正如您知道的……"

这是指孙六的主君藤堂家因为关原之战中的功劳从俸禄仅仅八万石的小大名一跃成为掌管半个伊予国、俸禄二十万石的身份。目前他刚刚晋升几个月。

首先，急需扩充家臣的规模。人数需要达到以前的三倍以上才行，而且一旦打仗，八万石与二十万石的大名，其排兵布阵和战术肯定也不一样。他们迫切需要一位军师，也就是武士大将来指挥二十万石大名家的军队。因此高虎向隐居于近江国浅井郡速见乡的渡边勘兵卫了[①]抛出了橄榄枝。

"我们主君对您特别执着，就像追求喜欢的女子一样。恳请您一定要来主君这里。"

"我听说的事情跟你说的不同。你说没有人负责指挥军队，但是藤堂和泉守高虎可不是毫无经验的幼稚大名，他可是以一支长枪起家，走过战国时代的大将。"

"不是，不是。主君和泉守虽有才干，但并不擅长领兵作战。当然这并不是说主君的坏话。"

"是吗？"勘兵卫发出冷笑，"擅长渡世却不擅长领兵作战，真是个奇怪的男人。"

藤堂高虎的情况正如勘兵卫所说。

高虎原本是近江国浅井郡藤堂乡土生土长的武士，年少时就有鸿鹄之志，扛着长枪、抱着盔甲出了故乡，成了"流动就职的武士"。

[①] "渡边勘兵卫"是通称，"了"（日语发音 satoru）是他的名字。"渡边勘兵卫""渡边了""渡边勘兵卫了"都是对勘兵卫的称呼。

最初，他成为近江国伊香郡阿闭村的小豪族阿闭淡路守长之的家臣，不久后就放弃，转而跟随矶野丹波守秀家，不过也只是干了半年左右就离开了。近江国犬上郡土生土长的有很多像矶野秀家这样无足轻重的武士，奉他为主君，出人头地的概率很小。

之后，织田家兴盛的时候，他曾跟随信长的侄子七兵卫尉信澄，在攻打丹波国籾井城时立下战功。后来织田家没落，秀吉崛起，他很快离开织田家，找门路在秀吉的弟弟小一郎秀长（后来的大和大纳言）门下任职，当时的俸禄只有三百石。这就是他跟一般的靠单枪匹马冲入敌阵以求立功的武士的不同。比起靠长枪杀敌立功，他更热衷于顺应时事，接近不同时期的权门，以求出人头地。

勘兵卫说他"真是个奇怪的男人"就是指这个。像勘兵卫这样典型的战国武士，肯定不太喜欢高虎那样类型的。

再然后，高虎跟随秀吉，连续晋升成为俸禄八万石的大名。

但这个俸禄其实太低了，令人有些意外。高虎野外作战和攻城的资历很老，在战场上也比较勇猛，而且自秀吉开始夺取天下大权时就一直跟随，但是跟同为谱代的加藤清正、福岛正则、小西行长、石田三成、宇喜多秀家等相比，八万石的俸禄似乎太少了。

也许秀吉早就看出这个男人不具备指挥大军的才能。

勘兵卫所说的"不擅长领兵作战"似乎就是那时得到的消息。

秀吉不给高虎高官厚禄还有一个原因就是看穿了这个男人不得不防。果然，秀吉刚躺在病榻上，他就马上开始接近德川家康。主动守卫伏见城的家康邸宅，为家康办理私事等，俨然一副家康家臣的样子，还收集同僚中支持丰臣家的大名的动向向家康报告。

事实上，秀吉病死在伏见城后，家康就突然开始逐一前往伏见城城下町的诸大名家，撮合各大名家彼此结为姻亲。这违反了秀吉时期的规定。秀吉规定：禁止大名之间私交。于是，诸大老、奉行在大阪城密谋，起草了《内府（家康）于政务上的私心十三条》，准备向家康问责。

高虎赶紧向家康告密："弄不好大阪的大老、奉行可能会举兵讨伐您。在下心中已经把自己家的生死存亡跟您的紧紧联系在一起，请您安心地向在下下达命令。"

当时的高虎享受着丰臣家的俸禄，却发誓臣服于作为同僚的家康。这可不是一般人能够做出来的。

勘兵卫所说的"擅长渡世"就是指这个。

关原之战后德川家掌握天下大权，在秀吉时期没有获得优待的高虎青云直上，俸禄几乎达到以前的三倍也在情理之中。

随着他的飞黄腾达,现在需要一位武士大将来指挥符合他大大名身份的大军。孙六作为使者,其使命正在于此。

孙六从伊予国今治城出发的时候,高虎反反复复叮嘱了好几次。

"勘兵卫是罕见的军事奇才,但他的优点也仅限于此。从为人处事来说,他不够圆滑,也不够有骨气,有很多毛病,是个怪人。我原本不想招揽这样的人,奈何我藤堂家的家臣中虽然有不少武士,却无人具有指挥大军的大将之才。作战时如果战术惨不忍睹也让人很恼火,所以你一定要拿下他。俸禄嘛,你巧妙地周旋,控制在两万石以内。"

两万石是可以被称为大名的厚禄了。高虎补充道:"若给这么多俸禄,他应该很愿意来。"

但是,孙六实际见到勘兵卫后才发现事情比想象中棘手。

光是看到勘兵卫的牙齿,他就有些退缩了。

他的牙齿每一颗都异常地大,亮闪闪地排列在一起,感觉就像野兽一样。身高将近六尺,手脚都很大,下巴呈四方形,鼻孔朝天,大到仿佛轻轻松松就能伸进去一根拇指。他的长相就跟画中的鬼一样。孙六一看他这种体格就被吓到,无法顺畅地表达,好不容易才把事情说清楚,最后恳求道:

"请您一定要去我们主君旗下奉职。"

然而勘兵卫也不知道听到没有,不理不睬地朝着厨房的方向,不停地叫女子的名字"市弥,市弥"。

最初孙六想他可能是叫女子过来斟酒。但是刚才井边那位叫市弥的女子进来后,孙六差点儿就从座位上站起来逃走。勘兵卫突然抓住女子的手腕把她拉到自己膝盖上,不仅如此,还旁若无人地在孙六面前抚摸她的下腹部,不久还把手从衣服下摆处伸进了她的窄袖和服中。女子似乎习惯了他这番操作,闭上眼睛,双腿微微分开靠在勘兵卫的胸前。孙六尴尬得不知如何是好。不一会儿,勘兵卫非常认真地说:

"在客人面前有些失礼,但是如果不这样的话,喝酒就没什么味儿。"

"在下会暂避一会儿。"

"啊,你愿意这样做啊。幸好有月光可以为你照亮,那就拜托你在院子里随意走走,我这边很快完事儿。"

孙六只好打开纸拉门出去,暂时坐在室外,因为他想帮忙关上纸拉门。他不经意地看了房间里面一眼,结果吓得够呛,那位叫市弥的女子已经被按倒在勘兵卫的身下,左腿的大腿根儿都露出来了。

真是太让人吃惊了。

赶紧跳到院子里以后,他想:那个男人就像吃饭一样享用女子。饭食和女子对勘兵卫来说没什么区别，正如肚子饿了就要吃饭一样，情欲起了就要抱住女子，丝毫不在乎孙六的存在。虽说如此，但他并不是贪恋女色的男人。领军打仗时，他具有能让万余大军丝毫不乱而进退自如的突出才干，而且，他在军营中禁止士兵强奸女子的事情很有名。听说他以前任职增田长盛的武士大将时，曾把侵犯农妇的三名杂兵拉到村民面前，亲自用太刀砍了他们的头。由此看来，对于女色，他自己有着严格的节制，只是他的节制与常人悬殊。

孙六看着挂在杉树梢的月亮，不由得叹息。

这件事儿真是难办。

但是他又生出了新的感慨。打仗很强性欲也很强，这不是男人典型的生物本能吗？如果说渡边勘兵卫不好，那仅仅是因为他身上这种本能太强了。

（二）

那天晚上，勘兵卫最终也没有回答要不要在藤堂家任职，吃饱喝醉后就睡着了。但是孙六打算不完成任务就不离开。

"市弥小姐,我有件事情要拜托你。你能否为在下在土坯房里铺些稻草之类的。"

但是市弥沉默着摇了摇头,走到廊下,打开另一个房间的杉木材质的门,招他进来。那里已经铺好了床铺。而且还给孙六的随从准备了别的房间和酒菜。

得知勘兵卫这样的男人居然如此细心,比起感激,孙六心中更多的是惊讶。但是躺下以后,还有更令人吃惊的事情等着他。他感觉到好像市弥在衣架对面走动,不一会儿一口气吹灭烛台里的灯,然后理所应当似的极为自然地躺在孙六旁边。

这,这是干什么?

孙六想起身跳下床,但市弥抓住他的小手指不让他走,小声地说:"主人吩咐我侍奉客人就寝。"

"这,这么做的话在下很为难。"

"如果您觉得为难,可以不用抱着我,让我躺在您身边睡就行。"

"这样啊。"

好像在勘兵卫看来,既然提供了酒菜,也要提供女人,这是理应做到的待客之道。

"在入睡前我们说说话吧。在下想知道更多关于勘兵卫大人的事。只要能说的,你可否都说给我听听?"

市弥是个沉默寡言的女子,不过对于孙六的问题,都一一用简洁干练的话做了回答。

从她的回答可知,市弥原来是附近乡村富农的女儿,一个月前为了照顾勘兵卫而来。

在她之前也有别的女子来侍奉,偶尔也有寡妇。好像每几个月就会换人,无论哪个女子,勘兵卫都叫她"市弥"。可能是觉得老记不同的名字太麻烦,"市弥"是勘兵卫以前宠爱的少年的名字。

但是,令人疑惑的是,附近乡里的村子为什么要一个接一个地送来女子呢?于是,孙六委婉地问:"如果不送来女子,勘兵卫大人会做什么对村子不利的事吗?"

"哎呀,"女子首次笑出了声,"您这样说就好像勘兵卫大人是灶神,我们是献祭的女子一样。不过事情并不是这样的。"

乡里的人都很敬慕勘兵卫。听说勘兵卫喜欢女人,于是每家每户制定了顺序自发地送来的。

——虽然都说乡下人好色。

但这个乡也太好色了。

"但是,如果怀孕了怎么办呢?"

"您说什么呢?要是能怀上勘兵卫大人的孩子,这真是天大的喜事。那个孩子会在勘兵卫大人身边成长,成为和他一样身份高贵的武士吧。"

这个乡里的农民认为不久后勘兵卫就会被某位诸侯招揽,青云直上成为和以前一样身份高贵的武士。到了那时,那个孩子和他的母亲,以及母亲的家族都能够飞黄腾达。这种例子自古以来就有很多。乡民们不仅是单纯地献上勘兵卫喜欢的东西,还期待着他飞黄腾达,这种期待里包含了精明的谋划。但是不知勘兵卫是不是不具备生育能力,竟然没有一个女子怀孕。市弥还说:

"虽然勘兵卫大人体格魁梧,但实际上对女子很温柔。没人看见的时候,他会帮我打水甚至帮忙做缝补衣服的针线活。"

这个也跟孙六想象中的勘兵卫不同。莫非是因为他爱好女色,所以对纤弱的女子们的怜惜之情也比常人多一倍?

第二天早上,孙六被房子周围的马蹄声惊醒,赶紧从床上跳下来一看,市弥已经不在旁边。孙六一边抚摸残留着市弥的体香和温度的床铺,一边想:真是好得令人嫉妒的女子啊。

昨天晚上说完话,市弥以非常自然的动作触碰孙六的身体。不可思议的是,这样的她却并不令人觉得淫荡。正因如此,孙六不能一味地拒绝,只能一动不动地任由她抚摸。不久,孙六终于忍不住抱住了市弥,市弥也响应他的拥抱,静静地解开自己的衣服。那衣物摩擦的微弱声音，直到现在还在孙六耳边回响。

——孙六来到阳光明媚的院子里。

"哦，你醒了呀。"

勘兵卫在马背上仰着身子跟他打完招呼，马上背对着他，骑着马像疾风一般朝森林的树木深处奔驰，一边在树木间转弯一边练习持枪杆、刺枪，然后拉着缰绳调转马头，再次挥舞长枪。好像勘兵卫已经把这种练习当作每天早上必做的功课。他武艺精湛，让人看得入迷。

人们都说他"靠长枪可得千石，靠领兵可得万石"。他的骑术非常纯熟，在马上气息也丝毫不乱地对孙六说：

"你说的事情我昨天睡觉时想过了，但是还没有完全考虑成熟，所以不能马上回答你。不久我会出门旅行。"

"啊？那您要去哪里？"

"因为是出去散心，所以还没确定去哪儿。旅途中我会顺便去伊予国今治城藤堂家的城下町看看。那时再会，我会给你个明确的答复。"

"那要等多久呢？"

"哈哈，我怎么知道。按我的性格，可能明天就出发，也可能是十年后。"

"但是……"孙六很无奈。渡边勘兵卫的马从地上一跃而起，消失在森林中。

孙六忽然注意到不知何时市弥站在了自己身后。

"看样子主人打算骑马奔驰到伊吹山。若是去了伊吹山，他会在山中随意驰骋，五天十天都回不来。"

孙六只能回去，别无他法。

三

回到伊予国今治城，孙六回家换了身衣服，就进城复命。高虎似乎等得很焦急，迫不及待地问："事情顺利吗？"

"不是很顺利。"孙六将情况一一禀报，高虎显然很沮丧。

"如果放任不管可能会被别人招揽。你不是说他喜好女色吗，马上去京都、大阪搜寻十个美女送给他。"

高虎热情高涨，仿佛自己要做人口买卖的生意一样。刚好他十天以后要去江户，所以特意让人把从上方地区搜寻来的美女带到伊势国桑名津亲自检查。

当然，每个都是刚被赎身的青楼女子，名字叫小松、梅枝、时国、维任、月之内侍等等。但是为了迎合勘兵卫的喜好，每个人都被改名为"市弥"，由藤堂家御用的商人备前屋某某带领送往近江国速见乡。

十位叫"市弥"的女子互相说着玩笑话热热闹闹地踏上了旅程,但是到速见乡的当天就四处逃散了。

"吓死我了,我活到这把年纪还没见过这么可怕的双眼。"如鸟兽散一般逃回来的备前屋向孙六控诉。

根据备前屋所说,勘兵卫伸出像八角金盘一般的手掌按住女子们的脖子,一个不留地把她们的头发和阴毛都剃光,然后赶了出去。

"那也太残忍了。"

"真的是。"

"他为什么要这么做呢?"

"关于这个,勘兵卫大人像鬼一样可怕地说:'男人选择主君却要以女子为中间人,像是泉州(高虎)能干出来的事。太小看勘兵卫了。'……"

"他这么说呀?"

"他还说即使藤堂家不送,近江国的乡里愿意侍奉勘兵卫的女子也多得数都数不过来。"

"原来如此。"

事情越来越难办了。

过了几个月。

其间藤堂家曾两次派使者从伊予国出发前去催问勘兵卫

的答复,但是第一位使者根本没有见到勘兵卫,第二位使者在从堺市登岸前往大阪的途中被夜贼袭击惨死。

"死了?"孙六并不觉得事不关己,反而觉得非常可怕。关原之战后天下已归德川家,但是唯有摄津、河内、和泉三领国仍是秀吉的遗子——秀赖的领地。换言之,这三个领国是江户政权的法外之地,各地逃犯为了躲避追捕大多逃往此处,治安反而比战国时期更差。

领国内开始有重臣提议是否有必要如此执着于勘兵卫,以致闹出了人命。事实上,留守伊予国今治城的藤堂仁右卫门也叫来孙六,皱着眉头说:

"虽然主君好像很执着,但是我觉得是不是放弃勘兵卫比较好。天下有很多有才干的流浪武士,并不是说没有勘兵卫主君就打不了仗。"

"您说的出色的流浪武士,具体来说有谁呢?"

"比如……"

仁右卫门举出了后藤又兵卫基次。又兵卫曾在筑前国福冈五十二万石的黑田家奉职,俸禄一万六千石。但是,仁右卫门前几日竟然在伊势大神宫附近的多气郡[①]的明星野遇见了他。又兵卫背着粗草席包裹的行李,穿着寒碜的衣服,样

[①] 日本三重县多气郡。明治时期郡内设有明星村,昭和时期与斋宫村合并,称为斋明村。后文的"明星野"应该位于此处。

子如同乞丐。岂止样子如同乞丐，他还在路上向前往伊势神宫参拜的人们祈求捐助食物。仁右卫门与又兵卫是老朋友，看到他这个样子非常吃惊，把自己身上带的金银都捐助给他，然后问他住哪儿。他回答京都的四条河原。这位曾经鼎鼎大名的勇士现在居然住在乞丐的小屋里。

仁右卫门怜悯又兵卫落魄的境遇，对孙六说：

"我快马加鞭送信给正在江户的主君，得到的回答是同意招揽又兵卫。现在我正派使者告诉京都的又兵卫。如果又兵卫能来藤堂家，我们的军阵之事就可以高枕无忧了。他可是曾经被黑田如水轩①称赞为日本第一的擅长领军作战之人，比勘兵卫之类的要好。"

然而不久，前往京都的使者回来传达了又兵卫的回复。他好像是这么说的：

"虽然很感谢你的好意，但是又兵卫与藤堂家的家风不合。"

又兵卫非常冷淡地拒绝了。孙六觉得能理解他的心情。又兵卫没有说得很直接，藤堂家不是靠战功成为大大名的，而是靠高虎的渡世之才挣来的临时的富贵，对于靠战功立身的又兵卫来说，这一点很难入他的法眼。藤堂家甚至被一个

---

① 即战国武将黑田孝高。1589年他把家业交给长子黑田长政后退居幕后，号"如水轩"。

乞丐拒绝了，领国内的重臣们都深感狼狈。仁右卫门特意来到孙六家。

"事已至此，看来只有招揽勘兵卫这一个选项了。主君急需他的答复，你能否再去一趟近江国？"

孙六能明白主君高虎焦急的心情。天下虽然已归德川家，但是大阪仍然坐拥丰臣右大臣家的六十万石的封地、秀吉留下的不计其数的金银财宝以及日本第一的名城。历史的发展趋势不允许新旧政权长期并存。而且，京都的公卿、比叡山的住持以及堺市的商人还跟秀吉在世时一样伺候着大阪城的秀赖，讨其欢心。辅佐秀赖的老臣们为了以防万一，好像也在频繁地招揽流浪武士。早晚有一天江户和大阪之间会彻底决裂，这是必然的趋势。

孙六让家人准备外出用品，暗暗下决心这次就算绑也要把勘兵卫绑回伊予国今治城。

"我想知道，"妻子由纪开口问，她似乎很感兴趣为何丈夫对勘兵卫如此执着，"渡边勘兵卫大人真的那么骁勇善战吗？"

"他可是有着单字的名字——'了'的人。"

"姓渡边，名字只有单字的人基本是很久以前跟随源赖光打败大江山的恶鬼的四大天王之一——渡边纲的子孙。"

渡边纲是嵯峨源氏的嫡系，因为封地在摄津国西成郡渡边，于是以此地名为姓。他身强力壮，传说曾经砍下罗生门恶鬼的一只胳膊，特别有名。其子孙组建了名为"渡边党"的武士集团，成员在全国各地繁荣兴盛。即便是数百年后的今天，每个大名的家臣中也都有几位"渡边党"的后代，这些武士都因祖先出自摄津国渡边党感到骄傲，都有单字的名字。

"也就是说出自武家的名门。但是在有限的渡边姓的武士中，勘兵卫了简直就是昔日的渡边纲重生。"

勘兵卫年少时曾奉职藤堂高虎以前也跟随过的近江国阿闭淡路守，在某次战争中一天就斩获了六颗首级。据说那时他才十七岁，真是无愧于祖先渡边纲。他年仅十九岁就成为阿闭家七位母衣武士中的一人。"母衣"是指用布包裹住母衣骨（多为竹子编的母衣笼），保持圆圆的、鼓起的形状，就像气球一样，兼具防止流矢和装饰的双重作用。勘兵卫的母衣有十幅一丈①那么长，上面绣着仙鹤，他在盔甲的外面背着母衣驰骋疆场的雄姿早已举世闻名。

之后，他离开阿闭家，奉职于秀吉提拔的大名——当时近江国水口城的城主中村式部少辅一氏。

---

① "幅"是日本布料的长度单位，1幅大约为8寸到1尺。"母衣"的大小有"五幅五尺"、"八幅八尺"以及"十幅一丈"。所谓"五幅五尺"是指长度总共有五尺，由五块儿1幅大小的布匹缝在一起制作而成，"十幅一丈"也是同样的道理。

天正十八年（1590），丰臣秀吉动员天下诸侯攻打小田原的北条氏，围攻其支城山中城时，勘兵卫对一氏说：

"今日的攻城简直就是全日本的军事演习（阅兵式），换言之对于主君来说，友军的士兵也是敌人啊。"

"哦？这是什么道理？"

"是争夺功名的敌人。今天是主君夺取功名的重要时刻。哪怕踢散友军的军阵，踩死友军的士兵，主君您也要第一个冲入敌阵。"

"哎呀，我方大军有这么多士兵，能做到吗？"

"交给勘兵卫吧。"

渡边勘兵卫像抱着一氏一样带着他前进，驱马驰骋，驱散友军的士兵，刺死敌军，横冲直撞地冲到城墙下。但是一氏来到城墙下后累得上气不接下气，

"勘兵卫，拜托了，让我休息一下。"

"那您就在这儿休息。"

他抓住一氏的旗奉行成合平左卫门的衣领，把受到惊吓的平左卫门往箭林中拽，趁机穿过烧塌的城门，来到城郭角落的瞭望楼，把一氏的马印立起来，大声地喊：

"中村式部少辅最先冲入敌阵！"

这个功劳令全军瞠目结舌。一支军队的大将自己率先冲入敌阵，连秀吉都为一氏的战功震惊，不仅恩赏丰厚，还把

自己穿的锦缎和服短外褂脱下来给了一氏。

一氏回到自家军营后，对勘兵卫说：

"今天的功劳是你的。虽然我是主君，但是抢家臣的功劳也于心不安。这个短外褂你收下吧。"

勘兵卫不理不睬。明明是为了让一氏立下战功才这么做的，为什么一氏不能痛快地接受呢？他很生气。但是一氏却不能理解勘兵卫别扭的感情，以恳求的语气说：

"那你能否至少收下一只袖子呢？"

"不需要。在战场上奔驰是在下的爱好，您并不需要给我立功的证明之类的。"

"但是这样的话我于心不安。"

"要是您那么想送出一只袖子的话，那就给小狗之类的吧。我一旦说了不要，哪怕山崩地裂也不会要的。"

虽然一氏是个性情温厚的男人，但是对他的回答还是感到很不愉快。

真是个奇怪的男人呀。

因为这次的战功，一氏不久就从近江国水口城的城主一跃成为骏河国十二万石的领主。但此时勘兵卫已经辞职离去。一氏感叹："虽然很可惜，但是以我的器量恐怕无法驾驭这匹性格古怪的野马。"

即便成了流浪武士，也没有哪个诸侯会放弃勘兵卫这样少有的擅长战争的人才。所以很快就有几家大名向他抛出了橄榄枝，要说勘兵卫看中了哪家，他最后选择了其中性格最为温和的增田长盛。

一氏移居骏河国后，长盛接替他成为近江国水口城的领主。对勘兵卫来说，虽然换了主君，但是奉职的地点没变。

关于为何选择长盛做主君，勘兵卫曾经向朋友透露过。

"像我这样一口近江国的方言，跟其他领国的人没法儿交流。我不想侍奉语言不通的主君。"

增田右卫门长盛出身近江国浅井郡，绝对可以理解勘兵卫的方言。

说起这个，勘兵卫自少年以来奉职过的大名都是近江国出身。

最初奉职的阿闭氏是伊贺郡出身，其后的中村氏是甲贺郡出身，无端地讨厌其他地区出身的大名，看来还是因为勘兵卫气量狭小吧。

不过近江国出身的大名身上都有相似的地方。看看近江国浅井郡石田村出身的石田三成和同国爱知郡藤堂村出身的藤堂高虎就能明白，他们大多都是能吏型、商人型，可以说几乎没有擅长野外作战和攻城的武将型。

长盛更是其中的极端。他皮肤白皙，身量纤细，对待同僚态度谦和，虽然战功并不突出，但是擅长理财。秀吉看中其理财的才能，将他提拔为五奉行之一。朝鲜之战时，他没有参与战斗，而是在肥前国名护屋的大本营专心处理军需和后勤事务。因为这次功劳被封为大和国郡山城二十万石的大名，勘兵卫也从水口来到郡山。

丰臣家的这位理财家特别喜爱骁勇善战的勘兵卫，甚至把他当作老师对待，每次有事情都说：

"增田家的军阵之事全都交给你负责。"

这个性格温和擅长政务的男人在大阪城中其他大名面前也夸耀勘兵卫，曾说过"比起郡山城的分量，勘兵卫的分量更重"。加藤清正、福岛正则等武将派的大名看不起石田、增田、长束等文官型的大名。但是对于郡山的增田家，清正也说：

"只要那个男人还在郡山，就不能小觑右卫门尉（长盛）。"

同为文官型的大名，石田三成用丰厚的俸禄聘请了以勇猛著称的岛左近，长盛这边有勘兵卫，其中也含有向武将派的大名宣传和示威的意思。

勘兵卫似乎在增田家干得很舒心，从未违逆过长盛。数年的时光一晃而过。如果没有庆长五年九月十五日的关原之战，恐怕勘兵卫会在郡山终老。

关原之战中，增田家在形式上与石田方一组，但是这位忠诚的官吏没有参与战斗，依然在大阪城履行奉行的职务。

增田家的军事力量——二十万八千石的大名旗下的大军并未参与这场即将决定天下大权的大战，而是在大和国郡山城休息。

当天上午七点，双方在美浓国的关原展开激战，下午两点半结束，西军溃败而逃。以下午两点为界限，天下归德川家所有。

长盛当然无法继续在大阪城处理政务，孤身一人逃到了高野山。没有与敌人战斗也没有安顿家臣就突然出家了，长盛果然并非武将，仅仅是官吏而已。

听说大将长盛没有告诉他们一声就出家遁世了，郡山城的家臣们自然意志动摇，很多人弃城而逃。

有人直截了当地说："大将都抛弃我们了，我们为谁工作呢？"此外，留下的武士中有二百名恶人集结在一起直逼家老桥与兵卫、盐屋德顺，要求他们打开城内的金库，分发金银财宝。

"如果不给分发金银，我们就弃城而逃。"

两位家老不知怎么办才好，"金库的钥匙由住在三之丸的家老勘兵卫大人保管。你们去找勘兵卫吧。"说完就逃走了。

听到这个名字，他们瞬间就害怕了，但最终骑虎难下涌到了三之丸城郭下。

勘兵卫此时正率领一千人驻守三之丸城郭，他统帅有方，没有一个人逃走。在军纪紊乱的城中，只有三之丸丝毫不乱，令人有种身在别处的错觉。此时他卓越的统帅能力让他之后名扬四海。

勘兵卫听说有二百名武士蜂拥而至，说道："我真是武运不佳，参加不了关原之战，却要以这群利欲熏心的人为对手。"

他手拿长枪，单枪匹马跑出三之丸城郭，来到二百人聚集的广场。

"你们听着。主君现在在高野山。这座城是主君的不是我们的。没有主君的命令，一粒碎银子也不能拿出来。本来应该以这座城为埋骨之地忠心奉公的你们，为何需要金银？恐怕是准备逃跑吧。养你们这些人真是浪费城中的军粮，你们赶快逃走吧。"

"但是，"有能说会道的人在人群中吼道，"西军已经溃逃，天下归于德川大人所有，这座城已经不属于主君了。勘兵卫大人，把钥匙给我们吧。"

"啊哈哈哈哈。"

勘兵卫发狂似地笑着，突然在马上转身，白光一闪，刺出长枪的枪头。

"钥匙在这里，有本事的话就来拿，让渡边勘兵卫见识一下。"

他捋着枪杆冲入人群中，众人立马溃逃，没有一个人敢跟他对战。

得知城中没有大将，城下町的治安极度混乱。从遥远的摄津国、河内国跑来一些山贼、盗贼，大白天在城下町成群结队、横行霸道，闯进商店打劫，在路上侵犯妇女。而且，盗贼中还有逃走的增田家的士卒，气焰格外嚣张。

勘兵卫迅速带着手下五百人进行巡逻，发现盗贼就逐一斩杀。盗贼也结成大约三百人的党羽，占据城外的村庄，准备与勘兵卫对抗。

勘兵卫选择了一个月圆之夜，派五百人包围村庄，自己带着二十人突袭，杀死盗贼五十人，其余逃窜者也都被包围，全被被清理。

第二天，三百盗贼的首级被挂在城池正门示众，勘兵卫终日一言不发。贴身侍者问他原因，他只自嘲似的说了一句：

"这就是我的关原之战啊。"

身为武士却未能参加关原之战，只能靠治理盗贼稍微发泄一下郁闷之情，他觉得这样的自己又滑稽又可怜。

不久，东军的大军包围了城池，要求交出郡山城，领军的大将是藤堂高虎、本多正纯。

勘兵卫对东军的使者说:

"没有主君的命令绝不开城。如果命令我开城,那就弓箭伺候。"

然而,高野山的增田长盛很快派人送来开城的书简,勘兵卫把仓库的物品清单和城门的钥匙一起交给了对方的使者,将城内的数千士兵暂时集结于奈良郊外的大安寺,井然有序地解散了。

勘兵卫未能参加著名的关原之战,但是他的大将之才却在开城的郡山城发挥得淋漓尽致。东军的诸将中有人这样说:

"勘兵卫在一场失败的战争中展示了什么叫男人。"

在高野山幽闭的长盛非常感谢勘兵卫出色的善后工作,如果没有勘兵卫,郡山城将成为盗贼的巢穴,增田家也将被天下耻笑。他派高野山的僧人做使者送来了嘉奖其忠诚的文书(战功认定书)。败军之将发出战功认定书在今天看来有些奇特,但战国时期有句俗话叫"没有七次流浪武士的经历就不叫武士",武士侍奉新主君时,旧主的战功认定书决定了他的俸禄高低。

勘兵卫将盔甲包好,只身一人骑着马出了郡山城,回到了北方的故乡。

"他是这样的男人。"孙六对妻子由纪说。

"以前石田治部少辅刚被故太阁殿下提拔为俸禄不高的大名时,不惜花费俸禄的一半招揽了流浪武士岛左近。大名之家需要有名的武士大将来彰显武威。细川家的松井佐渡,上杉家的直江山城,肥后国加藤家的森本仪太夫、饭田觉兵卫,黑田家的母里太兵卫都是如此。遗憾的是,我们主君身边并没有这样世间引以为傲的武士。像渡边勘兵卫这样优秀的人才,即便花费主君俸禄的五分之一也在所不惜。"

"这样的人由纪也想早点儿见到。"

"哎呀,哎呀。"

孙六一脸不悦。在藤堂家的家臣看来,由纪也是出了名的美人,最近虽然已经年过三十,但在孙六眼中,她的脖颈就像融化的白奶油一般白皙秀颀,眉梢眼角以及举止态度都充满了娇艳妩媚的风情。但此时她却毫不掩饰地表现出对勘兵卫的兴趣。

"不要轻率地说这样的话,勘兵卫好色的程度异于常人,如果你成了他的猎物,我可受不了。"

"夫君说的哪里话。既然夫君这么在乎我,那就请您更加狠狠地疼爱我吧。"

"你怎么说话跟青楼女子一样。我听说女子就像兽类,年轻的时候基本上是被男子吞食,过了三十就开始吞食男子了。看着最近的你,我终于明白了这句话。"

"我可不这样认为。是您自己要吞食妾身的,现在却这样说,真狡猾!"

中年夫妻的对话真是露骨至极,但当天晚上孙六是自己睡的,旅行前夜要洁净身心,这是武家的惯例。第二天拂晓,由纪点着灯送别了孙六。

四

大叶孙六从伊予国今治城出发大约十天后,某日午后有人来家中拜访。那人身材高大,门口的守卫见了不由地胆怯。

"你家主人在吗?"

他风尘仆仆,上身穿的黑褐色的无袖和服外褂脏兮兮的,下身穿的伊贺产的和服裤裙有好多处钩破的地方,简直一副乞丐的样子,唯有腰间别着的刀柄修长的长刀和短刀非常气派。可能是因为肩膀酸疼,他拿着一贯①重的铁扇频繁地敲打左右两侧的肩膀。

"您,您是哪位?"

---

① 重量单位,1贯等于3.75公斤。

"只要通报近江国的'勘'字,你家主人就明白了。"

不久大家都知道了他就是渡边勘兵卫,家臣们都震惊不已。总之先把勘兵卫请进房间,让由纪亲口告诉他孙六不在家中。

"是吗?原来错过了。"

"他日前奉家老藤堂仁右卫门之命外出,请您稍等几日。"

"我是来见孙六的,跟家老什么的无关。说起仁右卫门,我想问你与右卫门在城里吗?"

与右卫门是指和泉守高虎。

"主君大人去江户觐见了。"

"那我就等到孙六或者与右卫门回来。夫人,不好意思,我困了,劳烦你借我个枕头。"

说完,他就躺在房间的榻榻米上,沉沉地睡了。由纪说:"我为您准备寝具。"勘兵卫闭着眼睛,沉默着摆摆手,示意她不需要。第二天早上,由纪悄悄拉开纸拉门看了看,发现勘兵卫还在睡。

早饭和午饭都是由纪亲自端着托盘送去,但勘兵卫没有要醒的样子,于是放在他枕边就退下了。然而神奇的是,稍后再去看,不知何时汤、菜和饭全都吃光了。

这个人真奇怪。

由纪送晚饭的时候,仔细观察了一下睡着的勘兵卫。

他的脸就像用凿子雕刻的岩石一样棱角分明,但不可思议的是感觉不像大人的脸,而像淘气的孩子玩累后睡着了一般。由纪虽然没什么坏心眼,却像孩童一般顽皮。

她试着叫:"渡边大人。"不过勘兵卫并未醒来。由纪莫名地很自信,她膝行着向前挪了挪,突然把手放到勘兵卫的脸上,轻轻捏了捏他的鼻子,但他仍然不醒。由纪不由得想:哎呀!

像他这样的也算骁勇善战吗?要是趁睡着的时候砍他首级,连我都能做到。

勘兵卫的气息依旧稳定,而且,由纪越是一直盯着他的脸,就越觉得他的睡相天真无邪。她心中涌起奇妙的错觉,仿佛自己在哄一个顽皮的孩子睡觉。

"渡边大人?"

确认他的气息没有变化后,由纪心想:不好!她把手放在勘兵卫敞开的胸膛上,抚摸了他的胸毛。她的手掌皮肤细腻,随着抚摸的动作,胸毛发出沙啦沙啦的声音,令她有种奇妙的快感。

"喂,渡边大人?"

还是没醒。

由纪越来越大胆,又靠近了一些。勘兵卫虽然胸毛很茂密，皮肤却白得出奇。由纪轻轻地将嘴唇贴上他的皮肤，那毛孔中散发出的混合着汗味的强烈的男人味儿扑面而来。由纪猛地清醒过来，狼狈不堪。

这可不行。我这是怎么了？

这种味道绝对不可能是孩子的，勘兵卫是个男人。由纪赶紧跑出房间。她觉得太阳穴疼，可能是因为脸太红了导致血气上涌，她轻轻用双手捂住脸颊。

玩累了。

由纪有这样的感觉。就像小时候跟男孩子们一起玩泥巴、捉虫子一样。奇怪的是，她心中完全没有犯了不贞之罪的深深内疚之情。

但之后的事情令她非常震惊。半小时后她又从拉门的缝隙中悄悄偷看，发现托盘上的食物已经被一扫而光，烤鱼也只剩下白骨。难道勘兵卫知道由纪的恶作剧，只是假装不知而已？

那天晚上，这位骁勇善战的人依旧穿着衣服继续睡。

由纪好几次去偷窥他的睡相，胆子也一次比一次大，总是重复着恶作剧。她将小巧好看的鼻子贴近勘兵卫，嗅着他胸膛的味道。那种体臭丈夫孙六身上没有，一想到这是天下第一善战之人的味道，由纪就觉得仿佛在闻一件贵重的物品。

家中的随从说："勘兵卫大人就那样一直穿着贴身衣物，您要不要劝劝他换身衣服？"

真是太愚蠢了。

她轻蔑地想。她觉得唯有自己能理解这位善战的武士。

"不可以。"由纪说。一个随从懂什么。

"像渡边大人这样骁勇善战的人都是以常驻战场的心态生活的吧。我们不能提没有必要的建议。"

勘兵卫已经连续酣睡了两天半，除了他刚进家门的时候，由纪都没见过他醒着的样子。

第三天晚上，由纪跟之前一样轻轻地拉开纸拉门，那个时候的震惊让她终生难忘。

勘兵卫的确醒来了。这是由纪第二次见到他醒着的样子。勘兵卫不仅醒着，身体还悠然自得地动着。在他魁梧的身体下，压着华丽的窄袖和服。穿窄袖和服的女人的脚缠在勘兵卫身上，倾泻在榻榻米上的长发不时地晃动、弯曲，像有生命的物体一样。

"呀！"由纪好像叫了一声。意识到自己的叫声，她慌忙地关上拉门，跑回了自己房间。她的情绪非常激动，以致回到房间后不得不把双手撑在榻榻米上，好不容易才勉强支撑住上半身。她觉得那个女人真是太不守妇道了。

她知道那个女人是谁，同时觉得这像是那个女人能干出来的事。

女人的名字叫小矶。

她是丈夫的姑母,是孙六的祖父嘉兵卫年过七十后跟乡下卑贱女子生的女儿,与由纪同岁。由纪嫁过来的时候,她已嫁人,最近被休了只能回孙六家。

把小矶接过来的时候,由纪很苦恼该怎么对待她。

"我是不是应该把她作为姑母侍奉?"

"是呀,怎么办呢?"

孙六也不知道该如何对待,就向藤堂家的老前辈——家老仁右卫门请教。

"把她当你们家的仆人一样对待。"仁右卫门帮他做了决定。

小矶总是用手背捂着嘴说话,样子也不算是美人。但是细长的吊眼明亮有神,总给人一种很多情的感觉。

她虽是庶出但毕竟是姑母,却要侍奉侄子的妻子。但她本人沉默寡言,温顺老实,似乎对此事并不在意。不过她以前毕竟是武士的妻子,非常注重仪容,每天早晚都化妆。

我真是太大意了。

不应该让小矶去收取晚饭的托盘。好色的勘兵卫根本不顾后果,是不是就像吃掉托盘上的鱼和蕨菜一样吞食了小矶?

由纪觉得小矶很可恶,但是对于同为当事人的勘兵卫却带着善意,只是觉得他很滑稽。真是奇怪的情感!

她同时也有不满,为什么勘兵卫不对自己出手呢?但她很快否定了这种想法,独自红了脸。这样想真是太不守贞节了。

第四天早上,由纪端着托盘进去,发现勘兵卫已经起来,正入迷地看着天空中飘浮的云。那种姿态有种孤独的感觉,就像野兽站在岩石上思念遥远的故乡。由纪觉得这才是男人。

由纪很有礼貌地跟他打招呼,但勘兵卫根本没有回头就问:

"是市弥吗?"

"您说的是?"

他回过头来,"哦,是夫人呀。这真是太失礼了。"

由纪笑出声来,事后想起来,她觉得非常兴奋以致汗水直流。

"渡边大人见到女子也不管是谁,都叫'市弥,市弥'吗?"

"这样省得费心去记名字。"

"最初叫市弥的那位女子一定是位容色倾城的美人吧?"

"是个男子哟。"

"那么，是您宠爱的少年吗？"

"不，是我年轻时的随从。他力气很大，在战场上表现突出，却在某次战争中做人肉盾牌，为我挡了火绳枪的子弹。从那以后，为了不忘记他，我决定把所有的女子都称作市弥。"

哎呀，由纪张大了嘴巴。并不是因为勘兵卫不忘随从的情意感动，而是吃惊他居然用同性别的、身材魁梧的随从的名字来命名跟自己发生关系的女子，神经真是太大条了。

这个人的心到底是怎么长的？

但是她想那些异于常人之处正是勘兵卫了不起的地方。

勘兵卫开始吃饭。他咂巴着嘴，发出很大的咀嚼声一扫而光，让人看了都觉得痛快。

"茶。"

"好的。"

由纪一边给勘兵卫的碗里斟茶，一边"喂"叫了他一声。

"喂，我们家中有个叫小矶的，是不是被您当成了市弥了？"

"小矶？我不认识。"他刚说完就像突然想起来似的，"啊，那个啊。"

"您叫她那个，也太过分了。她被您强行当作市弥，作为女子也太可怜了。"

"勘兵卫从来不强迫和伤害女子。那个时候睡得有点迷迷糊糊记不清了，只记得是个眼睛很美的女子。几天前，她就一天三次给我送饭并且收回托盘，那位'市弥'好像很喜欢像乞丐一样的勘兵卫，所以事情最终发展成那样。"

由纪暗暗吃惊，勘兵卫好像把她和小矶弄错了。她的和服腰带里面冷汗直流。

那个时候如果被紧紧抱住的是由纪，那么她就会陷入没有立足之地的窘境，不得不离开大叶家。由纪确实戏弄了睡着的勘兵卫，但那是确认"安全"的情况下的恶作剧，丝毫没有越过界限跟丈夫以外的男子私通的不守贞节的想法。

由纪是个聪明的女子，她用年轻的母亲跟年幼的孩子说话般的语气，开玩笑说：

"渡边大人您的先祖是消灭大江山的鬼怪的渡边纲吧。我从故事里听过，那位源家的武士是趁鬼怪喝醉睡着的时候将其杀死的。"

"是这样吗？我没怎么听过故事。"

"小矶不过是觉得鬼怪睡着的样子很有趣，逗弄了一番而已。"

"这么说，我是鬼怪吗？"

"是的。"

"那小矶又是什么呢?"

"小矶是渡边纲。原本只是想逗弄一下鬼怪,没想到鬼怪起来大口大口地吃掉了渡边纲,这是故事当中没有的情节。"

"原来这样啊,是我做错了吗。"

勘兵卫的表情特别可爱,令由纪有些意外。她开心地说:

"当然是勘兵卫大人不好了,您要给小矶道歉。"

"但是,夫人。"

这次勘兵卫带着顽皮的表情说:"这么说的话,夫人才应该向小矶道歉。"

"为什么?"

"勘兵卫是在箭林枪阵中生存的男人。眼睛虽然睡着了,但是皮、毛、骨一直都醒着。我知道是夫人。最终把小矶变成市弥是因为夫人是孙六大人所有,不能成为市弥,于是就把好像没有丈夫的小矶当作替代了。"

"这……"

之后是怎么从勘兵卫眼前回到房间的,由纪自己也不记得了。

这个人真是太可怕了。

她不停地颤抖。好像自己抚摸勘兵卫的胸毛、贴上嘴唇、闻他的体臭等事情，勘兵卫全都知道。她羞愧得想死。

他还能装作不知道，真是个深不可测的人！

接下来几天由纪都称病，没出过房间。冷静下来想一想，正是因为勘兵卫能够做到这些，才具有自如地指挥几万大军的能力。不然，他不过是个色情狂而已。

大约一个月之后，孙六回来了。他知道勘兵卫住在自己家以后狂喜不已，事无巨细地向由纪询问勘兵卫的日常。

"什么？他就睡在榻榻米上，连床铺都没有？你也太不周到了，为什么不换上新的草席和寝具？你是个伶俐的女子，不可能没有注意到这些。"

"勘兵卫大人是个不拘小节的人，他说那样就行了。我也没有办法。"

"每天给他准备的吃的都是什么呢？"

"我不清楚，小矶应该每天都准备得很好吧。"

"每天都准备得有汤吧？"

"不知道。"

"他的心情怎么样？"

"不知道。"

"你有点儿奇怪呀。"

他终于注意到了由纪的表情。在孙六看来，由纪好像不太喜欢这位客人。

这一个月以来，由纪都尽量避免跟勘兵卫碰面。

因为她害怕。并不是害怕勘兵卫，而是害怕自己。如果再接触勘兵卫，她不知道自己会怎样。

事实上，在孙六回来的三天前的晚上，她自己按照茶道的礼法点茶喝，谁知竟睡不着了。被子掀开又盖上，还是无法入睡，最终起来把灯点着。

她把枕边的灯点上并不是有什么事情要做，而是太无聊了想梳梳头。嫁人以前，她只要梳梳头就很神奇地能够入睡。但是梳到一半她感到很厌烦就把灯吹熄了。

房间一片黑暗，除了她自己，一个人也没有。由纪躺在床上，想着要不要大胆地摆出淫荡的姿势，然后真的照做了。她发现很有意思，就沉迷其中。

她躺在床上，试着张开双腿。刚开始只是张开一点就获得了愉快的自由感，这让她自己都非常吃惊。她从小受到的教育就是无论在任何情况下都不能张开双腿。现在这样就让她感觉很新奇，仿佛打开了新世界的大门。

没关系。

由纪想。黑暗中她尝试着又张开了一些。在没有灯火的房间里流淌于夜间的冷空气迅速地钻入由纪的两腿之间，由纪进一步舒展身体想要迎接它们。这给她带来了新的刺激，她觉得自己已经变成一个淫荡至极的荡妇，感觉自己是个和谁都能私通的愉悦痛快的村妇,是顽皮也好,是厚脸皮也好,完全不用顾忌世间的目光。这个时候,她第一次有了想被某个人抱住的想法。

不是孙六,如果可以的话,她想在炎炎夏日被某个男子侵犯然后衣衫不整地被抛弃在路旁。这也是个让她非常愉悦的幻想。但是幻想中侵犯自己的武士每个都有着一口白白的牙齿。这难道不是勘兵卫的脸吗?

啊!

由纪没有意识到自己发出的惊呼声。当她注意到的时候,自己已经一个人坐在了冰冷的走廊里。

她的手已经放到了勘兵卫房间的纸拉门的拉手上。

由纪把纸拉门拉开一点,发现里面还亮着灯,悄悄地看了一眼后,她觉得心脏都要停止跳动了。

勘兵卫背对着她,端正地坐在烛台前看书,让人怀疑这还是那个潦倒落魄的武士吗?

"是夫人吗?"

他并未回头。

"已经很晚了,如果有事请明天早上再来。"

"那,那个,您需要用茶吗?"

"如果渴了我会自己去厨房喝的。"

这位光明磊落的男子现在的说话方式有些冷淡,由纪不

由得怒上心头,

"我明明是好心来看看您这边是否有什么需要。"

"哦,是这样啊。"

勘兵卫似乎并没有刻意冷淡的意思,他慢慢转过身来说:

"不好意思。我识字不多读起来来很困难,好像一读书就比较焦躁。"

他温和地笑着,那双眼睛清澈得可怕,由纪仿佛要被吸进去一般。于是她赶紧把手放进和服腰带里,因为祖母告诉她感觉狼狈的时候按一按心口就会好很多。

"那渡边大人晚安。"

"啊,夫人也是。"

勘兵卫轻轻低头示意,然后转身重新端坐在书桌前。

回到房间后,由纪好像再次意识到勘兵卫的可怕之处——他的眼睛和微笑。不知勘兵卫以前的家臣和随从是不是因为被深深吸引所以欣然赴死的。

"那么……"孙六继续问。

"我不在的时候没什么特别的事发生吧?"

"没有。"

由纪觉得自己好像魔怔了。

（五）

此后又过了一年，即庆长七年（1602）的某天傍晚，渡边勘兵卫了首次觐见藤堂和泉守高虎。高虎回到伊予国今治城后马不停蹄地把勘兵卫叫到城里，仿佛他此次回来的目的就在于此。他同时让家老藤堂仁右卫门以及贴身侍从组的组长大叶孙六作陪。

"勘兵卫，好久不见。"

高虎探出身子热情地说。好久不见是指关原之战后接收大和国郡山城的事情，当时负责接收的是高虎和本多正纯。

"啊，好久不见。"

"那时候你的表现简直太出色了。"

这就是高虎性格的悲哀之处。身为堂堂城主，却不自觉地对一介流浪武士用讨好的语气说话。

勘兵卫脸上不带笑容地说：

"这是武士应该做的。但是左卫门尉（长盛）大人是位好的主君，却不是好的大将。我再也不想经历开城交付的事了。"

"你跟随我，我不会让你再遭遇那样的不幸。"

"如果是真的就太好了。"

勘兵卫以讽刺的语气说。高虎听出了他的讽刺，虽然不高兴，但他深谙人情世故，很快笑容满面地说：

"我从仁右卫门那儿听说了详情。八千石的俸禄你可以来我这里侍奉吗？"

"八千石？"

"是的。"

"您的意思是渡边勘兵卫只要负责相当于八千石俸禄的军队即可？"

根据俸禄高低，分配军队的数量也不同，当然作战的方法也不同。勘兵卫其实在讽刺高虎，"难道你觉得我的能力只值八千石？"

"你不满意？"

"也不是不满意。我只是觉得以您的能力来衡量勘兵卫的才能，渡边勘兵卫就只值这么多吗？"

"那么，一万石怎么样？"

"太低了。"

"是吗？那再给你增加五千石。"

"还不够。"

"那么，二万石如何？以我们藤堂家的身家，不能再多了。"

"那我就直言了。在下的俸禄一万石就够了，但是藤堂家的军队作战事务一切都由勘兵卫说了算,如何?"

"有意思。"

勘兵卫扑哧一笑,但又马上忍住。是有意思也好还是别的也好,对于高虎来说,不过是因为俸禄意外地低松了一口气而已。

高虎将城内二之丸的一块地分给勘兵卫用作房屋建造,还分配了城下町的一块地给他盖别院。

高虎命他在竣工之前暂住家老仁右卫门家里。反正他孑然一身,住在哪里都无所谓。

然而仅仅过了三个月,仁右卫门家里就挤满了勘兵卫的家臣。

勘兵卫曾侍奉阿闭氏和增田氏,当时的家臣们听说了旧主再次奉职的消息从各地奔赴伊予国今治城。

除了极少数是向新主君辞职后赶来的,其余几乎都是生活窘困的流浪武士,每个都穿得像乞丐一样,有的连一柄生锈的长枪都没有。城中开始传言经过仁右卫门家的时候能闻到恶臭。

仁右卫门终于忍受不了了,"勘兵卫大人,你想想办法呀。"

勘兵卫苦笑道:"我也没办法呀。"

"你别看他们举止粗俗,一旦发生战争就能派上用场。"

"即便如此,但我已经安排他们住在长屋,绝对没法再收留了。"

"那我搬出去吧。"

不等仁右卫门回答,勘兵卫就领着十几个主要的家臣去了孙六家。令人意外的是孙六家没有长屋可收留这十几个家臣。

"怎么办?"

由纪特别愁眉苦脸地对孙六说,然而她在拼命地抑制内心的悸动。

"正因为是勘兵卫,我们不能拒绝。"

孙六不惜让自己的一部分家臣暂住亲戚那里,终于腾出了房间。

但是在由纪看来,这次来到孙六家的勘兵卫异常严肃,仿佛变了一个人。

他的举止动作是古式的室町风格,跟由纪碰面也没有一点儿笑容。当然也没有随意躺在榻榻米上睡觉的粗俗行为。根据由纪的直觉,他也没有再接触过小矶。

由纪有一次在走廊上跟勘兵卫擦肩而过,赶紧问道:

"勘兵卫大人最近似乎变了。"

"那个也是勘兵卫。"

"嗯?"

"这个也是勘兵卫。我的家臣们只能依靠我,看着我而生活。我要是堕落了他们会失望的。"

"以前的勘兵卫大人,由纪更喜欢。"由纪快速地说。

"以前的勘兵卫总是睡觉,经常被夫人您捉弄。"

"哎呀,那是渡边大人……"

她不知道接下来该说些什么,只能匆匆忙忙结束了话题。

之后,城内勘兵卫的房子竣工,他搬了过去。

勘兵卫走的时候,由纪想:也许这一生再也见不到这个人了。

勘兵卫已经青云直上,跟之前的身份有了云泥之别。而且,虽然同属于藤堂家,但是作为他人的家眷也不可能有机会面见城中的重臣。一想到这些,由纪就觉得从腋下开始,周身的体温都变凉了,一种奇妙的孤独感时时袭来。

㊅

岁月流逝。

关原之战后时局动荡,不过这种动荡仅限于京都和江户,伊予国今治城并没有什么特别的事发生。

勘兵卫还是独身一人，由纪听说他不断从城下町叫来青楼女子，但身边连个妾室都没有。他的生活起居都由男子照顾，就像在战场上一样。

高虎问："你不孤单吗？以你的身份从某个地位相当的大名家里娶个妻子并非难事。"

"一个人更自在。"

"为什么？"

"有了妻子就会有孩子，就必须得考虑家业的继承问题。这样就会留恋一万石的身家，不等主君招揽就想要主动跟随，在战场上也会惜命。真是没一点好处。"

然而勘兵卫有长兵卫宗这个孩子，后来成为渡边家的嫡子。不过他并不是勘兵卫亲生的，而是勘兵卫姐姐的孩子。勘兵卫从俸禄中分出五百石让他管理先锋营。当然，这并不是出于亲戚情分，而是因为长兵卫非常勇猛，不亚于舅舅勘兵卫。

之后，大阪冬之阵以前，要说勘兵卫身边有什么变化的话，就是藤堂家以二十二万九百石的俸禄被赐封伊贺国伊势城。

在举城搬迁的骚乱中，由纪分别在今治城和伊贺国上野城的城下町见过勘兵卫。

顺便说一下，伊势城原来是筒井定次的封地，他被罢黜武士身份贬为平民后,城中的建筑以及城下町的武士邸宅都可以直接使用。

由纪和丈夫大叶孙六搬进了以前在筒井家侍奉、俸禄一千石的箸尾某某的旧宅,比他们在今治城的房子大很多。筒井家就不用说了,箸尾某某也是大和国出身,都爱好盛行于大和国的奢靡之风,邸宅内装饰得金碧辉煌,不像武家风格。

大叶家搬进新邸宅几天后,由纪招集了几个榻榻米制造商正在吩咐他们,没想到从身后传来了说话声,"嗬,这么气派的房子,就像主君一样!"

由纪"啊"的一声回过头,眼看着脸变得通红。由纪原本就很容易双颊绯红,并不是因为心虚。但是意识到自己的双颊绯红以后,由纪觉得愈发狼狈,连干活时用的束衣袖的带子都忘记放下了,一直盯着勘兵卫。勘兵卫躲避着由纪的视线说:

"正好到了附近就过来看看。大叶家对勘兵卫来说就像娘家一样,当年流浪窘困的日子里在这儿白吃了不少饭食。我就是想来看看娘家这次分的房子是什么样的。"

"我带您参观一下吧。"

由纪不由得脱口而出,随后紧咬嘴唇,像是要咬破一样。因为她觉得刚才那句话太欠考虑了。

"啊，要是这样的话太好了。"

勘兵卫的脚踏进玄关的时候，对由纪来说不巧的是孙六从城中回来了。

对于勘兵卫的意外来访，孙六格外高兴，先把他领进了茶室。

"在今治城的时候没有茶室，现如今有了，所以我想着不得不学习茶道了。"

正因为是勘兵卫，由纪本来以为他会回答"武士不需要茶道"，没想到他却附和道："没点儿爱好的话，男人没法儿提升眼力。"

"哎呀，渡边大人有什么爱好吗？"

"没有呀。就是因为没有，所以马上就快要五十了，处世还不够圆滑，不讨和泉守喜欢。"

勘兵卫一般不称自己的主人藤堂高虎为"主君"，而称他为"和泉大人"，就像称呼同僚一样。不知高虎是不是因为这个称呼太刺耳，最近不太重用勘兵卫，并且对贴身侍者说：

"如今没有战事，那个男人没什么用处。"

这些话也传到了勘兵卫耳朵里，他说：

"和泉大人不是靠军功，而是靠处世之术当的大名。讨厌勘兵卫也是理所当然的。"

孙六也听说了他们的不和,一边喝茶一边不动声色地劝说,谁知勘兵卫说:

"哪有,我们的不和也不像传言那样严重。和泉大人是个聪明人,不会跟勘兵卫起争执,也很清楚勘兵卫的用处。——说起用处,东西两方的彻底决裂应该不远了。最近几年应该会发生日本史无前例的大战。"

"对手是大阪的右大臣家(丰臣秀赖)吧。"

"对手是谁都无所谓。"

这个男人一脸痛心,可能是感受到了前代统治者的遗孤的悲哀。

"总之会有战争,你要提前擦亮武器、准备盔甲哟。"

随后孙六的下属来参见,孙六吩咐由纪带勘兵卫四处参观一下,但不知为何勘兵卫固执地拒绝了。

"我家中也有事。"

由纪一直盯着勘兵卫,连眼睛都不眨一下。可怜的勘兵卫脸上露出说谎的表情,由纪见了突然想戏弄他一下。

"您说的事情是不是青楼街的女子要来了?"

"也有这个原因。而且我有点儿怕夫人您。"

"有点儿怕我?那当初是谁给我添了这么多麻烦?"

"哦?是哪儿的勘兵卫呢?"

这时,勘兵卫脸上浮现出示弱的笑容,由纪不由得一惊。

那天晚上,由纪想:

渡边大人对我——

她不敢再想下去,只好强求孙六的拥抱。由纪早已意识到自己喜欢上了勘兵卫,但到此时才发现勘兵卫对自己也抱有同样的想法。

㈦

正如勘兵卫在茶室中预测的,数年之后,即庆长十九年(1614)秋,家康动员天下诸侯征伐大阪。时年七十三岁的家康同年十月十一日亲自率大军从骏府出发,同月二十三日已进驻京都。

藤堂高虎奉将军德川秀忠之命从江户入驻伏见城,同时勘兵卫和仁右卫门带领藤堂家的全军前来会合,共计五千人。

之后发生了所谓的冬之阵,但该战的目的是家康的威慑外交,几乎没有像样的战斗。然而第二年,即元和元年(1615)夏以后,在摄津、河内、和泉三国的田野上发生了勘兵卫所说的"日本史无前例的大战"。

家康派德川家的谱代大名中被誉为最强战队、有着"染血的军队"之称的井伊直孝的部队以及藤堂高虎的部队为先锋。让外样大名藤堂高虎也担当这么重要的任务虽然有其他的政治原因，同时也是对藤堂家的军事实力的高度评价，因为他们招揽了渡边勘兵卫、桑名弥次兵卫等著名的流浪武士做武士大将。

藤堂队和井伊队同时从京都出发，向河内口①进发。勘兵卫当然是先锋队的大将，因此可以说他实际上是东军二十万大军的先锋。

当天，勘兵卫戴着有黑水牛装饰的头盔，盔甲外面穿着无袖和服外罩，骑着四肢健壮、威风凛凛的鹿毛马，腰间插着绣着金线的麾令旗，其武士大将的风采谁看了不动心？

看到勘兵卫如此仪表堂堂，他的旧随从们都欢呼雀跃。

"我们的主人是日本第一。"

他们甚至打着节拍唱着歌行军。不仅勘兵卫家的家臣，藤堂家的士卒也都仰慕他的风采，他们确信：

"只要战场上有黑水牛的头盔，藤堂家就不可能打败仗。"

阴历五月五日，家康的大部队从京都向河内国的星田进

---

① 现在的兵库县市川町附近。

发。同时，将军秀忠的大部队也朝着河内国的砂①进军。

那天夜晚，家康和秀忠商量战略，命令先锋藤堂队前后夹击正沿着东高野街道南下、向道明寺进发的敌军大部队（后藤又兵卫、薄田隼人正两队）。

高虎跪拜受命后回到自己的阵营，立即部署五千士兵，以渡边勘兵卫了、藤堂仁右卫门高刑、藤堂新七郎良胜、桑名弥次兵卫为先锋队长，中锋有藤堂宫内高吉，主力部队的队长是藤堂勘解由氏胜。六日拂晓，大军涌入东高野街道，向着道明寺进发。

当天没有月亮，雾很大。

虽说是拂晓，但天色仍然很暗。五千士兵没有点火把，摩肩接踵着艰难地走在狭窄的道路上。

但是走了大约三町，侦察兵慌慌张张地向高虎报告：

"虽然因为浓雾看不清楚，但是八尾和若江方向传来大量人马涌动的声音。"

之后才知道原来大阪方在若江派了木村重成、在八尾派了长曾我部盛亲。这两支部队加起来有一万人，正极速前进想要袭击在砂的将军秀忠的部队。东军的大本营当时把注意力放在了道明寺的敌人的动向上，未能事先察觉此处的兵力。

---

① 此处的"砂"为地名，位于现在的大阪府四条畷市。

高虎一把年纪却仍然惊慌失措。

"那,那是真的吗?"

就在这时,藤堂队突然有些骚乱。

"怎,怎么了?"

高虎派人去先锋队查看,原来是队伍最前端的勘兵卫擅自更改了部队的既定行动,独断专行命令先锋部队调转方向。负责查看的人回报:

"渡边大人说比起远处的道明寺的敌人,不如先攻打近处的八尾的敌军。"

"该死的家伙!"

高虎马上又派骑马的侦察兵去查看,事实果真如此。

于是,高虎亲自骑马飞奔过去,

"勘兵卫,你在干什么?你准备去哪儿?我们藤堂队奉大本营的命令要向道明寺进发。"

"别傻了。"勘兵卫嘲笑。

"打仗就是要随机应变。敌人已经出现在眼前,难道还要去道明寺?"

"你这样等于违反了大本营的命令。"

比起敌军,高虎更害怕惹怒家康和秀忠。勘兵卫又笑道:

"你的处世之术也要分时候。你把大本营的命令当作命根子也行,但是如果战争失败了就什么都没有了。"

"那是上面的命令。向道明寺进发!"

"和泉大人。"

"叫我主君。"

"主君,若江、八尾方面的敌军似乎打算突袭砂和星田的大本营。我们向道明寺进发时,如果大本营被突袭导致溃败,那么整个关东军就会溃散。"

"哎呀,说的也有道理。"

高虎马上调转马头准备飞奔,勘兵卫抓住他的衣袖,

"这紧急时刻,您准备去哪儿?"

"飞驰回大本营,问问该怎么办?"

"太愚蠢了。"

勘兵卫生来就是个大嗓门。

"那样的话会贻误战机。现在突袭浓雾对面的敌军我们很容易就能取胜。"

"勘兵卫,我命令你不许行军。在我回来之前军队不能动。"

"主君您说过战略谋划都交给我勘兵卫,难道只是空话而已?"

"那也要看时间和场合。"

"现在正是合适的时间和场合。"

"该死!"

高虎拼命挣脱,甩开勘兵卫的手,力气大得不像个老人。这位老人单枪匹马向着大本营飞驰,但是走了大约四五町,天色已明,浓雾散去,固执的高虎亲眼目睹若江、八尾方向涌动的大量敌军。

这下没办法了。

这个男人好歹也在战场上度过了将近半个世纪的时间,看到敌军后,他虽然害怕违背军令之罪,但也明白如果不击败这支大军,别说大本营,连藤堂家都会溃败。这时他终于下定了决心。

然而为时已晚,长曾我部盛亲已经发现藤堂队,迅速在长濑堤的高地摆好军阵,占据了地形优势。

高虎赶紧调转马头下令全军攻击,但是都被长曾我部的军队以巧妙的战术击败,处于攻势的藤堂队接二连三溃败。先是藤堂仁右卫门战死,接着桑名弥次兵卫牺牲,其余还有骑马武士六十三名、武士身份以下的杂兵二百余名战死。倒在战场上的都是藤堂队的武士,那些失去主人的战马在麦田中到处乱跑。

但此时勘兵卫的行为在高虎看来非常奇怪。他把三百亲兵聚集在一起,看着战场上的惨状却没有任何行动。

高虎几次派人催促勘兵卫迎战但他仍然不动,最后高虎

亲自跑到勘兵卫身边，

"你是害怕了吗，勘兵卫？"

"怎么可能？主君您下令攻击实在不是明智之举，要是再继续下去，只会让占据地利的长曾我部的军队更加高兴，伤亡更多。您看着吧，本该胜利的长曾我部会自动溃败的。"

勘兵卫一直在观察长曾我部的协同部队——若江的木村队的战况变化。木村队正跟井伊队展开激战，最初势均力敌，但不知是不是大将重成被杀，现在眼看着就要溃不成军。如果木村队溃败那么长曾我部的军队就孤立无援，肯定会有所顾忌退回城中。

趁他们撤退的时候攻击。

事情正如勘兵卫所料。

长曾我部的部队撤退的钲鼓一响，勘兵卫就像猎犬一样飞奔而出，他一边疾驰，一边说：

"主君，就是现在。请你集合本军的残兵追击敌人。"

"勘兵卫，不可。"

高虎怒不可遏。在高虎看来，长曾我部的军队并不是将军下令歼灭的敌人，让他们撤退就行。虽然有些迟了，但藤堂队仍然必须遵从昨夜的命令，向道明寺进发。

在这重大的一瞬间，政治家高虎与军事家勘兵卫之间产生了致命的分歧。勘兵卫见高虎没有跟过来急忙掉头回去。

"主君您违反了当时的约定。"

勘兵卫是指之前决定俸禄时约定的军队作战事务一切交给他的事情。高虎冷笑道：

"战争也是治理天下的一环，你懂什么。去道明寺！"

"战争求的就是胜利。敌人明明就在眼前，却还要顾及后方大本营的脸色，迟疑不追，怎么会有这样的蠢货！"

"你怎么能说主君是蠢货呢？"

"蠢货就是蠢货，我只能这么说。"

勘兵卫刚扬起鞭子，他手下的三百亲兵就像黑旋风一样出动，开始追击长曾我部的军队，双方在久宝寺展开激战。勘兵卫击败了超过五百人的敌军的后卫部队，并且长驱直入进驻平野，截断从道明寺溃败而逃的大阪方的残兵队列，给他们来了个迎头痛击。

东军的诸将中无人像勘兵卫这样驰骋如此广阔的战场。大家都说像阿修罗一样横扫摄津、河内之战场的勘兵卫的表现堪称东军第一，但唯有主君高虎不认可。

不认可也是可以理解的，因为当天勘兵卫在战场上的驰骋跟藤堂队没什么关系。

战争结束后勘兵卫脱下染血的无袖和服外罩，暴躁地走进高虎的营帐。

"主君，您为何不跟着我？要是那时我手中有三千人，不可能让长曾我部、真田和毛利撤退到大阪城,在平野就把他们歼灭了。那样的话,我们藤堂队一支军队不就可以勇猛地拿下大阪城了吗?"

高虎不以为然,没有理睬他。

几天后,在战场上和他们一起抗敌的井伊直孝对高虎说:

"您的家臣中背上插着草帘旗的是谁呀?"

高虎沉默不语,因为直孝说的是勘兵卫。

"那个背旗的主人横扫逃跑的敌军,自如地指挥军队,是位值得敬佩的勇士,您应该知道是谁吧?"

勘兵卫听说此事后说道:

"哪怕仅仅是被别家的大将认可,也是作为武士仅有的幸福。"

回到伊贺后,他马上将俸禄归还,辞职离开了藤堂家。

高虎因为战功,伊势的铃鹿郡也归为他的封地,官职升为侍从,后来甚至晋升为少将。

大家有目共睹大阪之战中藤堂家的战功大部分是由武士大将渡边勘兵卫打下的,但是跟中村一氏时一样,论功行赏时勘兵卫已不在藤堂家,无法享受荣光。

勘兵卫回到伊贺后,马上把家臣拜托给藤堂家的同僚或者别家的朋友收留,开始收拾房间。某天,他把盔甲放在马背上，拿着长枪，孤身一人骑马离开了熟悉的家。

跟来的时候一样啊。

他在马上数次发笑，可能自己也觉得太可笑了。

为了告别，他来到孙六的邸宅。看着坐在榻榻米上的勘兵卫，由纪不由得流下眼泪。

"等孙六大人从江户回来了，请代我向他问好。"

"您离开以后，今后如何打算？"

"我还有些积蓄，准备去京都盖个草庵，自由自在地度日。来这儿的路上，我甚至想了隐居后的名字，就叫睡庵，你觉得怪不怪？"

"您又会变回以前的勘兵卫吧？"

"嗯，变回以前自甘堕落的勘兵卫。"

"您给自己取名睡庵，是打算像之前一样穿着衣服睡好几天吧。"

"但是再也没有人来闻我身上的气味儿了。"

"渡边大人。"

由纪的眼里有光在闪耀。那双眼睛一直盯着勘兵卫，却无法看清他，因为其中充满了泪水。因为看不清，由纪反而变得更大胆。

"我喜欢勘兵卫大人。"

勘兵卫看着院子，装作听不见站了起来。

他来到了走廊下。

因为窗户在西边,所以早晨的走廊总是很暗。跟过来的由纪想走到前面送一送勘兵卫,于是从他身边经过。那时由纪的膝盖突然一软,身体不自觉地向右倒,勘兵卫及时地扶住了她。勘兵卫的大手掌轻轻划过她的背部抱住了她的肩膀。

"啊!"

由纪的身体向后仰,快要倒在地板上,只有勘兵卫的手做支撑。

"站起来!"

"我站不起来。"

"没办法,那只有这样了……"

勘兵卫抱起她,想帮助她站起来。但是当由纪好不容易站起来的时候,勘兵卫却依旧保持着那样的姿势不放手。过了一会儿才突然放下来,说:"我真是个奇怪的男人。"

"不知道我的命运最终会怎样,但不可思议的是我和每位主君的缘分都很浅。不仅主君,我和女子的缘分也很浅。这一生当中我唯一爱过一个女子,但她已是别人的夫人那就没办法了。我这一生真是可笑。"

话音未落,勘兵卫已扭头离开,在玄关和大门口都没有回头。

根据《常山纪谈》的记述，好像三代将军德川家光治下的宽永年间（1624—1644）睡庵渡边勘兵卫了仍然在世。关于他和由纪后来怎么样了，古书中并没有记载这些街头巷谈之类的事情。

打碎吧,城池!

一

爬山虎发芽的时候刚好是庆长八年（1603）。

已经十年了。

爬山虎不断地向上爬，繁茂的枝叶几乎遮盖了小庵的屋檐，善十仍然住在山岭上。下山往西走是河内国，往东走是大和国。清晨的山岭雾气很浓，爬山虎像沐浴在油中一样，叶片湿漉漉的。

山岭的名字叫竹内岭。

善十隐居的第三年，有客人来访，说是中国地区出身的某位大名欲以三千石的俸禄招揽他。善十当场就拒绝了。

第五年的时候又有客人来访，为的是同样的人、同样的事，善十也拒绝了。

第十年又来了一个人。

现在就坐在善十的面前。

是位刚成年的稚嫩的年轻人，来的目的跟前两位一样。

唯一不同的是派使者前来的大名有变化。

古田？

善十想没听说过啊。关原之战中失去主君以后，善十，也就是镰田刑部左卫门即使自己不主动求取，也收到了很多两人下了竹内岭前往大和国是在第三天早上。善十有意与年轻人结为"众道"①关系，年轻人也有此意。应该是主君织部正了解这一点，特意选他做使者的。

二

善十到伊势国松坂城后，以宾客身份住在家老关平藏家中。

然而织部正并不在城中。据说是受命于幕府前往京都所司代②板仓伊贺守那里办理公务，被京都的茶道爱好者挽留，因此会晚些回来。

"是吗？"

善十面无表情地说。他早已过了吃惊或者愤怒的年纪。

他在关平藏家中住了两三天。

家老关平藏生性坦率，甚至让人觉得不像武士。他好像也是此地多见的念佛行者，早晚一有空就咕咕哝哝地念佛。

家中的陈设也极为风雅，只有外观看起来是武士的

---

① "众道"也叫"若众道"，日语中"若众"是年轻男子的意思。"众道"是指主君与随从（年轻男子）通过男色结成的关系，但他们之间不仅有肉体关系，还包含服从、忠诚等武士道精神。

② "京都所司代"是江户幕府的官职名称，负责京都的警卫以及政务管理。

"但是，我也老了。"善十说，"虽说年少时有些许名声，但现在真的是没什么用处了。难道因为织部正大人是茶人，所以要收集我这样的老古董来装点门面？"

"不，不是那样。"年轻人用明朗的声音说，"正因为古田家是茶人晋升的大名，所以城中缺乏有名气的善战之人，这一直是主君心中的遗憾。如果您能来奉职，那么古田家必能赢得世间的赞誉，江户的家康大人也会对我们另眼相看。"

"只是因为这个吗？"

"是的。"

不可能仅仅因为这个。

善十想。这勾起了他的兴趣。茶人来招揽经历过乱世风波的武士，这件事本身不就是世间前所未有的稀奇事吗？

"我去。"

善十真心地说。但又补充说明是否奉职要等见了织部正以后决定。"这样可好？"

年轻人高兴地点头。

善十又询问后得知年轻人的名字叫做铃木惣内，辈分相当于古田织部正的孙子辈。之所以未带随从，是害怕引起别人的注意。

当天晚上，年轻人留宿在草庵。

第二夜也是同样。

的茶人。善十的记忆像丝线一样越理越顺。据说他是已经去世的茶人利休门下的七哲之一。他因为高超的鉴定能力深受太阁喜爱，没有战功却不断升迁，太阁在世时竟然升至御伽众①，俸禄三千石。

好像有很多隐形的财富。

关于这些，善十还是知道的。利休去世后，在茶器鉴定上无人能比得上织部正，只要有织部正的鉴定证明，原本一直扔在炉灶旁边弃若敝屣的器物也能一跃成为价值千金的名品。因此，诸大名、富商争先恐后请织部正鉴定茶器，给的礼金也是一笔不小的财富。

织部正于庆长五年的关原之战中跟随东军，该战结束后，家康在他原来的封地伊势国松坂城又给他增加了一万石俸禄。他从此位列诸侯。

但是……

这位从司茶者晋升上来的小大名为何会需要善十呢？

善十，也就是曾经的镰田刑部左卫门有着百战百胜的经历，特别是指挥长枪营时，其战术更是出神入化。他侍奉旧主宇喜多家的时候，俸禄优厚，甚至被已故的太阁称赞为"天下第一机敏之人"。

---

① 日本战国时代至江户时代初期存在于大名家的职掌，负责侍奉在主君近侧，在战时无聊时陪主君说话、讲故事。

诸侯的邀请，那些诸侯个个都经历过战国时代，都是以武勇著称的名家，还从未有区区一万石的小大名来邀请他。首先，世上还从未听说过区区一万石的小大名招揽骁勇善战的名士的例子。

而且，对于关键人物——这位名叫古田织部正重然的大名，善十连听都没听说过，根本无从谈起。

善十沉默不语。他长着一张像岩石一样严肃的脸。风穿过窗户拂过他的面容。据说善十自出生以后从未对人露出过笑容。

但这位年轻的使者并不在意善十严肃的表情，一直笑容满面。他的视线突然落在了西窗上，夕阳正要落山，缠绕在西窗上的爬山虎被映照得红彤彤的，每一片叶子都沐浴在阳光中，鲜艳欲滴。

年轻人微笑着说："原来这就是大家常说的地锦。"

善十冷淡地说："这是对什么的称呼？"

"茶人之间常常这样很有趣地称呼爬山虎。"

啊，这么说的话……

善十突然想起来了。

古田织部正是位茶人。

是有这么一位男子。原来现在还在世呀，善十的记忆渐渐清晰起来。古田织部正曾是负责给太阁（丰臣秀吉）司茶邸宅。

不愧是茶人大名的家老。

"这是中国舶来的南天竹。"

家老关平藏特别喜欢自己家,带领善十四处参观。

"那是盐饱诸岛的木板。"

"嗯。"

"这是名品时雨茶壶。"

他甚至一一展示了自己密藏的名品。作为城代家老[①],一朝有事就要承担关系主君兴亡的武士大将的重要职责,但关平藏身上半点儿也没有这种感觉。

而且关平藏好像不知道主君为何特意从大和国竹内岭把善十请来。

这个男人好像觉得我也仅仅是个茶道爱好者,为了欣赏他们主君珍藏的茶器而来。

证据就是关平藏说了很多关于茶器的事情后问:"能否透露一下您引以为傲的藏品?"

"头盔是南蛮铁制造的。"善十回答,"头盔打造得古色古香,装饰用的是鹿角,长枪是备前国出产,名为'虎笛',上面没有刻锻造者的名字。太刀是近江国锻造,乃甘露俊

[①] "城代家老"是指江户时期,身为大名的城主不在城中时负责守护城池、管理城中一切事务的家老。

长①的上乘之作。但是关原之战中军队溃败后,什么都没了。"

"不是武器,请说说您的茶器。"

"你是说陶器?"

"正是。"

"有一个喝茶用的竹筒。还有,"善十指着平藏面前形状奇特的暗白色茶碗说,"有一个跟这个类似的盛饭用的茶碗。"

"哦?"

关平藏吃惊地探出身子。这么说的话不就是宋胡录②吗?平藏拥有的这个也只是宋胡录的仿品,并非真品。

"请您一定要让我开开眼界呀。"

"在竹内岭的小屋里扔着呢。"

这些话题对善十来说太无聊了。

第四天,古田织部正回到城中,让他下午去觐见。

是个什么样的人呢?

善十很感兴趣。在战国乱世中,他仅凭茶艺和庭园艺术就晋升为一万石的大名。这对于靠武艺生存的善十来说非常

---

① "甘露俊长"也写作"甘吕俊长",近江国(现在的滋贺县)人,据说是相模系高木真宗的门人。传世的有刻着"江州甘吕俊长"之名的太刀和短刀。

② "宋胡录"是对14世纪后泰国沙湾加禄地区出产的陶器的音译。于桃山时代到江户初期舶来日本,深受茶人喜爱。

难以理解。于是，他事先向平藏打听：

"织部正大人今年高寿？"

"七十四岁。"

"嚯，真是高寿！"

"不，不，靠年龄不足以衡量一个人。主君的茶。"

"茶？"

又开始说这个。

"主君的茶最近让人感觉越来越精神焕发，简约恬淡。岂止淡泊的境界，可以说充满了童子的乐趣。"

"是吗？"

善十远远地坐在末席，跪拜行礼。

听到织部正的声音后，善十微微抬头，看了一下上座。好远啊。善十的视力较弱，只能朦朦胧胧地看到织部正的脸。哎呀，他暗自思量。好像啊。身材、容貌、皮肤的颜色都跟自己很像，仿佛刻意炮制的一般。

"我想慢慢地聊聊以前的事。"

织部正说完，命人备茶。

之后移到了茶室。

织部正完全没有大名的架子，亲自给善十擦干茶碗，作为主人给善十斟茶。

善十静静地看着他，越来越吃惊。

布满皱纹的大脸、高耸的鼻梁、厚厚的嘴唇，还有作为老人白得不可思议的牙齿。太像了。

"刑部左卫门大人。"

织部正郑重地说。

"二十年前，我在大阪城内见过你。"

善十完全不记得了。首先，因为织部正是太阁的直参，善十是陪臣，根本没有平等见面的机会，织部正记忆中的见过应该只是偶然看到过善十而已。

"对了，那时候还发生过这样的事。"

织部正看着炉中的炭火，声音非常低沉，仿佛睡着了一般。

"已故的太阁殿下某天突然说要给织部一万石的俸禄，我冒着违抗主命的危险拒绝了。我说织部正不过是一介茶人，竖起大旗调动兵马的事情还是交给别人吧。但太阁殿下怎么也不听，说那你就招揽一位优秀的武士大将吧，他们一般都是陪臣那我就提拔他做直参，然后再赐给你，你觉得宇喜多中纳言家的镰田刑部左卫门怎么样？"

哦？

善十抬起头。织部正跟他对视了一会儿，首次露出了微笑，仿佛在说已故太阁是如此器重你。

善十悄悄放松肩膀，想通过这个动作抑制兴奋的神经。

但他的脖子已经由于激动变得通红，怎么也无法控制。

善十明白武士奋斗一生终究是为了名誉，正因为明白才弃世隐居在竹内岭。但是织部正刚刚讲述的密事令他非常震惊。没想到自己作为不入流的陪臣，竟然能得到太阁如此器重，这件事本身已经非常令人震动，但让他更吃惊的是自己身体中居然还残留着为这种赞誉沸腾的热血。

我自认为已经是枯骨一把，不会再为名誉悸动，果然，人哪怕是化成灰也难改本性。

善十也盯着炭火。

织部正接着说："不过这也可能是已故太阁殿下常有的心血来潮之说。自患病以后，他没再提过一万石的俸禄，也没再提起你，就去世成了丰国大明神。但是在日本众多的武士中，唯有你的名字是已故太阁殿下清楚记得的，这是神灵也无法消除的事实。"

"织部大人。"

善十放下茶碗说："您这次找我是为了何事？"

"这就像很久以前的恋情一样。我想如果能重新成就恋情是多么令人高兴啊。你能否在我这里奉职？"

三

善十同意奉职。

俸禄五百石,职位是家老。俸禄很少是因为古田家的封地不多,与他作为武士的名声无关。如果侍奉的是百万石的诸侯,一入职应该就有五万石的俸禄。

即便如此,城中还有人说三道四。

——虽然他曾经声名赫赫,但是如今半截身子都已经入土了,为什么还要花费这么多去招揽?

这些背地里中伤的话也传到了善十的耳朵里。

你们知道什么?

善十想。为何招揽自己,恐怕只有织部正本人知道。

织部正在江户的新政权中找到了适合自己的位置。

那就是将军秀忠的茶道之师。这并非易事。教授茶艺时,只有茶人和将军两个人在茶室里,如果不是德川家极其信赖的人,绝对不可能担任这个职位。

织部正真是太幸运了!

诸大名羡慕不已。织部正明明以前是丰臣家的茶人,现在寄身德川家,竟然还能荣宠不衰。

在茶室内和将军围炉而坐时,织部正口中会说出怎样与政治相关的言论呢？即便德川家谱代的武将们也对此有所顾忌，不敢惹怒织部正。

七十四岁。

织部正的一生真是事事顺利。

性格方面也是生来就很完美，从未有过粗声粗气的时候。

但是……

善十有一事不明。

那就是织部正的茶。虽然善十不太懂茶艺，曾经认为这是无用之事。

织部正最初招待善十用茶的时候，给善十的茶碗重得令人吃惊。

仔细一看发现茶碗已裂，裂缝处都用重重的黄金补上，所以才异常沉重。

竟然给我用裂了的茶碗。

刚开始善十感到很不高兴。

但是后来问了别人才知道那个茶碗是织部正秘藏的叫做柿天目[①]的绝品，不轻易使用。善十的心情变得愉悦。

原来是秘藏的珍品，所以即使补上裂缝也要继续用。看

---

① "柿天目"是宋代的陶瓷器。其特征是除瓷器底部是白色外，其余部分都是釉色沉着的柿黄色。

来大名也吝啬啊。

城里有很多茶器,似乎有裂缝的也不少。很久之后善十才知道织部正特意提拔了一些修缮茶碗的手艺人,赐予武士身份,赐居城内。

他们的职位叫做"涂师"。

城内有他们的工作间。

他们的工作好像很多,总是在煮生漆。

善十曾经进过他们的工作间,非常稀奇地看他们工作。

他们首先从制作叫做"麦漆"的黏合剂开始。就是在生漆里加入面粉,充分搅拌、熬煮。之后用这个"麦漆"黏合茶碗的裂缝,静置七天。

其次使用生漆中加入砥石粉炼制的"锈漆"涂在裂缝上,待干燥后用百日红树木烧制的木炭磨平其粗糙的表面。然后上面再涂上生漆中加入印度红炼制的黏合剂,在湿度很高的暖房中静置几小时。

到这儿工序还没完。待其半干还要撒上金粉,涂上生漆,之后再用木贼[1]的茎仔细磨平。

这工作太费功夫了。

善十非常吃惊。更让他吃惊的是堂堂大名的城内竟然拥

---

[1] "木贼"为多年生常绿草本植物,高30~100厘米。其茎含有硅酸,非常坚硬,在秋季收割后可用来磨东西。

有这样的设备。对于驰骋疆场的善十来说实在是无法理解。

那年冬天，织部正问善十：

"听说你有宋胡录？"

估计是听关平藏说的。

"嗯？宋胡录是什么？"

"你不知道那是宋胡录？"

"哎呀，不过一个盛饭的茶碗而已。"

"你是怎么得到的？"

"详细情况我也不了解。竹内岭靠近大和国的那一侧山脚下有个当地的乡间樵夫，他说善十大人太可怜了，就分给我一个茶碗。"

"有意思。"

织部正拍着膝盖说。

太阁在世时期，陶器收集曾像热病一样在诸大名之间非常流行。诸大名在自己的领国内，连农民家的厨房都不放过，一个不漏地搜索，闲居老人用来装豆子的小罐、侍女装染黑牙齿的铁浆的罐子等都搜罗过来，从中选出好的，争先恐后拿给织部正鉴定。

只要织部正说一句"这是非常好的东西"，马上就价值千金。

"有时候有这种情况，宋代美丽的青瓷被随意地扔在身份微贱之人的厨房里。让我看看，如果可以的话，送给我吧。"

茶人真是不可理喻，什么宋胡录！

从城里回来后，他问关平藏什么是宋胡录。

平藏对于排兵布阵所知不多，但唯有在这方面很博学。

"这样啊，宋胡录嘛！"

他给善十看了自己的宋胡录仿品，并详细地做了说明。原本就不感兴趣的善十像听外国语言一样，没怎么记住。

根据平藏所说好像是外国舶来的陶器，在南溟附近有个叫暹罗的黑人国，大约相当于日本南北朝时期，暹罗国王某某带回了明代的制陶工艺，归国后在一个叫做宋胡录（沙湾加禄）的地区开窑，主要生产茶碗、香盒等。

善十回到家，把在竹内岭的小屋时使用的茶碗找了出来。

这个是宋胡录？

泛黑的素胎上仅仅涂着暗白色的釉料，颜色黑白相间。现在他自己都觉得奇怪，为什么在竹内岭的小屋时经常用这个毫不起眼的茶碗盛饭。

他带着这个去参见织部正，得到的回答是要在茶室进行鉴定。好像在特定的地点能够更清楚地观察器物的成色。

"就是这个。"

善十把盒子推过去。

织部正小心翼翼地把那个泛黑的物体捧在手里,查看它的底部。

然后对着阳光观察。

不久后织部正的表情变得十分激动,

"这是真正的宋胡录啊!"

"……"

"而且……"

织部正把茶碗推到善十面前说:

"做工非常上乘,我都没有见过这么好的宋胡录。"

善十把它放在手中,令他自己都感到吃惊的是,刚才还平平无奇的盛饭用的茶碗这会儿发生了神奇的变化,其品相令人刮目相看,仿佛织部正在掌中对它施了魔法一般。釉料的光泽、素胎的质地都变得像宝石一样。

"就是那个哟!"

织部正微微一笑,好像已经看穿善十的惊讶之情。

"陶瓷原本是蒙昧无知的工人烧制的,但是说实话,它们可以在我手中获得重生。我的手掌令它们诞生,现在,宋胡录诞生了。你盛饭用的茶碗已经完美地重生为价值千金的名品。"

这个宋胡录的釉料上面的烧制痕迹看起来像阵雨,再仔

细看的话,还有轩廊、蓑衣。织部正说:

"就给它取名轩蓑吧。"

"原来如此。"

"为了让它更加有名,我想把它献给将军家。这样它就有渊源和流传史了,将成为天下有名的宝物。"

是这样吗?

简直就像魔法一样。人可以耍这种不正当的手段吗?善十觉得有些可怕。

原来如此,茶人比统领千军的大将更杀伐果断。

织部正把自己的肋差①送给善十,说是作为拿走"轩蓑"的补偿。

这把肋差是由越中则重②打造的,做工上乘,一看就知道是一万石以上的大名的佩刀。比起令人觉得非常离奇的茶碗,善十觉得这个更可贵。

"我真是捡了个大便宜。"

"不,越中则重打造的这把刀充其量也就是像我这样的一万石的大名的佩刀,但轩蓑可能会成为一个领国一座城池也换不来的宝物。"

---

① 武士佩戴的双刀中的短刀,长度通常在30~60公分。
② 镰仓时代末期居住在越中国妇负郡吴服乡(现在的富山县富山市五福)的刀匠。本名佐伯则重,根据其居住地也被称作吴服乡则重。他打造的刀被认为是古刀中的最上乘之作。

织部正又把轩蓑捧在掌中，两个大拇指按在碗的边缘。

他打算干什么？

善十看着他。

织部正虽然微笑着，但是从肩部动作可以看出他正异常用力地按着那个茶碗。

啊！

啪啦一声，茶碗在他掌中碎成了两块儿，然后三块儿、四块儿，碎片渐渐变小。

"主君，您在做什么？"

"把它弄碎。"

织部正似乎很享受。

"弄碎以后就可以按照我喜欢的样子自由地注入黄金来修补。修补后的裂缝更值得欣赏。"

"哦？"

裂了之后再修补，这个茶碗就名副其实地成了织部正的作品。估计织部正想说仅仅鉴定太无聊了，要把织部正的风格注入其中，除了打碎再重新修补之外别无他法。

茶人真可怕。

在战场上从未惧怕过任何敌人的善十，此刻身体却在微微颤抖。

四

回到家后,当初被派往竹内岭的使者——年轻人铃木惣内刚从伊势神宫参拜归来,正在等着善十。

当时善十以为惣内是古田织部正的家臣,原来不是。

古田织部正的长女名叫美津,嫁给了幕府将军直属的家臣——近江国代官[①]铃木左马助,生了好几个孩子,惣内是他们的第二个儿子。惣内的兄长还未继承家业,因此他也不用分家独立,正是无忧无虑的年纪。他得到外祖父织部正的疼爱,经常待在松坂城。

惣内似乎非常喜欢茶道,年纪轻轻就有了"宗硕"这个道号。

"今夜住在我家吗?"

惣内的动作表现出只有善十才懂的风情,双颊绯红。

夕阳西下,两人躺在床上。善十讲完体己话,顺便告诉了惣内今天发生的"轩蓑"一事。

"祝贺您的茶碗即将成为举世闻名的宝物。"

惣内对茶碗一事表示祝贺,并没有表现出吃惊的样子。

"其实我去竹内岭拜访您的时候就看出了那是宋胡录。"

[①] "代官"是江户幕府的官职之一,管理幕府直辖地,负责地租收纳等政务。

"哦？想不到你的眼光这么好。"

"不好意思，我这一生中从未像当时那么震惊。那时您在竹内岭的小屋里甘于清贫，过着乞丐一样的生活，盛饭用的茶碗却是举世无双的宝物，您的风采令我感受到一种无法形容的豪爽，让我震惊不已。——所以……"

就迷上了善十吧！

原来是这样。

这是善十没想到的。但是，靠着这个盛饭用的茶碗的神奇力量，得到了越中则重打造的名刀，还吸引了这样的美少年，善十这是走了什么运，才有这样的好事呀。

"但是，"善十说，"那个轩蓑在主君掌中碎成了五块儿，甚至八块儿。"

"哎呀！"惣内说，"真的碎了吗？"

"是呀，已经碎了。"

"这是织部正大人的癖好。"

据惣内所说，这一两年来，织部正不断收集作为名品甚至宝物的茶碗，把它们打碎，让涂师来修补，他对裂缝中露出的生漆和黄金的厚重感、色泽以及纹样爱不释手，甚至可以说沉迷其中无法自拔。

——茶不这样的话就不是茶了，至少我的茶必须如此。

织部正好像这样说过。这到底是什么样的审美意识？

"那是一种自负。我不喜欢。"

惣内的解释出人意料,跟他的年龄并不相符。

织部正是个稀有的幸运儿,在漫长的一生中从未受挫。性格非常完美,几乎没有缺陷。在惣内看来,恐怕织部正到了这个年纪终于对自己的人生和性格产生了逆反心理,开始认为只有缺陷和扭曲中才有美感。

"一想到不断加深茶艺,反复钻研就会变成那样,我就觉得走了同样道路的自己很可怕。"

"原来这样啊。"

作为武士的善十好像理解了,一边用手拍着惣内的身体,一边安慰说:"你不会变成那样的。"

与外祖父织部正不同,这位外孙从身体上来说已经不同于正常男子,但是他非常享受这种男色带来的身体上的愉悦,这样的男子的茶艺未来会是什么样呢?

"我觉得,"惣内说,"从遥远的数百年前流传下来且没有损坏的物品,还有从未知的国度漂洋舶来的物品都有神佛护佑。如果人为刻意破坏就等于亵渎神灵,以后是不会有好结果的。"

他好像有不祥的预感。

善十能够理解惣内。也许正因为惣内觉得自己有缺陷,所以才向往完美、精巧的东西。

茶人真是有意思。

善十想。但他并不是对茶道心生向往,而是觉得这是魔道。

善十明白茶道和战争都同样需要胆量,但是战争中每一次以长枪对阵都是豁出性命的,同时其中也蕴含了只有武士才懂的豪迈。茶道并非如此。茶道如果钻研到底就会在某一点上堕落。

司茶人利休被太阁杀掉也许就是因为这个。

其他的善十就不明白了。虽然不明白,但他深深地认识到在这样的大名旗下侍奉并非长久之计。

要离开吗?

那是庆长十八年(1613)冬天的事情。

之后第二年冬天,德川家与大阪的丰臣家彻底决裂,曾调动大军来袭,但仅仅是在城外有一些小的战役,很快就讲和,两军都暂时休兵。古田织部正并没有得到出战的命令,他本人在京都的所司代板仓伊贺守那里帮忙,善十在领国内负责守城。

第三年,即元和元年(1615)五月,大阪城陷落。

此事发生的前一刻,古田织部正在京都被拘禁。

善十不了解怎么回事,但随着他的调查,明白了原来织部正私下与大阪方串通。

他密谋在大阪夏之阵时，等家康和秀忠出了京都城去大阪后，袭击并占领京都二条城，在各处街道上纵火，携天子前往叡山，与大阪呼应夹击东军。这个"阴谋"对于区区一万石的大名来说也太大胆了。

真的吗？

善十有些怀疑。对于茶人来说真是可怕的计划，而且正因为是茶人，计划也太漏洞百出了。

简直就是狂妄。

在德川家谋反，连肥后国的加藤、安艺国的福岛这些受已故太阁之恩惠的大大名都难以做到。

为何名不见经传的小大名想要单独做这样的事？

织部正想拉女婿铃木左马助入伙，左马助的家臣某某因为此事在京都杀人，被所司代逮捕拷问，意外地暴露了以上阴谋。

铃木左马助被斩首。

其子惣内以及一族的其余二十多人都被处刑。

善十对此毫不知情。

太可惜了。

他想。他觉得如果织部正把举兵的计划告诉自己，自己多少有些排兵布阵的本领，纵然失败也不至于如此狼狈。

果然是茶人。思虑琐碎，令人难以理解，在关键问题上漏洞百出。

然而织部正以茶人的思维巧妙地留了一手。他在处刑前逃走了。

作为古田织部正被幕府直属的武将鸟居土佐守成次带走,元和元年六月十一日堂堂正正切腹自杀的其实是善十。善十与织部正长得非常相似。

把善十从竹内岭招揽过来正是织部正周密阴谋的第一步。

织部正亲手打碎了自己的人生。

但又巧妙地做了修补。

之后他流浪至萨摩,据说他的墓碑直到西南战争[①]之前还存在。

[①] 1887年,鹿儿岛的士族拥立西乡隆盛的反政府叛乱。

军师二人

（一）

"小松山的争夺将决定大阪城的命运。"

这是后藤又兵卫基次的看法，在讨论军事策略时，他拼命地想说服大家。

城里的人甚至给他起了个"小松山大人"的绰号。

"德川方三十万，丰臣方十二万。"又兵卫极力劝说大家，"像往日关原之战那样的野外作战，我们是不可能胜利的，更何况骏河国的大御所①（家康）被称为武家开宗以来野外作战的达人，若要扼住其咽喉，唯有小松山。"

又兵卫用手指敲了敲地图。

那是一座位于大和国境内的平平无奇的小山。地图上的那一块儿因为被又兵卫敲击得太多，已经出现小小的破洞。

又兵卫已经不知道多少次怒吼过"小松山"。必须在小松山集合大军，阻击进攻河内国平野的敌方主力。这样肯定能赢，地形优势有助于我们取得胜利。不过，我方必须做好不断牺牲、不断投入兵力的思想准备。又兵卫又开始劝说：

"必须做好在小松山血流成河的思想准备，这是扭转右大臣家（秀赖）命运的唯一办法。"

---

① 1605年，德川家康把将军之位让给秀忠之后，被称为"大御所"，1607年开始居住在骏河国骏府。

又兵卫苦口婆心地强调历史的走向如何将由这座充其量高不足百米的小山决定。

——那么，这个计划怎么样呢？

丰臣家的政治家们互相看了一眼。

坐在首座的是家老大野治长，然后是大野道犬、渡边内藏允、贴身侍者的领头人细川赖范、同森元隆、贴身侍者铃木正祥、平井保能、平井保延、浅井长房、三浦义世……他们要么是城内后宫中作威作福的女官之子，要么跟这些女官有亲属关系，因此滥用"谱代"的权威，看不起后藤又兵卫、真田幸村、毛利胜永、长曾我部盛亲、明石全登等曾经做过流浪武士的大将。这群人在某种程度上已经跟公卿阶层一样，仅仅从绘卷故事中了解了一些关于战争的事情。

他们都对又兵卫的提案面露难色。

"小松山。"

他们第一次听说丰臣家的封地（摄津、河内、和泉三领国，共六十五万余石）上有这样一座山。从地图上看，它距离大阪的本丸城有五里，简直远得离谱。

丰臣家的军事会议，在大阪城中被尊称为母上大人的淀君一直都参与。她害怕二十三岁的儿子秀赖太过轻率，被那些曾是流浪武士的部将的花言巧语鼓动，将自己置身于危险的战场上，她的目的就是监视这一点。

谱代的政治家们每次都是看母上大人的脸色进行军事讨论。

又兵卫盯着秀赖说："在下惶恐，如果您的千成葫芦的马印能出现在小松山，全军会士气高涨，士卒会在您面前抢着建功立业，不怕死地向前冲，这样的话我们就更加稳操胜券了。"

秀赖沉默不语。

"您跟我们一起去吧。"

"……"

秀赖身材高大，身高有六尺，皮肤白皙。他秀丽的容貌不像亡父秀吉，而是遗传了具有织田和浅井两家血统的母亲。秀赖出生后就由侍女抚养，直到现在洗澡时也不会自己擦拭身体。出城的经历唯有一次，即年少时到城下町的住吉海岸边捡过贝壳。秀赖天生或许有些聪明，但已经被母上大人盲目的溺爱完全埋没。他现在拥有的能力仅仅是跟女子生育子嗣而已。

秀赖像征求意见似的看着衣着华丽、身材发福的母上大人。

母上大人嘴唇微张。据说她以前是倾国倾城的美人，但现在已发福变丑。她绷着脸开口说：

"修理大人①。"

她叫了谱代中的第一人大野治长。母上大人从未直接跟那些做过流浪武士的部将说过话。虽然她并不认为他们跟乞丐一样,但是很明显地把家臣区分为谱代、流浪武士两类。她似乎深信这对维持城内的秩序至关重要。

"右大臣家不可出马。而且关于小松山的事情还需要多次讨论。"

在座的谱代们都松了一口气。距大阪城五里实在是太远了。为什么必须要离开这石筑的围墙,以身犯险呢?这可是被称为古今无双的大阪城。

但是城池的战事工程实际上已经没什么防御力了。

去年冬之阵讲和后,受家康的欺骗,壕沟被填埋。城池看起来构造宏大,事实上已经防御力减半,缺乏战事工程。

但是,仍然有城池。

城池是谱代们的信仰。为什么非要舍弃这座城去五里外的小松山呢?五里太远了。

当时关东的统帅家康已七十五岁,他已经跨越八十里的山河从退居二线后居住的骏府来到京都(元和元年四月十八日)。

---

① 大野治长通称大野修理、大野修理亮或者大野修理大夫。

（二）

整个四月，大阪城都在进行军事讨论。

真田幸村曾经提出主动出击的策略，即袭击出兵京都以及近江国濑田的东军主力。但这一想法被大野治长、治房兄弟否定。

不可主动出击的论调是大野兄弟信赖的小幡勘兵卫景宪提出的。景宪是家康的间谍。他原本是德川家赫赫有名的旗本，故意成为流浪武士，进入大阪城。

——他声称：家康的战术习惯我全都知道。

因此获得重用。作为间谍，家康交给景宪的任务就是绝对不能让大阪方出城作战。景宪列举古今的例子，说明固守城池的好处。

——一旦出了城，必然会败亡。

在他的努力下，这种恐惧已经渗透到谱代众的头脑中。自然，在他们看来，又兵卫的城外五里决战的思想"简直太符合无法糊口的流浪武士的想法了，这就是自暴自弃之策"（谱代之将渡边内藏允）。

虽说如此，这并不意味着又兵卫在城内受到轻视。决战用的兵力共有七个军团，又兵卫被选为其中一个兵团的大将，又一直参加大野治长主持的最高作战会议。

而且，城内无论谱代还是流浪武士，在中下级武士中，他具有极高的人气。

长泽九郎兵卫是谱代中的一位年轻人，被派给又兵卫做贴身侍者。这位年轻人把又兵卫基次当做神一样尊敬，后来写下了《长泽见闻》一书。书中写道：

"基次大人某次沐浴时想着需要互相搓背，于是与朋友一起。大人身体健壮，看起来完全不像五十六岁。最令人吃惊的是他满身都是刀伤、箭伤以及长枪刺的伤口和火绳枪子弹的伤口。大人说要数一数，于是和朋友饶有兴致地数起来，竟多达五十三处。

"——这就是我的一生啊。

"大人笑着说。随着他爽朗的笑声，那些旧伤口仿佛一个一个动了起来，变得奇怪又滑稽，让人有种武神转世的奇妙感觉，我不由得感动落泪。"

在大阪城里，那些伤口是会说话的。

那一处一处的伤口诉说着一个无可辩驳的事实，那就是他曾经历经千军万马。

他并不是母上大人等厌恶的轻率无礼、放荡不羁的流浪武士。他注重礼仪，言行甚至比丰衣足食的谱代们更有风度。

他经常说：

"兵法是圣贤之法。平时的举止都要符合礼仪。身为大将，要节制欲望，常怀慈悲之心，决不可懈怠作为武士的职责。一旦有事，最重要的就是临危不乱，迅速调派人手、摆好阵形。"

他曾经做过黑田家的武士大将，但是与主君长政性格不合，因为一些琐事争吵后，舍弃一万六千石的厚禄做了流浪武士，最终沦落到在京都乞讨的境地。尽管一生跌宕起伏，但他始终带着同样的微笑面对部下。

去年，即庆长十九年秋，丰臣家招募流浪武士，他进入大阪城奉职。

跟他一起入城奉职的长曾我部盛亲、真田幸村虽然是流浪武士，但之前都是大名或者大名之子，听说他们入职，前来追随的旧臣有成百上千，不像又兵卫是孤身一人入城。丰臣家姑且拨给他两千人，让他成为一队士兵的大将。他对这些士兵进行了独特的训练，很快，士兵们被培养得就像已经侍奉百年的谱代家臣一样。

城中的军队，一看就知道哪个是后藤队。于是其他队从队伍的编制到佩刀的长短都开始模仿后藤队。因此，他在大阪城还是很有人气的。

唯有"小松山"一事令他头疼不已。谱代众们甘于坚守城池，害怕他提出的长驱迎击之策。

在最后的军事会议上，他仍然力主迎击之策，但是主持会议的治长制止了他的发言。

"又兵卫大人，这可是在主公面前。"

"左卫门佐大人，你来说吧。"

治长催促真田幸村发言。

幸村是信浓国名将真田昌幸之子，实战经验只有两次。一次是十六岁时在信浓国上田城与父亲昌幸一起跟家康的派遣军作战，还有一次是二十几岁时参加关原之战的前哨战——上田城攻防战，与父亲一起击退了德川军。

但是他天生擅长谋略。而且，关原之战后他与父亲一起剃发，隐居高野山岭的九度山十几年，其间阅读中日两国的兵法书，吸收了父亲所有的军事知识。可以说又兵卫是在战场上学到的兵法，幸村则是在书斋中学到的。

前述长泽九郎兵卫的见闻录中写道：

"真田左卫门佐看起来四十四五岁。额头上有二三寸长的伤痕，个头较矮。"

根据这段描述，可以想象他是个身材矮小、身形偏瘦但眼眸深沉的人。

冬之阵之前，幸村入城时，城下町中甚至有人喊着"真田大人来帮我们了"，兴奋地煮红小豆糯米饭庆祝。其父昌幸作为传说中的名将，其神谋鬼策在武士和平民之间广泛流传。幸村是昌幸之子，据说其谋略更在父亲之上。

连秀赖都很高兴，让家老治长到平野口迎接，派贴身侍者的首领速见甲斐守为正使拜访他在城下町的住所，当场赏赐他黄金二百块儿、白银三十贯。

入城后不久，他跟又兵卫之间就起了争执。

这里再强调一下，当时是大阪冬之阵以前，大阪城内外的壕沟还没有填埋，城池的结构与太阁当初筑城时一样。

"真不愧是太阁的手笔！"

幸村巡检城内后感叹。不过他还是发现了一处重大缺陷。

城南玉造口的防御格外薄弱。已故太阁似乎没有发现，但幸村根据大阪的地势、道路推测攻城军的主力会集中在城南，因此考虑建造第二重防御要塞。

也就是建造从城内向城外延伸的城郭。幸运的是，壕沟外有一处丘陵。早在刚入城时幸村就已开始谋划，这就是后来著名的真田丸城郭的构想。

优秀的将才的着眼点总是出奇地一致。事实上，又兵卫在几天前已经注意到这处缺陷，也实地勘察了那处丘陵，决定建造城外要塞，并画好了设计图，筹措了购买木材的费用以及工人的工钱。

幸村也募集了工匠，准备了木材，某天亲临现场一看，意外地发现堆积了很多没见过的木材。

"你去查一下是谁让堆积的？"

真田家谱代的家臣海野某某经过打听得知工程的负责人是后藤又兵卫。

"后藤？"

幸村当时对又兵卫的才能并不买账。他虽然没有太多野外作战的经验，但在固守城池的战争上，曾在信浓国上田城与父亲一起经历了古今少有的战事，在这一点上，他非常自负。秉着又兵卫算什么的想法，他下令：

"把那些挪走！"

又兵卫的施工小屋被拆毁，木材被运到远处。

之后，又兵卫到现场后大吃一惊，询问是谁干的。

工人回答："是真田大人。"

他撂下一句"这家伙"就走了。

这件事在城里被夸大宣传，说后藤大人和真田大人争吵激烈，甚至还有传言说后藤大人都快冲到真田大人的阵营了，说如果真田那么在意那句"这家伙"，两人大战一场也行。

大阪城内有十几万人，其中女子有一万人，士卒中的大部分都是乌合之众，其中还有不少关东方的间谍。这座城池真是滋生无稽之谈的绝好温床。

大野治长听闻后很是吃惊。

虽然吃惊，但这位女官之子（大藏卿局之子）却不知该如何裁决。

其间甚至还传出了"真田大人有谋反之心"的谣言。幸村的亲兄长真田信幸是信浓国上田城俸禄十一万五千石的领主，现在已作为德川方的大名加入了西上的军队阵营。据说幸村是为了与兄长私通才特意在城外建筑新要塞。

这一流言让治长决心裁决此事。他悄悄叫来后藤又兵卫。

又兵卫以为是要询问自己军事上的意见，来到二之丸城郭的大野邸宅后。

"我要说的不是别的，而是这件事。"

治长一脸严肃地说明了最近的传言。治长年四十余岁，虽然平庸，但到底是女官之子，在这种人事问题上颇有热情却又优柔寡断。

"你觉得如何？"

他歪头思考，左眼微微斜视。

又兵卫觉得这简直太荒唐了。

"自古以来城池大多不是被外敌攻陷，而是因为内斗衰败。真田大人本就是名家之后，非利益可动摇。而且年过四十人品越来越有魅力,足见其胸襟坦荡。城内的无稽之谈在下早有耳闻,仅以一笑置之。恐怕正是因为那些流言,真田大人不敢在城内布防,他准备置身城外,建筑小小的要塞,以一己之身阻挡敌人的进攻。那么在下现在决定停止关于职权范围的争执,把那一角让给真田大人。如果后藤主动让出,谣言就会消失吧。"

真田丸城郭的兴建得到大家的认可。

幸村从传言中听闻又兵卫为自己斡旋一事,却并未登门致谢。

又兵卫的幕僚们说:

"按照人情世故他应该登门致谢才对。"

又兵卫笑了,"我出身于播磨国的乡士之家,且年幼丧父,自幼就在人情世故的锤打中成长,自然更容易感受到人的情义,也更明白人心表里难测。但出身高贵的人并非如此,他们认为别人就应该为自己尽力。真田大人生来就是如此幸福,你们不必放在心上。"

真田丸在十一月中旬竣工,工期一个多月。又兵卫与其他诸将一起受邀参观。

城郭四四方方,长宽各有百间,占地面积为一万坪①。周围设有栅栏,栅栏外面挖得有壕沟,壕沟中又设了一层栅

---

① 一坪约为3.306平方米。

栏，栅栏每隔一间的距离开有六个射击孔，瞭望楼之间都设有侦察口，无数武士穿行于侦察口之间，便于联络。

如此精巧的城郭居然一个多月就能建成，又兵卫不仅惊讶于幸村的指挥能力，而且对城郭的独创性防御工事刮目相看。

这家伙有点儿本事。

从此时开始，他对幸村有了敬畏之心。

我当与此人好好合作。

虽然这样想，但是一旦涉及战事，又兵卫又有着强烈的自负。他认为虽然幸村很有才能，但他仅仅擅长真田家家传的固守城池的防卫战，无法担当野外作战时指挥数万大军进退的重任。

真田丸竣工后不久，在城外的天满地区举行了集合十余万士兵的阅兵仪式，由后藤又兵卫担当总指挥。这引起了真田家的谱代家臣的不满。

——虽然他曾在黑田家食万石俸禄，但终究是一介陪臣，没有官位。居然让我家主君听从他的指挥，这是什么道理？

长曾我部盛亲原本是土佐国的领主，因此其家臣对此也同样不满。谣言真是越传越离谱的东西，这话传到又兵卫的耳朵里变成了"真田大人对此不满"。

"不必理会。"

又兵卫训诫自己的幕僚。但是，他并不太喜欢幸村，不像后世偏袒幸村的那些人那样。这当然也是人之常情。

冬之阵在讲和中结束。因为家康的奸计，大阪城中的壕沟被填埋，就像壳儿被敲碎的海螺一样，成了一座没有防御能力的城池。

"小松山"一事发生在大阪夏之阵以前。

三

夏之阵前夜的军事会议几乎持续到开战前一刻，而且战略方针还没有定论。

"真田大人觉得如何？"

大野治长开口询问的时候会议已接近尾声。

当时关于军事策略问题，意见分成了两派。谱代的诸将几乎都主张坚守城池。

曾经是流浪武士的诸将全部主张城外决战。在这一点上幸村和又兵卫是一致的。

只是决战场地定在哪里，他们是有分歧的。

又兵卫主张定在城外五里的小松山周围，而幸村选择了距离本丸城南边一里之外的四天王寺周边。

"不可以。"

又兵卫表示反对。虽然四天王寺距离比较近,方便从本丸城输送预备军队,但是作为战场,地势太开阔,大阪方的兵力不及东军的三分之一,恐怕会被东军的洪流吞没。

对此,幸村表示:

"相比地势开阔的劣势,四天王寺的围墙和伽蓝将会成为绝好的出城①。"

哪怕是在野外作战,幸村这位战略家也在考虑城池的运用。每位武将都有自己的战术习惯。幸村习惯考虑城池的运用,这是真田家代代相传的技能,既是他的长处,同时也是他的局限性。

"而且,"幸村继续说,"大阪城与四天王寺同位于上町台(现在大阪市中央区)的高地,两者相距约一里,只要诚心请求,将军(秀赖)的出马也不是不可能。"

如果五里远的距离母上大人不允许,那么距离城门只有一里远的话,秀赖应该能出马。这也是幸村的考虑之一。

如果出马的话士气将会大振。

又兵卫也有同样的考虑。但是为什么五里远就不能出马呢?

---

① "出城"是指建于本城周边的城寨。

"小松山上扬起千成葫芦的马印"是又兵卫脑海中描绘的理想决战场景。秀赖的父亲已故太阁从年轻时就经常身先士卒,即使在称霸日本的中心地区后,征伐小田原、奥州、四国、九州等地时,其马印也经常与士兵们在一起。到了第二代这里,仿佛连出城一步都觉得害怕。

幸村和我又兵卫应该都是百年难得一见的优秀军师,但我们在制订战略计划的时候却不得不首先考虑将军能否出马,距离城池多近将军才能出马的问题。

这就是这座城池的宿命。

索性在将军不出马的基础上制订作战计划可能更合适。

这样的话,必须长驱直入占据小松山。

"修理(治长)大人。"

又兵卫仍然不放弃自己的战术,展开了为此次会议特意让画师绘制的宏图。

山河、村落、道路都被按照现实中的实际色彩涂色,只看一眼便仿佛从云端俯瞰了摄津、河内两国的风景。

"嚆!"

在座之人皆惊叹又兵卫的精心准备。

"这里有连绵的山脉。"

又兵卫的手指将南北的山脉连成一线。由北向南依次有生驹、信贵、二上、葛城、金刚等山峰,这些山脉像屏风一样耸立于天际,将大和国与河内国分割开。

"敌军的主力从大和国过来。"

他们当然不得不翻越这座屏风。有几处山岭可以翻越,但是能够容得下大军通过的山谷只有一处。

大和川流经这个山谷,因此敌人肯定会沿着大和川而来。这条通道叫做"国分岭"。

"国分"是这个山谷靠河内国一侧的村落的名字,上代时期曾被设为河内国的国府①。

"原来如此。"

不知是谁表达了敬佩之意。在这群山环绕的窄路上,大军也得像丝线一样排成细细的一列才能通过。

"可以俯瞰这条窄路的高地就是小松山。在小松山集结我军主力,可以一一击溃排成细长一列行进的东军。如果让他们进入河内国、摄津国的大平原,那我方会寡不敌众。"又兵卫抬起头接着说,"必败无疑。"

"不一定会败。"幸村说。

"而且我们不知道敌人是不是一定会从国分岭过来。如果他们翻越北方的生驹山,从那里入侵,把主力放在小松山显然是无用之举。与其这么冒险,不如把主力放在距离城池

---

① 日本古代令制国的行政机关称"国衙"或"国厅",国衙所在地的都市称"国府"或"府中"。

很近的四天王寺周围,这样的话无论敌人从哪个方向来,我们都可以在城池附近自由地调动军队,这才是战争的常规做法。"

治长的脑袋一片混乱。他虽然多少有些政治才能,却没有军事才能。这个时候,这位平庸的政治家思考的只有一件事。

比起谁的战略更好,他思考的却是如何安抚两位天才。一分为二,看来只有折中妥协的办法了。

"那么,这样二位觉得如何?"

他带着讨好的眼神分别看了看幸村和又兵卫。

"您说的办法是?"

"我觉得这是个很妙的办法哟!"

治长两手握拳,右手的拳头放在地图上的小松山处,"这里交给又兵卫大人,没问题吧?"

然后又把左手的拳头放在四天王寺,"这里交给左卫门佐大人。"

他把主决战场设想为两处,把原本就不多的兵力一分为二,分别交给两位将领指挥。这样的话两人都满意了吧?

"不愧是修理大人!"母上大人说,"真是个绝妙的办法!就这么做吧。右大臣大人觉得如何?"

"这个主意太好了!"

秀赖的声音异常地尖锐。他不会控制自己的声音。

"感谢您的认可。"

治长得意地看了看两位将领。

幸村和又兵卫茫然不知所措。这个折中的办法两人都不满意，反而凸显了他们战术的缺点。

小松山五万。

天王寺口五万。

以此来对抗东军三十万的大军。把原本就不多的兵力分散，这是兵法上比较基础的禁忌，会导致被各个击破的后果。

军事策略讨论就此结束。七位大将一起归营。其中曾经担任过宇喜多家的家老的明石扫部全登与阵营位于八町目口的长曾我部盛亲并肩同行，全登每走几步就发出绝望的笑声。

——简直太荒唐了！

这位信仰基督教、生性勇猛的老人发出感慨。

这位基督徒老人笑的是"城内有后藤、真田两位百年难得一见的军事家，随便将指挥权交给其中一人，采用其中一人的策略，击溃东军并非不可能之事。然而，统率全城、身居高位的是母上大人和这位母上大人的乳母（大藏卿局）之子治长。后藤、真田两位军事家据理力争讨论的结果居然是农民起义军都不会采用的愚蠢至极、毫不专业的战略"。

很快,军队有了新编制。

第一军,六千四百人,后藤又兵卫统领(薄田兼相、明石全登、山川贤信、井上定利、北川宣胜、山本公雄、槇岛重利、小仓行春)。

第二军,一万二千人,真田幸村统领(毛利胜永、福岛正守、福岛正纲、渡边纠、大谷吉胤、长冈兴秋、宫田时定、军监①伊木远雄)。

但是,无论第一军还是第二军,秀赖对于后藤或真田都并未给予绝对的指挥权,所属的部将最多就是"协助",也就是在军事讨论会议上组成的联合军。

幸村的第二军在四天王寺安营扎寨,又兵卫的第一军由此又向前行军一里十町,在平野的村落扎营。这些军事布局于元和元年五月一日完成,当时距离决战只剩数日。

(四)

此时家康在京都的二条城。

五月五日从二条城进发,当天夜晚到达河内国的星田

---

① "军监"是律令制下的军队中,次于大将、副将的三等官职。

（现在的大阪府寝屋川市），在那里他收到了间谍送来的情报。

那位间谍名叫朝比奈兵左卫门，是以前京都所司代板仓胜重安排的，目前是大阪方的部将樋口雅兼的部下。

根据该间谍的情报，后藤又兵卫准备在国分岭发起攻击。

家康决定从主力部队中拨出三万四千人应对后藤，并定下了进攻时的排兵布阵和行军序列。

第一军　水野日向守胜成　四千人
第二军　本多美浓守忠政　五千人
第三军　松平下总守忠明　四千人
第四军　伊达陆奥守政宗　一万人
第五军　松平上总介忠辉　一万八百人

被破格提拔为先锋队总指挥的水野胜成原本只是三河国刈屋城俸禄仅仅三万石的小大名，但在家康的谱代中以善战闻名。家康给他分配了谱代、外样等诸大名，并授予他绝对的指挥权。

"诸将中若有人侮辱你出身低微，不听军令，决不可姑息，就地正法即可。"

后藤、真田不过相当于联合部队的议长,手中的指挥权并不具有绝对的权威。相比之下,水野胜成真是位幸运的指挥官。

水野胜成在奈良与家康分配给他的诸将(堀丹后守直寄兄弟、丹羽式部少辅氏信、松仓丰后守重政、奥田三郎右卫门忠次、别所孙次郎、军监中山勘解由照守、村濑左马助重治)召开了军事会议。

当时,真田幸村正在四天王寺的正殿听相继回来的侦察兵的报告,他发现侦察兵们的情报逐渐趋于一致。大和国的东军的大部队正频繁地向西,朝着国分岭行进。

"又兵卫的预测是对的。"

幸村是一位很有实力的干将,所以并没有心存芥蒂,反而很愉快地想。

但是幸村也知道后方的城中传开了对又兵卫不利的谣言。

——难道后藤大人私通东军?

母上大人的贴身侍者们说。

无风不起浪。原来前几天的一个晚上,京都相国寺本山的僧侣杨西堂来到平野,进入又兵卫的营寨,自称是家康的密使。杨西堂说:"大御所大人让我向您传达,如果您肯倒戈关东,就把您出生的播磨国赐给您做封地,俸禄五十万石。"

又兵卫当然严厉拒绝了。但是说了肯花如此大的价钱来买在下的武艺是武士的荣耀,请酌情向家康大人传达之类的话,并且有礼貌地送回使者。

因此谣言四起。幸村听说这些恶评让又兵卫非常绝望。

那个男人不会是打算早早战死吧?

不可。幸村认为针对东军进军国分岭的动向,必须重新制定战术。

为了跟又兵卫商讨战略,幸村于五月五日夜晚,与毛利丰前守胜永一起策马来到平野的后藤阵营。幸村到达四天王寺是在五月一日,这期间有几天宝贵的时间,他却在四天王寺的阵营中无所事事。现在终于开始行动,因为他已认可又兵卫的作战计划。

三位将领在平野的最前线商讨战略,他们在战术上都是慧眼如炬、头脑清晰,一见面就得出了结论。

按照又兵卫的原计划。

——今晚第一军先出发。第二军随后。

——在道明寺集结全军。

——趁天黑翻过国分岭,占据小松山击溃敌人的先锋队,然后找准时机全军攻入家康、秀忠的阵营。

"非常感谢。"

又兵卫说。数日不见，又兵卫苍老了许多。幸村自庆长十九年秋第一次见到又兵卫以来，从未见他如此怯弱。

"无需道谢。"

幸村特意大声笑着说。对于又兵卫来说，大野治长的折中方案被放弃，但如果幸村固执己见，极有可能把又兵卫拖进天王寺口的决战中，但他放弃了自己的主张，愿意遵从又兵卫的战略，因此表示感谢。

幸村和胜永要准备出发，于是匆忙告辞了。

又兵卫立即整军出发了。为了在道明寺附近与幸村等的后续部队会合，他特意放慢了行军速度。

奈良街道很窄，二千八百人马排成两列，手中拿着松明，缓缓向东行进。

天上原本星光闪耀，但随着夜深开始逐渐消失在漆黑的天幕中。原来是起雾了。这将对又兵卫的人生产生怎样的影响，现在他自己也没有意识到。雾越来越浓。

五

东军的先锋大将水野胜成已经向着国分岭进发。

河内国平野隐没在黑暗中。

"起雾了呀。"

五十二岁的胜成小声说。幼年时期,他的乳名叫国松,从那时起他就跟随家康,连自己也数不清曾有多少次踏上战场。正因如此,他很清楚浓雾之日打仗多有无妄之灾。

这时侦察兵回来报告:"从平野到藤井寺,约有一里半的街道能看到松明在移动。"

如果夜晚没有雾,从水野胜成站的台地就能清楚地看到那些火把。但是在这种情况下是看不到的。

胜成从堀队、丹羽队中选出少数火绳枪手,命他们朝着火把的方向进发,并且让他们每个人都拿着松明。

随行的诸将嘲笑道:"日向(胜成)并不像传闻中那么厉害嘛。夜晚搞偷袭还拿着松明,没见过这么蠢的。"

可是有浓雾,没有松明寸步难行。

又兵卫行军至藤井寺,下令全军停下。当时是寅时(凌晨四点),天还未亮。

又兵卫对幕僚说:"在这里等真田大人。"全军一起熄灭了松明。

周围一片漆黑。

因为后藤队熄灭了松明,胜成命令先行的火绳枪小队失去了方向。

又兵卫在等待。

但真田队没有出现的迹象。

不好。

随着时间推移，天将放亮。到时在一马平川、地势开阔的河内国平野蠢动二千余人的小部队恐怕会被东军的数万大军吞没。

"向道明寺前进！"

他们再次出发。道明寺是与真田军约定好的会合地点。按照计划天亮前应该在此集合，天亮时发起攻击。但是，如果真田军不来……

只能孤军奋战。

这正是又兵卫担心的。

不久，他们到达了对面二十町开外的道明寺。

然而，真田军还没来。遣侦察兵去后方查看，报告说数里以外没见到一兵一卒。

幕僚中有人说："我们被骗了。"

家康通过东军中真田的兄长，频繁派人来诱降真田幸村。此事人人皆知。幸村难道不是为了扰乱作战故意来晚的吗？

但是，即便到了如此境地，又兵卫也不是那种随意猜忌的轻率之人。

他是位有实力的干将。

他是位实力干将,但也正因为是实力干将,所以即便在紧急关头赞同了后藤的原计划,然而毕竟是遵从别人的方案,幸村不会竭尽全力。这种想法自然会体现在行军速度上。

这是人之常情。

连又兵卫都这么想。然而事实真相其实很简单,就是因为浓雾。五月六日的浓雾让人犹如在漆黑的锅底游泳,真田军的一万二千士兵从四天王寺出发,拼命地向东追赶后藤队,但是在浓雾中只能无力地挣扎。

幸村是位冷静的男子,但这时也极为罕见地高声呵斥部队:

"去晚了又兵卫就死了!"

但是在浓雾中他们无计可施。

不久,又兵卫的悲剧就开始了。在道明寺等待期间,东方渐白,天色渐明。

按照原计划,到达这里的时候应该是夜间,大剧的帷幕应该还没拉开。

但事实上,帷幕已经拉开。

他们却还没做好上演大剧的准备。在河内国平野的广阔舞台上,二千余名士兵站在浓雾中。这场雾在夜间会带来不祥,在白天却是再好不过。因为浓雾,东军看不到后藤队之所在。

"今日就让我们轰轰烈烈战死沙场!"

又兵卫下达命令,在石川河的西岸插上旌旗开始布阵。只要越过石川河的浅滩,对面就是小松山。

应该抢占先机。

因为浓雾,看不见对面的敌人。为了探明敌人的布阵、人数,又兵卫组织了一小队火绳枪手先行前往小松山,去做"试探射击"。所谓"试探射击"是指向人数不明的敌阵射击,根据对方回击的声音和位置来判断敌人的大致情况。

很快,又兵卫通过浓雾中回响的枪声知道了敌人的情况。

连夜以来他第一次笑了,"小松山没有敌军。"

忽略了这座山的重要性是东军水野胜成的疏漏。水野麾下的诸将在小松山以外的其他地方,各随其好地摆着阵形,消除连夜行军的疲劳。

又兵卫撤了石川河的阵营,命令全军渡过浅滩,全速前进占领了小松山,居高临下俯瞰敌军。

随着太阳升起,雾开始消散。山脚下的东军惊慌不已,因为一抬头就透过雾的间隙看到山上飘扬着无数旌旗。

"准备迎敌!"

水野胜成下令。其实不等他下令,麾下诸将为了争夺功劳已经做好了准备。常言道大军无战略。在双方人数对比悬殊的情况下，人数少的一方才需要战术的变换，人数多的一方只要一拥而上即可。

首先，先锋的松仓重政队、奥田忠次队从山的正面进攻。

后藤队的山田外记、片山助兵卫队轻松自如地击溃了蜂拥而上的东军，取了敌军部将奥田忠次的首级，其余白白殒命、献上首级的东军武士中有一定名气的如下：

高畑九郎次郎、今高惣右卫门、井关久兵卫、冈本加助、神子田四郎兵卫、井上四郎兵卫、下野道仁、阿波仁兵卫。

东军的先锋溃败，后来成为岛原藩主的松仓重政像滚下悬崖一样撤退了。

山顶的又兵卫立刻吹响螺号，令山田、片山两队极速前往国分岭的窄路追击撤退的敌人。

那里有水野胜成的大本营。

胜成慌了。猛冲而来的后藤队虽然只有二三百人，但每个都抱着必死的决心。而且路很窄，南边是山腰，北边是大和川的悬崖，无法全军发动总攻，双方只能排成一列，一一对战。

更何况上方还有又兵卫。

又兵卫的螺号、钲鼓、大鼓的声音不断地在上方响起。

但是又兵卫的先锋队逐渐露出疲惫之色。

胜成不断派出生力军,反而逆袭开始逼退后藤队。山上的又兵卫立刻派出中锋换下先锋队,再次将东军逼退数町。

"真田还不来吗?"

这时的又兵卫明知道抱怨无用,却不由得大声疾呼。

此时如果有真田军的一万二千人作为后援,在这条窄路上不断地投入预备军替换疲劳的士兵,再加上在山上摆好充足的火绳枪阵向敌人射击,东军必败无疑。

然而,在山上坐着折凳的又兵卫的表情却意外地明朗。

"我的预测是对的。"

一切都跟计划一样。如果按照计划真田军如约而来,在现实上能够取得战争的胜利,在战术上也能证明自己的正确性。

算了,就这样吧。

反正丰臣家要灭亡了。又兵卫和他手下的流浪武士们只需在这里壮烈地结束一生,不负武士之名即可。

时间一点一点推移。

又兵卫手下的士兵们已精疲力尽,却仍然在混战中井然有序地奔驰。

然而东军不只水野的第一军,还有第二军,即本多忠政率领的五千人，以及第四军，伊达政宗率领的一万人正赶往战场。

又兵卫看时机差不多了，扔掉折凳站了起来，仅仅带领了三十名直属的亲兵组成一队冲下来，就在他握紧缰绳准备跳到路上的瞬间，被枪弹射中胸部。

但他并未从马上滚落。

他伏在鞍上缓缓回头看着惊慌失措、驰骋而来的亲兵金马平右卫门说："平右，取下我的首级，别让我落入敌手。"

说完倒在鞍上，气绝身亡。

又兵卫一直等待的真田幸村的第二军于正午前终于到达了藤井寺村，比预定时间晚了七个小时。半夜丑时从天王寺口出发，其行军速度是将近三小时一里。幸村是位以神速的行动力著称的武将，此次的延迟太令人意外，恐怕不全是因为浓雾的原因。

虽然幸村与又兵卫做了约定，但恐怕中途反悔了，还是想保存兵力。真田军的一万两千人是大阪城中最大的一支游击军队。如果按照后藤的计划，白白地损耗在国分岭的窄路口，幸村本人就失去了轰轰烈烈葬身的地方。

就让又兵卫在他的葬身之地牺牲吧。

幸村肯定这样想。这并非不近人情，而是认为又兵卫这位军事家应该在适合他的、他自己也满意的战场上死去，自己这位军事家也想死在能够证明自己战略正确性的场所。

他肯定是这么想的。

幸村好不容易到达藤井寺村,却仅仅与东军发生小规模冲突后就撤退,第二天,即五月七日,在能够证明他的战略最为妥当的主决战场——四天王寺的台地上,与东军的十八万大军交战,屡次击溃敌军,甚至有一次冲进了家康的大本营,创下了堪称以少战多的野外作战的最理想战绩。午后,他从四天王寺的西门向东撤退,在安居天神境内,被越前国的士兵西尾仁左卫门砍下首级。

此后第二天大阪城陷落。

秀赖始终未出城。

译后记

司马辽太郎是日本著名的现代作家，《坂上之云》《龙马奔走》等长篇历史小说在中国也很受欢迎，此次有机会翻译他的短篇小说集，我一方面觉得不胜荣幸，一方面又感到任重道远，希望自己的文字能够"信、达、雅"地将司马文学的精彩之处传达给读者，不负原作之妙笔。

此次翻译的小说集《军师二人》共有8篇短篇，每个故事都精彩绝妙。《杂贺的船形火绳枪战车》塑造了枪法精妙的杂贺市兵卫，但市兵卫并非被神化的英雄，反而充满了普通人的烟火气。作品一开篇就提及市兵卫对石山本愿寺的保卫战感到厌倦，因为这场战争既无法挣得金钱又无法赢得荣耀，唯一的回报就是死后往生极乐净土，然而市兵卫并非虔诚的信仰者，他的愿望是赚钱娶妻生子。后来市兵卫如愿离开本愿寺来到三木城，被城主夫妇的容颜以及人格魅力折服，发誓要为他们而死，答应制造自杀式袭击的武器——船形火绳枪战车，但一番挣扎后，他最终没有坐上战车，而是选择保存性命回到家乡。市兵卫身上体现了芸芸众生的烟火气和对生的渴望，比起被神化的英雄人物，这样的普通人更加真实。在烽烟四起的战国时期，众生都逃不过被时代的浪潮翻弄的命运，像市兵卫这样能够自己做选择的已是非常幸运，更多的人只能在时代的浪潮中接受命运的安排，比如《侍妾保卫战》中的佐野纲正、《招雨的女子》中的稻目左马藏、《武士大将的胸毛》中的渡边勘兵卫、《军师二人》中的后藤又兵卫和真田幸村。佐野纲正出色地完成了几乎不可能完成的任务，却因未能讨得家康侍妾们的欢心，以悲惨的结局收场。稻目左马藏武艺高超，本来已在战场上斩获几人的首级，却因为西军溃败、主君阵亡不得不放弃。渡边勘兵卫擅长领军作战，有勇有谋、有情有义，却始终难遇良主，最终只能归隐山林。后藤又兵卫和真田幸村都是百年难得一见的优秀军师，可惜只能听从不懂军事的政治家之命，最后都战死沙场。司马辽太郎笔下有历史上著名的武将，也有籍籍无名的武士，但作品中始终贯穿着一种宿命感、无力感，有名也好无名也罢，在历史的洪流中不过都是一粒尘埃而已。

历史小说中似乎以男性角色居多，但本短篇集中不乏个性鲜明、鲜活饱满的女性角色，令人印象深刻，例如《贪玩女子物语》中生性贪玩活泼直率的小梅、《招雨的女子》中顽强生存却又执着得令人啼笑皆非的阿难、《一夜官女》中不愿与宠爱妾室的丈夫将就生活勇敢追寻真爱的小若、《武士大将的胸毛》中如孩童般天真可爱却又不得不将爱意隐藏在心底的由纪。乱世中并非没有爱情，只不过爱情是解决生存问题之上的奢侈品，爱而不得才是常态，也正因为如此，它更显得弥足珍贵。《一夜官女》中小若苦苦追寻的岩见重太郎战死之后，作品中有这样一句话："小若在某天早上听说了这个消息，家中院子里的橡树花刚好在前一夜遭遇暴风雨，零落一地。"读来令人唏嘘不已，不禁流泪。

除了主角之外，司马辽太郎笔下还有很多栩栩如生的配角也令人眼前一亮，比如《贪玩女子物语》中心思细腻、体贴下属的秀吉。故事中七藏拼命杀敌挣来的俸禄都被生性贪玩、生活奢侈的妻子小梅挥霍，不能用来扩建邸宅、招揽家臣，引得主君信长不满。七藏被赐给秀吉后，每次立功，秀吉并不增加他的俸禄，而是体贴生活奢华的小梅，直接赏赐大量的金银。武士的俸禄需要用来服务主君，不能随意挥霍，但金银就不同。读了这篇作品，我不禁感叹原来历史上杀伐果断的武将秀吉竟如此贴心周到。还有《一夜官女》中小若的父亲虽然性格倔强，但无论女儿做怎样的决定，选择怎样的人生，他都支持并竭尽所能如她所愿。这位个性鲜明、深爱女儿的父亲的形象让我深受感动。

阅读就像与书中的人物交谈，读司马辽太郎的小说亦是如此，那些我们曾有耳闻的历史人物一个个都变得鲜活立体，仿佛就站在我们面前诉说着世事的沧桑。希望本译文能够不负司马辽太郎之文笔，将他心中勾勒的历史人物的形象展现给大家，如有不当之处，还请各位读者不吝赐教。最后，本书能够出版要特别感谢重庆出版社给我此次宝贵的机会，感谢编辑魏雯女士的辛苦付出，在她细致耐心的审稿、校稿过程中，我也学到很多，在此献上最为诚挚的谢意。

卢俊伟

2023年8月

附录　司马辽太郎年谱

1923年（大正十二年）
8月7日出生于大阪市浪速区西神田町879号,本名福田定一。父亲福田是定为药剂师,母亲直枝出生于奈良县北葛城郡磐城村大字竹内。

1936年（昭和十一年）13岁
修完大阪市立难波盐草普通小学的课程,升入私立学校上宫中学。自初中一年级开始就经常前往位于南区御藏迹町的市立御藏迹图书馆,一直持续至出征时期。

1941年（昭和十六年）18岁
4月,升入国立大阪外国语学校蒙语系。

1943年（昭和十八年）20岁
9月,因学生的缓期征兵制度停止而临时毕业,以学徒身份参军。

1945年（昭和二十年）22岁
8月,日本战败后复员。由于大阪市的家已在战火中焚毁,只能回到母亲的娘家。12月,入职大阪的新世界新闻社,担任社会新闻部的记者,5个月后辞职。

1946年（昭和二十一年）23岁
入职新日本新闻社(京都总社),被分配至京都大学记者俱乐部。

1948年（昭和二十三年） 25岁
2月，因新日本新闻社倒闭而失业。5月，入职产经新闻社(京都分社)，负责大学、宗教方面的新闻。

1950年（昭和二十五年） 27岁
6月，发表《我的一生恰如夜光蝶螺》。11月，发表《国宝学者之死》。

1951年（昭和二十六年） 28岁
6月至9月在《佛教徒杂志》上连载《扬起正法之旗——战国三河门徒物语》。

1952年（昭和二十七年） 29岁
3月，发表《流亡的传道僧》。6月，发表《长安的夕照——父母恩重经物语》。7月，调任至产经新闻社大阪总社地方部。

1953年（昭和二十八年） 30岁
5月，任职文化部负责美术和文学领域。6月，发表《包子传来记》。同年约11月至1955年4月左右署名"风神"在《大阪新闻》文化版执笔《文学地带》《忠臣藏》等专栏。

1955年（昭和三十年） 32岁
9月，以本名福田定一出版《名言随笔工薪族》。

1956年（昭和三十一年） 33岁
5月，以笔名司马辽太郎执笔《波斯国的魔法师》，参加讲谈社的有奖小说征集，获第8届讲谈俱乐部奖。

1957年（昭和三十二年） 34岁
5月，发表《戈壁的匈奴》。9月，发表《井池附近》。12月，发表《兜率天的巡礼》《大阪商人》。

1958年（昭和三十三年）35岁
1月,发表《伊贺源与好色仙人》。4月,发表《大阪丑女传》。4月至次年2月,在《中外日报》上连载《有枭的都城》（后更名为《枭之城》）。7月,发表《猎寻瓷器》《长屋私通》,出版中短篇集《白色欢喜天》。

1959年（昭和三十四年）36岁
1月,与产经新闻文化部记者松见绿结婚。4月,发表《大阪武士》。5月,发表《复仇清算》（后更名为《难波村的复仇》）。7月,发表《审判间谍》。8月,发表《小偷名人》。9月,出版《枭之城》。10月,发表《十日菊》《盗贼、女人与间谍》。12月,从八尾市的父母家搬至大阪市西区西长堀南五丁目的大型公寓（西长堀公寓）。同月发表《名店"法驾笼"与夫人》《雇佣忍者》《好色的神灵》,出版中短篇集《大阪武士》。

1960年（昭和三十五年）37岁
1月,凭借《枭之城》获得第42届直木奖,就任文化部部长。于同月至8月在《周刊公论》上连载《上方武士道》（后更名为《花见花开的上方武士》）。2月,发表《小姐与好斗之人》。3月,发表《外法佛》。同月至次年2月在《周刊产经》上连载《风之武士》。4月,发表《冥加斋的武术》《庄兵卫稻荷》《轩猿》《花妖谭》《大阪巫女町的新娘》。6月,发表《霍然道顿》。7月,发表《最后的伊贺忍者》,同月至8月在《周刊文春》上连载《猪与蔷薇》。8月至次年7月在《讲谈俱乐部》上连载《战云之梦》。10月,发表对谈《〈大阪武士〉发售》、《婚外情》。11月,发表《朱砂盗》《壬生狂言之夜》,出版《猪与蔷薇》《上方武士道》、中短篇集《最后的伊贺忍者》。12月,发表《牛黄加持》。

1961年（昭和三十六年）38岁
1月，发表《八尺鸟》《飞加藤》。3月，任职出版局副局长，从产经新闻社辞职，发表《果心居士的幻术》《杂贺的船形火绳枪战车》。4月，出版中短篇集《果心居士的幻术》。5月，发表《忍者四贯目之死》，出版《风之武士》。6月，发表《可怕的武士》，同月至次年4月，连载《风神之门》。7月，发表《沽名钓誉的团右卫门》《待价而沽物语》。8月，发表《弓张岭的占卜师》，出版《战云之梦》。10月，发表《啊！大炮》《贪玩女子物语》，出版中短篇集《啊！大炮》。11月，发表《岩见重太郎家谱》《伊贺四鬼》，同月至次年1月连载《古寺火灾》。12月，发表《武士大将的胸毛》《招雨的女子》，同月至次年11月连载《魔女的时间》。

1962年（昭和三十七年）39岁
1月，发表《新春漫谈》《京都的剑客》。2月，发表《斩狐》《一夜官女》。3月，发表《大夫殿坂》，出版中短篇集《一夜官女》。4月，发表《真实的官本武藏》《越后之刀》《觉兵卫物语》。5月，发表《螺号与女子》《信九郎物语》，同月至次年12月在《小说中央公论》上连载《新选组血风录》。6月，发表《暗杀冷泉》，同月至1966年5月连载《龙马奔走》。8月，发表《理心流异闻》。9月，发表《花房助兵卫》《奇妙的剑客》，同月至12月连载《剑风百里》，后因杂志停刊未连载完。之后加以修改原定出版，最终未能实现。10月，发表《若江堤之雾》（后更名为《木村重成》)、《我是菩萨化身的神》，出版《古寺火灾》。11月，出版中短篇集《真实的官本武藏》，同月至1964年3月在《周刊文春》上连载《燃烧吧！剑》。12月，出版《风神之门》。

1963年（昭和三十八年）40岁
1月，发表《伊贺忍者》，同月至12月发表《幕末暗杀史》（后更名为《幕末》）。3月，发表《打碎吧！城池》。5月，发表《上总的剑客》。6月，发表《军师二人》《千叶周作》。7月，出版《龙马奔走 立志篇》，同月至次年7月在《周刊读卖》上连载《英勇不屈的孙市》。8月至1966年6月连载《国盗物语》。10月，发表《截断历史》，出版中短篇集《花房助兵卫》，同月至1965年1月发表《功名十字路》，同月至1964年9月连载《大阪物语》。12月，发表《英雄儿郎》，出版中短篇集《幕末》。

1964年（昭和三十九年）41岁
1月，发表《试剑》。2月，发表《庆应长崎事件》《鬼谋之人》，出版《龙马奔走 风云篇》。3月，发表《杀手以藏》，出版《燃烧吧！剑》。4月，发表《五条阵屋》，出版《新选组血风录》。5月，出版《燃烧吧！剑 完结篇》。6月，发表《肥前的妖怪》《侠客万助奇闻》。7月，发表《好斗草云》，同月至1966年8月连载《关原》。10月，发表《如果是真的就太好了》《天明年间的绘师》《爱染明王》。11月，发表《恰好十六岁——近藤勇》《伊达的黑船》，出版《龙马奔走 狂澜篇》。12月，发表与大宅壮一、三岛由纪夫的座谈《失败者复活奥运会》、《醉侯》，出版《英勇不屈的孙市》。

1965年（昭和四十年）42岁
1月至10月连载《北斗之人》，同月至7月发表《窃城物语》《行刺芦雪》。2月，发表《命运飘摇》。3月，发表对谈《电影革命相关的对话》、《加茂之水》，出版中短篇集《醉侯》。4月，发表对谈《开创近代日本的十位宗教人物》。5月，发表《绚烂之犬》，同月至1966年4月连载《俄——浪华游侠传》。6月，发表《仓敷的少爷》，出版《功名十字路 上卷》。7月，出版《功名十字路 下卷》。8月，出版《龙马奔走 怒涛篇》。9月，发表《阿姆斯特朗炮》《王城的护卫者》《侍妾保卫战》，出版《窃城物语》，同月至1966年11月连载《第十一位志士》。11月，出版《国盗物语 第一卷 斋藤道三（前篇）》，同月至1966年4月出版《司马辽太郎选集》。

1966年（昭和四十一年）43岁

1月，出版《国盗物语 第二卷 斋藤道三(后篇)》《北斗之人》。2月至1968年3月，连载《新史太阁记》，同月至1968年4月连载《九郎判官义经》(后更名为《义经》)。3月，出版《国盗物语 第三卷 织田信长(前篇)》。6月，发表《最后的将军——德川庆喜》(即后来的《最后的将军》第一部)，出版《现代文学19 司马辽太郎集》。7月，发表对谈《日本商人》，出版《国盗物语 第四卷 织田信长(后篇)》。8月，出版《龙马奔走 回天篇》。9月，发表对谈《我喜爱的维新人物》、对谈《维新变革的意义》、《权谋之都》(即后来的《最后的将军》第二部)。同月22日至1967年5月连载《夏草赋》。同月至1967年7月连载《丰臣家族》。10月，凭借《龙马奔走》《国盗物语》获第14届菊池宽奖。同月，发表《美浓的流浪武士》，出版《关原 上卷》。11月，出版《关原 中卷》《关原 下卷》，同月17日至1968年5月连载《山岭》，同月至1967年4月出版《司马辽太郎杰作系列》(全七卷 讲谈社)。12月，发表《德川庆喜》(即后来的《最后的将军》第三部)。

1967年（昭和四十二年）44岁

1月，发表对谈《现代与维新的力量》、与远藤周作的对谈《明治百年的诞生》。2月，出版《第十一位志士》。3月，出版《最后的将军——德川庆喜》。4月，发表对谈《吉田松阴与松下村塾》。6月，发表《要塞》(即后来的《殉死》第一部)。同月至1968年4月，连载《妖怪》，同月至10月，连载《日本剑客传——宫本武藏》。8月，发表对谈《幕末漫谈》。9月，发表与水上勉的对谈《旅途故事》、《切腹》(即后来的《殉死》第二部)，出版《彩色版 国民文学26 司马辽太郎》。11月，出版《殉死》。12月，发表《小室某某笔记》，出版《丰臣家族》。

1968年（昭和四十三年）45岁

1月，凭借《殉死》获得第9届每日艺术奖，发表与武田泰淳、安冈章太郎、江藤淳的座谈《所谓的日式物品是怎样的》、对谈《维新人物》。同月至12月,连载《历史纪行》,同月至1969年11月,连载《英雄们的神话》(后更名为《岁月》)。2月,发表与井上靖、松本清张的座谈《乱世中的武将们》。3月,出版《新史太阁记》(前篇)、《日本侠客传 上卷》(合著)、《新史太阁记》(后篇)。4月至1972年8月,连载《坂上之云》。5月,出版《义经》、中短篇集《王城的护卫者》。6月,发表《故乡难忘》。7月,发表与花田清辉、武田泰淳的座谈《如何看待革命与大众》,出版《现代长篇文学全集45 司马辽太郎 I》,同月至1969年4月,连载《大盗禅师》。8月,发表《斩杀》。10月,发表对谈《大阪腔是方言的代表》、《胡桃与酒》,出版《故乡难忘》《现代长篇文学全集46 司马辽太郎 II》《山岭 前篇》《山岭 后篇》。12月,发表《马上少年过》。

1969年（昭和四十四年）46岁

1月10日发表与海音寺潮五郎的对谈《鲜活的战国时代》、对谈《日本飞跃的爆发力》。2月,凭借《历史纪行》获得第30届文艺春秋读者奖,同月,出版《历史纪行》。同月至1970年12月,连载《人世间的日子》。3月29日发表与江藤淳的对谈《日本人的道德——其消亡与复活》。4月,发表对谈《对话/萌芽》、《城内怪奇》,出版《坂上之云 第一卷》。5月,出版《妖怪》。6月,发表对谈《文学、历史、信仰》、《貂皮》,出版《与70年历史的对话 I》(合著)、《亲手挖掘的日本史》。7月,出版《大盗禅师》,同月至1971年10月,连载《城塞》。8月,发表与中山伊知郎的对谈《幕末与现代》、与河上彻太郎的对谈《蹚过动乱之河的青春》,出版《历史与小说》。9月至1979年担任日本文学振兴会理事(直木奖评审委员)。同月发表对谈《探寻日本人的原型》。10月,出版《日本文学全集40 有吉佐和子、松本清张、水上勉、北杜夫、濑户内晴美、司马辽太郎》,同月至1971年11月发表《花神》。11月,出版《坂上之云 第二卷》《岁月》。12月,发表与江藤淳的对谈《明治维新与英雄们》、《日本人的行动美学》。

1970年（昭和四十五年）47岁

1月，发表《日本是"无思想时代"的先驱》，出版《盘点日本历史》，同月至1971年9月发表《霸王之家》。2月，发表对谈《"若无其事民族"的强大》。3月，发表与上田正昭、金达寿、汤川秀树的座谈《关于神宫与神社》、对谈《日本人的心、日本人的剧》、与梅原猛的对谈《西方向东方学习的时代》，出版《彩色版 日本传奇名作全集15 司马辽太郎》。4月，发表《打破政治家的禁忌》。5月，发表《重庵之辗转》。6月，发表《民族与新闻》《政治没有"教科书"》《关于佛教与寺院》，出版《坂上之云 第三卷》。7月，发表对谈《信息化时代的读书》。8月，发表《中世的环境》、对谈《"公害维新"的志士》、《花之馆》，出版《马上少年过》。9月，发表《与美国打交道的方法》、对谈《保健养生家 家康》。10月，发表对谈《年轻人脱离集体的时代》，出版《新潮日本文学60 司马辽太郎集》《花之馆》。11月，发表对谈《人类终结论》《哲学与宗教之间》。

1971年（昭和四十六年）48岁

1月，发表与鹤见俊辅的对谈《历史中的狂与死》、《"猴子"穿西装的时代》。同月至1996年在《周刊朝日》上连载《街道漫步》（共1147辑）。3月，发表《"人工日语"的功与过》。4月，出版《坂上之云 第四卷》。5月，发表《东京、大阪"我们是异类人种"》，出版《人世间的日子 第一卷》。6月，发表对谈《思考日本人1 权力构造》《千石船入门》《拯救人类的将是非洲人》《关于飞鸟》，出版《人世间的日子 第二卷》《司马辽太郎短篇总集》。7月，发表对谈《思考日本人2 公司及周边》，出版《人世间的日子 第三卷》《日本文学全集43 山本周五郎、司马辽太郎》。8月，发表对谈《思考日本人3 政治态度和思想》，出版对谈集《思考日本人》。9月，发表《发现人类》及与陈舜臣的对谈《思考日本人4 中国观》，同月出版《街道漫步 — 长州路及其他》。同月至1974年4月出版《司马辽太郎全集》（第一期全32卷）。11月，发表对谈《思考日本人5 新闻论》。12月，发表对谈《思考日本人6 追本溯源》，出版《城塞上卷》。

1972年（昭和四十七年）49岁

1月，发表对谈《探索日本人的可能性》，出版《城塞 中卷》，同月至1976年9月连载《宛如飞翔》。2月，发表对谈《现代日本没有"文明"》、《大乐源太郎的生死》，出版《城塞 下卷》。3月，凭借《人世间的日子》等作品获第6届吉川英治文学奖，发表对谈《日本人啊，回归"武士"吧》《乱世中的人物形象》。4月，发表与井上靖的对谈《新闻记者与作家》，出版《街道漫步 二 韩国纪行》。5月，发表《有邻是恶人》，出版对谈集《日本人和日本文化》、《花神 第一卷》。6月，发表《关于高松塚壁画古坟》，出版《坂上之云 第五卷》《花神 第二卷》。7月，发表对谈《日本人从何处来》《徒然草与其时代》，出版《花神 第三卷》。8月，发表对谈《日本人是如何形成的》，出版《花神 第四卷》。9月，出版《坂上之云 第六卷》。11月，发表与江藤淳的对谈《胜海舟 其人与时代》，出版《座谈会 日本的朝鲜文化》（合著）。12月，发表与江藤淳的对谈《织田信长、胜海舟、田中角荣》。

1973年（昭和四十八年）50岁

1月，发表对谈《日本史中的人生达人》《日本宰相论》、与松本清张的对谈《日本的历史和日本人》，同月至1975年9月，连载《空海的风景》。2月，出版《街道漫步 三 陆奥及其他》。3月，发表《关于古代的文化和政治》。4月6日，发表《不失野性的民族方能生存》，同月，发表《失败者的风景》《从不良青年到寺盗物语》，同月至7月，连载《关于人类的集体》。5月，就任日本笔会理事，同月至1975年2月，发表《播磨滩物语》。7月19日，发表《越南民族与其未来》，同月，发表《日本人的世界构想》。10月，出版《思考历史》《霸王之家 前篇》《霸王之家 后篇》。12月，发表《公元四、五世纪的日本》。

1974年（昭和四十九年）51岁

1月，出版《街道漫步 四 京都北诸街道及其他》。3月至4月，连载《思考日本和日本人》。4月，出版《昭和国民文学全集30 司马辽太郎集》。5月，出版《历史中的日本》。6月，发表《汉氏及其遗迹》《从琉球弧思考日本人》。8月，发表《公家与武家》《东夷北狄与农耕中国二千年》。9月，发表《山上忆良与〈万叶集〉》，出版《座谈会 古代日本与朝鲜》（合著）。10月，出版《历史与视角——我的杂记》《街道漫步 五 蒙古纪行》《谈谈吉田松阴》。

1975年（昭和五十年）52岁

1月，发表对谈《追溯日语起源的秘密》《关西式发音是日语的鼻祖》《日本的土木与文明》，同月至2月，发表《聚焦我们生存的时代》。3月，发表《日本人的形象及风格是如何形成的》。4月，发表《土地应该公有》《关于取材》《光明磊落的古代日本与朝鲜关系》，同月，出版《街道漫步 六 通往冲绳、先岛之路》。6月，出版《播磨滩物语 上卷》《座谈会 日本的外来文化》（合著）。7月，出版《播磨滩物语 中卷》。8月，发表《自省的历史和文化》，出版《播磨滩物语 下卷》。10月，发表《关于日本的土地和农民》，出版《空海的风景 上卷》《题外话》，同月至1976年7月连载《中国之旅》（后更名为《从长安到北京》）。11月，出版《空海的风景 下卷》。12月，发表《鬼灯——摄津守的叛乱》，出版《鬼灯——摄津守的叛乱》《宛如飞翔 第一卷》。

1976年（昭和五十一年）53岁

1月，发表《既近又远的国度 谈谈朝鲜半岛》《南方文化在日本》《日本的母语即各地的方言》《从内看日本、从外看日本》《历史中的人类》，出版《现代日本文学II9 司马辽太郎集》。2月，出版《宛如飞翔 第二卷》。3月20日，发表《大河的中国文明 从革命中看其变化》，出版《宛如飞翔 第三卷》《街道漫步 七 铁矿砂之路及其他》。4月，因《空海的风景》等一系列的历史小说获得昭和五十度日本艺术院奖(文艺部门)恩赐奖,发表《用动作表达的日本人》,出版《宛如飞翔 第四卷》。5月,发表《从地球内部看日本文化》《谈谈空海、芭蕉、子规》。7月,发表《黑柳彻子的倾力对谈》《日本的"公"与"私"》。8月,发表《瓦解现代资本主义的土地问题》《中日历史之旅》,出版《土地与日本人》《宛如飞翔 第五卷》。9月,发表《法隆寺和圣德太子》《义经等》《木曜岛的夜会》,出版《宛如飞翔 第六卷》。10月,父亲是定去世,出版《从长安到北京》。11月,发表《法人资本主义与土地公有论》《有毛泽东在的风景》,出版《宛如飞翔 第七卷》,同月至1979年1月,连载《蝴蝶梦》。

1977年(昭和五十二年)54岁

1月,发表《田中角荣和日本人》《年轻的日本不可思议的特性》,同月至1979年5月连载《汉风楚雨》。2月,发表《日本不需要圣人和天才》。3月,发表《外来文化与日本民族》《西乡隆盛——虚构与真实之间》,出版《街道漫步 八 种子岛之路及其他》。4月,发表《新都鄙问答——大礼服和路边象棋之间》,出版中短篇集《木曜岛的夜会》、与小田实的对谈集《生存在天下大乱中》。5月,发表《诸恶的根源土地问题可有解决之法》《经国大业》,出版《筑摩现代文学大系84 水上勉、司马辽太郎集》。7月,发表《新日本人论》《现在我们如何展现日本》。8月,发表《大阪外国语学校》。9月,发表《西乡隆盛 谈谈其魅力》《关于古代炼铁与朝鲜》。10月,发表《日本文化与朝鲜文化》。11月,出版《街道漫步 九 信州佐久平之路及其他》。

1978年(昭和五十三年)55岁

1月1日,发表《开花的古代吉备》。同月,发表与陈舜臣的对谈《丝绸之路 历史和魅力》。3月,出版和陈舜臣的对谈集《对谈 思考中国》。4月,发表《龙马的魅力》,出版《日本人的内与外》。5月,发表《日本人将走向何方》《中国宛如飞翔 漫步晚春的江南》。7月,发表《武士与商人》《世界中的日本文化》。8月,出版《西域行》(与井上靖合著)。10月,发表对谈《能否在现代乘风破浪 初开国门的"世界正宗"——中国》,同月,出版《日语和日本人》《座谈会 朝鲜与古代日本文化》。

1979年（昭和五十四年）56岁

1月,发表对谈《镰仓武士与全力守护的封地》。4月至1982年1月,发表《油菜花的海上》。5月,出版《新潮现代文学46 司马辽太郎集》《日本人将走向何方》。7月,发表《最边远的历史和心》,出版《蝴蝶梦 第一卷》。8月,发表《日本人的异国交际》,出版《蝴蝶梦 第二卷》,同月至1981年2月,连载《人们的足音》。9月,出版《古往今来》《蝴蝶梦 第三卷》《街道漫步 十一 肥前的诸街道》。10月,发表《天下权力的转折点时期人们的生存状况》,出版《蝴蝶梦 第四卷》。11月,出版《蝴蝶梦 第五卷》。12月,发表《难波的古代文化》《〈宛如飞翔〉与西乡隆盛周边》。

1980年（昭和五十五年）57岁

1月,发表《伊朗革命的文明冲击》。2月,发表《在萨摩指宿和苗代川》。4月,发表《中世濑户内的风景》《为何由近变远》。5月,发表《〈项羽与刘邦〉的时代》。6月,出版《项羽与刘邦 上卷》。7月至8月连载《推动日本的超级名人》,出版《项羽与刘邦 中卷》。8月,出版《项羽与刘邦 下卷》。9月,出版《街道漫步 十二 十津川街道》。11月,出版《从历史的世界》。

1981年（昭和五十六年）58岁

1月,发表《黄尘一千二百年》。2月,发表《日本人从何而来》。3月,出版《丝绸之路 第六卷 民族的十字路 伊犁、喀什》(与NHK取材班合著)。4月,出版《街道漫步 十三 壹岐、对马之路》。5月,出版《历史夜话》。6月,出版《街道漫步 十四 南伊予、西土佐之路》。7月,出版《人们的足音 上卷》《人们的足音 下卷》《街道漫步 十五 北海道诸道》。9月18日,发表《西伯尔克的黄金解开大月氏国之谜》。11月,出版《街道漫步 十六 比叡山诸道》。12月15日,当选日本艺术院会员。

1982年（昭和五十七年）59岁
1月,发表《新科学时代波涛汹涌的意识改革》《日本人旺盛的求知欲》。2月,凭借《人们的足音》获第33届读卖文学奖(小说奖)。3月,发表《青春与未来 首次对话〈过去的我〉和〈日本人论〉》《我的〈青青山脉〉时代的乡愁和〈此后的日本〉》,出版《街道漫步 十七 岛原、天草诸道》。6月,发表《倾听历史的足音》,出版《油菜花的海上 第一卷》,同月至1983年12月发表《箱根之坂》。7月,出版《街道漫步 十八 越前诸道》《油菜花的海上 第二卷》。8月20日,发表《如果从教材中抹杀现实主义国家将会消亡》,27日,发表《当今世界都在追问"无原则的日本人"的真相》,同月,出版《油菜花的海上 第三卷》。9月,出版《油菜花的海上 第四卷》。10月,出版《街道漫步 十九 中国江南之路》《油菜花的海上 第五卷》。11月,出版《油菜花的海上 第六卷》。

1983年（昭和五十八年）60岁
1月,因革新历史小说的功绩获得昭和五十七年度朝日奖,同月,出版《街道漫步 二十 中国蜀地和云南之路》。2月,发表与陈舜臣、金达寿的座谈《日本、朝鲜、中国》。4月至1984年9月,出版《司马辽太郎全集》。5月,出版《街道漫步 二十一 神户、横滨散步及其他》。6月,发表《21世纪的危机——"少数者"的叛乱遍布地球》。7月,出版《理解日韩之路》《指南 街道漫步 近畿篇》。9月,出版《指南 街道漫步 东日本篇》。10月,发表对谈《宇航员和空海》。11月发表与大冈信的对谈《重新审视中世歌谣》,出版《指南 街道漫步 西日本篇》。

1984年（昭和五十九年）61岁
1月,发表与桑原武夫的对谈《东西文明的邂逅》、对谈《昭和的时代及人》，同月至1987年8月，连载《鞑靼疾风录》。2月至3月，发表《日韩首尔座谈会》。3月，发表《直面空海之谜》《日本人心中的奈良》，出版《微光中的宇宙——我的美术观》《街道漫步 二十二 西班牙、葡萄牙之路I》《历史的舞台——多样的文明》。4月，出版《在历史的十字路口 日本、中国、朝鲜》《箱根之坂 上卷》。5月，就任日本文艺家协会理事，同月发表《谈谈琵琶湖》，出版《箱根之坂 中卷》《街道漫步 二十三 西班牙、葡萄牙之路II》。6月，凭借《街道漫步 西班牙、葡萄牙之路》获第一届新潮日本文学大奖学艺奖，同月出版《箱根之坂 下卷》。7月发表与陈舜臣、森浩一、松原正毅的座谈《在中国福建省探寻日本文化之根》。9月，发表《触摸濑户以及海的丰饶》。10月，发表与陈舜臣的对谈《各代文明的魅力》。11月，出版《街道漫步 二十四 近江、奈良散步》。

1985年（昭和六十年）62岁

1月，出版《街道漫步 西班牙、葡萄牙之路——追寻沙勿略》。4月，发表《日本人和京都》，出版《日韩首尔的友情——通往理解之路 PartII》（合著）。同月至5月，连载《美国素描 第一部》。5月，出版《街道漫步 二十五 中国福建之路》。9月至12月，发表《美国素描 第二部》。10月，发表《白川之水即历史之洪流》，同月，发表与大江健三郎的对谈《师徒的风采——围绕吉田松阴和正冈子规》。11月，发表《现在为何是"日本的古代"》，出版《街道漫步 二十六 嵯峨、仙台、石卷散步》。

1986年（昭和六十一年）63岁

3月，获第37届NHK放送文化奖，出版《日本历史文学馆13 播磨滩物语》，同月至1996年4月，连载《这个国家》。4月，发表《昭和的60年和日本人》，出版《美国素描》。5月至1996年2月，连载《风尘抄》。6月，出版《关于俄国——北方的原形》《街道漫步 二十七 因幡、伯耆之路、梼原街道》。9月，就任大阪国际儿童文学馆理事。11月,出版《街道漫步 二十八 耽罗街道》。

1987年（昭和六十二年）64岁
1月,发表《日本人和国际化》。2月,凭借《关于俄国——北方的原形》获第38届读卖文学奖(随笔、纪行奖),发表《西方的文明和现实主义》《日本的选择》。8月,出版《昭和文学全集18 大佛次郎、山本周五郎、松本清张、司马辽太郎》。9月,出版《街道漫步 二十九 秋田县散步、飞驒纪行》。10月,发表《近代日本和新闻》,出版《鞑靼疾风录 上卷》。11月,出版《鞑靼疾风录 下卷》。

1986年（昭和六十三年）65岁
1月,发表与开高健的对谈《若从世界的天花板(蒙古)眺望……互相争执的"文明"与"文化"》。2月,发表《日本崩溃在于地价暴涨》。4月,就任和辻哲郎文化奖评委,发表《多样的中世形象、日本形象——探索日本人的源流》。6月,出版《街道漫步 三十 爱尔兰纪行I》《街道漫步 三十一 爱尔兰纪行II》。7月,因"通过《坂上之云》等作品明确了明治时代到底是怎样的时代"获得第14届明治村奖。10月,凭借《鞑靼疾风录》获第15届大佛次郎奖,发表《发现"近世"》。

1989年（昭和六十四年/平成元年）66岁
1月,发表对谈《"亚洲弧"把握新生之关键的开放中国》。3月,发表《狂人美学》,出版《司马辽太郎〈街道漫步〉人名、地名录》。5月,发表《洪庵的松明》《致生活在21世纪的你们》。6月,就任日本近代文学馆常务理事,出版《街道漫步 三十二 阿波纪行、纪川流域》。8月,发表对谈《我们如此不同又如此接近》。9月,出版《"明治"国家》。10月,发表与平山郁夫的对谈《日本、日本人、日本文化》,同月至11月,发表《时代轮回之时》。11月,出版《街道漫步 三十三 奥州白河、会津之路及其他》。

1990年（平成二年）67岁

1月，发表对谈《谈谈蒙古的人和历史》、与井上靖的对谈《向历史学习 展望21世纪》、《好的电视剧》。3月，发表《以"明治国家"攻击无"公"的平成》，出版《这个国家 一 1986—1987》。4月，出版《街道漫步 三十四 中津、宇佐之路及其他》。5月，发表《论独创性头脑——日本人该换换精神的电池》。9月，出版《这个国家 二 1988—1989》。11月，出版《东与西》。同月至12月，发表《蒙古素描》。

1991年（平成三年）68岁

1月，发表《从落语看上方和江户》。3月，就任日本中国文化交流协会代表理事，同月，发表与堀田善卫、宫崎骏的座谈《听见时代的风声》，出版《街道漫步 三十五 荷兰纪行》。4月，发表与休·科塔齐的对谈《英国的经验 日本的智慧》，同月至1992年2月连载《草原记》。7月，发表《对近世人而言的"奉公"》。11月，被表彰为文化功劳者，出版《春灯杂记》。

1992年（平成四年）69岁

1月，发表《日本的航向 从历史中探索》。3月，发表《遥望俄国》、与堀田善卫、宫崎骏的座谈《致"二十世纪人类"的处方笺》。4月，出版《街道漫步 三十六 本所、深川散步、神田一带》《世界中的日本——回溯至十六世纪》。5月，出版《这个国家 三 1990—1991》。6月，出版《草原记》。10月，发表《如果以幽默开始》《民族的原貌 国家的形象》。11月，出版与堀田善卫、宫崎骏的座谈集《时代的风声》。12月，发表《新闻和历史的可能性》，出版《街道漫步 三十七 本乡一带》。

1993年（平成五年）70岁

1月，发表《新宿的〈万叶集〉》《二十世纪末的暗与光》。3月，出版对谈集《和八人的对话》。8月，发表对谈《文明的形态》，出版《街

道漫步 三十八 鄂霍次克街道》。10月,出版《十六话》。11月,被授予文化勋章。12月,授权发行电子书《街道漫步1 长州路及其他》。

1994年（平成六年）71岁
1月,发表《骑马民族来过吗》。2月,出版《街道漫步 三十九 纽约散步》。7月,出版《这个国家 四 1992—1993》。11月,出版《街道漫步 四十 台湾纪行》。

1995年（平成七年）72岁
1月,发表《超越地球时代的混乱》。2月,发表《绳文人的精神世界》。6月,发表《宗教和日本人》《日本——由〈近代的终结〉思考明治》。7月,发表《"昭和"做错了什么》,出版《九个问答》。9月,发表《好的日语 坏的日语》。10月,发表《在昭和道寻井》。11月,出版《街道漫步 四十一 魅力北方》。

1996年（平成八年）
1月,发表与河合隼雄的对谈《日本人心灵的方向》、与宫崎骏的对谈《豆豆龙的森林中的闲谈》、与井上厦的对谈《问问日本人的才干》、对谈《雪之沙漠 青森》。2月10日凌晨,在家中吐血。11日,被救护车送进医院接受紧急手术。12日下午因腹部大动脉瘤破裂去世。13日,自正午开始在家中举行密葬告别仪式,法名"辽望院释净定"。3月10日,司马辽太郎送别会在大阪皇家宾馆举行,有3300人参加。同月1日,与田中直毅的对谈《致日本人的遗言"住专"问题是经济败战》发表。同月,《这个国家 五 1994—1995》出版。4月,《异国和锁国》发表。5月,《风尘抄 二》出版。6月,《街道漫步 四十二 三浦半岛记》出版。7月,与井上厦的对谈集《国家、宗教、日本人》出版。9月,《这个国家 六 1996》出版。11月,财团法人司马辽太郎纪念财团成立,《司马辽太郎谈日本——未公开演讲录珍藏版》发表。同月,《街道漫步

四十三 浓尾、参州记》出版。

1997年（平成九年）
2月,对谈集《致日本人的遗言》出版。3月,《日本是什么——宗教、历史、文明》出版。7月,《司马辽太郎谈日本——未公开演讲录珍藏版Ⅱ》发表。12月,《司马辽太郎谈日本——未公开演讲录珍藏版Ⅲ》发表。

1998年（平成十年）
3月,《"昭和"国家》《司马辽太郎——致亚洲的信》出版。8月2日,司马辽太郎的墓碑在净土真宗本愿寺派大谷本庙——南谷(京都市东山区五条桥东)安放(此处是他作为新闻记者度过六年青春时期的地方),举行了骨灰存放法事。10日,《司马辽太郎谈日本——未公开演讲录珍藏版Ⅳ》发表。10月,《历史与风土》出版,同月至2000年3月,《司马辽太郎全集》出版(第三期 全18卷)。11月,《司马辽太郎的杂志言论100年》出版(合著)。12月,《人为何物》出版。

1999年（平成十一年）
2月,《司马辽太郎谈日本——未公开演讲录珍藏版Ⅴ》发表。7月,《司马辽太郎谈日本——未公开演讲录珍藏版Ⅵ》发表。12月,《司马辽太郎的来信》发表。

2000年（平成十二年）
2月,《另一部〈风尘抄〉——司马辽太郎、福岛靖夫往来书信》出版。7月,《司马辽太郎全演讲 1964—1983 第一卷》出版。8月,《司马辽太郎全演讲 1984—1989 第二卷》出版。9月,《司马辽太郎全演讲 1990—1995 第三卷》出版。10月10日,《司马辽太郎的来信 完结篇》发表。

2001年（平成十三年）

2月，中短篇集《波斯国的魔法师》出版，《光影记录 历史的旅人 司马辽太郎的泰晤士纪行》出版。3月，《虽然无用》出版。9月，《司马辽太郎的思考 1 随笔 1953.10—1961.10》出版。11月1日，司马辽太郎纪念馆正式开放，同月，《司马辽太郎的思考 2 随笔 1961.10—1964.10》出版。12月，《司马辽太郎的思考 3 随笔 1964.10—1968.8》《〈司马辽太郎 街道漫步〉精选&索引 单行本、文库本两用总索引》出版。

2002年（平成十四年）

1月，《司马辽太郎的思考 4 随笔 1968.9—1970.2》出版。2月，《司马辽太郎的思考 5 随笔 1970.2—1972.4》出版。3月，《司马辽太郎的思考 6 随笔 1972.4—1973.2》出版。4月，《司马辽太郎的思考 7 随笔 1973.2—1974.9》出版。5月，《司马辽太郎的思考 8 随笔 1974.10—1976.9》《朝日选书 703 司马辽太郎 旅途之语》出版。6月，《司马辽太郎的思考 9 随笔 1976.9—1979.4》出版。7月，《司马辽太郎的思考 10 随笔 1979.4—1981.6》出版。8月，《司马辽太郎全舞台》《司马辽太郎的思考 11 随笔 1981.7—1983.5》出版。9月，《司马辽太郎的思考 12 随笔 1983.6—1985.1》出版。10月，《司马辽太郎的思考 13 随笔 1985.1—1987.5》出版。11月，《司马辽太郎的思考 14 随笔 1987.5—1990.10》《司马辽太郎对话选集 1 关于这个国家的起源》出版。12月，《司马辽太郎的思考 15 随笔 1990.10—1996.2》《司马辽太郎对话选集 2 推动历史的力量》出版。

2003年（平成十五年）

1月，《司马辽太郎对话选集 3 日本文明的形态》出版。3月，《司马辽太郎对话选集 4 日本人是什么》《司马辽太郎对话选集 5 亚洲中的日本》出版。